本格・結婚殺人事件

辻　真先

何らかの賞を獲ったら恋人の可能キリコへ求婚すると、心に決めていたミステリ作家の牧薩次。文英社の「ざ・みすてり」大賞に、薩次の作品が選ばれたと、新宿ゴールデン街の行きつけのスナック『蟻巣』に連絡が入る。店の面々がお祭り騒ぎの中、当の薩次は嬉しいはずなのにどこか煮え切らない態度……。一方、選考委員の三人が、一人は北海道のホテルのコテージで殺害され、一人は箱根櫃の木坂近くで事故に、一人は行方不明に、と次々と不幸に見舞われる。ミステリ新人賞の選考会をテーマに、薩次とキリコの結婚のエピソードを描いた、〈ポテトとスーパー〉シリーズ幻の長編を初文庫化。

登場人物

牧薩次……………ミステリ作家。ポテト
可能キリコ………タレント。スーパー
可能克郎…………「夕刊」サンデスク
近江由布子………『蟻巣』のママ
文月みちや………推理作家、タレント
西堀小波…………推理小説評論家
鮎鮫竜馬…………推理小説評論家
青野庄伍…………「ざ・みすてり」編集長
猪崎金人…………文英社社長
小港誠一郎………タレント
斑鳩毬……………タレント

本格・結婚殺人事件

辻　真先

創元推理文庫

HONKAKU:
MARRIAGE MURDER CASE

by

Masaki Tsuji

1997, 2024

目次

本格・結婚殺人事件

辻氏は「読者が犯人だ」とか「作者が被害者だ」といった小説は書いたが、「解説者が被害者だ」という小説はまだ書いていないのだ。解説を読んだ辻氏は、また例のにこにこ顔で、しめしめと言いながら、新たな趣向の小説を考えるかもしれない（いや、考えかねない人なのです）。

（『犯人』東京創元社刊　折原一氏の解説より）

ポテトとスーパーファン（中にはこういうありがたい読者だっているんです）の方に注釈しておきます。ふたりの結婚を熱望してくださる向きには、まことに恐縮なのですが、この作品を読むかぎりでは、どうも二十世紀中に彼と彼女が結婚するのは、むつかしいようです。（中略）いまの時点と二十一世紀の間を埋めるふたりの探偵ゲームは、また日をあらためてご紹介いたしましょう。

（『白雪姫の殺人』徳間書店刊　辻真先氏のあとがきより）

それにしても、私が五十年前、江戸川乱歩邸の土蔵を掻き回し、同じころ書かれたこの『江戸川乱歩の大推理』が、一九九四年から半世紀ぶりにまた刊行されるに当たって解説を書くというのも、まんざら資格のないことではあるまい。私、西堀小波 Nishihori Shopa をローマ字で並べ替えれば Shinpo Hirohisa、いや違った、Ranpo-shi-hisho（乱歩氏秘書）となるのだから。え、ｉが一つ余るって？

（『江戸川乱歩の大推理』光文社刊　西堀小波氏の解説より）

あとがき

ずいぶん時間がかかってしまいました。読者のみなさんに自信作の上梓をお約束したのは、たしか去年の初夏なのに、いまは九月ももう十九日。道南のこのホテルに肌寒い風が吹きはじめています。

おやおや、一年以上もかかったのか。

辛抱強く待っていてくだすった読者には、なんともお詫びの言葉がありません。

はてな。だれかがどこかでなにかいっていますよ。

「待っていたのは読者だけじゃないぞ」

声に聞き覚えがあります。わかりました、「ざ・みすてり」の青野《あおの》編集長でしょう。ああ、だめだめ。隠れたってお尻が見えているんだから。

冗談でなく、青野さんにもご迷惑をかけっ放しでした。ノーベル賞クラスの大作家ならともかく、吹けば飛ぶような三文作家、とりえといえば酒に強いだけ。飲ーめる賞クラスのぼくの原稿を、よくぞ待っていてくださった。感謝に堪えません。

解説を買って出てくだすった、評論界の巨星である西堀小波《にしぼりしょうば》先生にも、この機会にありがとうと申し上げておきます。ぼくのこのささやかなミステリ——というのはむろん謙遜で内心は傑作と自負しているのですが――が、多少なりとも版元文英社の売り上げに貢献できたとしたら、それは拙作に箔をつけてくだすった、西堀先生のネームバリューによるものです。

この本を売ってくれた書店のみなさんにも、その書店へ配本してくれた取次のコンピューターさんにも、感謝あるのみです。書店の店舗数は全国で二万とも二万五千とも聞いていますが、その中でぼくの本を置いてくださるのはごく一部にすぎません（目のない奴らばっかり――というのは内緒ですけど）。今日ほそぼそとながら作家の看板をあげていられるのは、ひとえにみなさん方のおかげなのです。

いや、それをいうなら、なにはさておいてもお礼言上の必要があるのは、読者のあなたに対してでしょう。

本来ならおひとり毎に手をにぎって、よくぞ買ってくだすったありがとうと、涙をうかべて手を摑み、なにがしかのリベートを進呈すべきなのですが、残念ながら私もそれほど暇ではないので、横着して紙上の活字で代用させていただきます。

お礼代わりに、今後いっそうレベルアップした、ぼくならではのミステリを書きまくって大勢をたのしませせせせ象徴
ゆけけけけ999999

推理作家文月みちや氏殺される

タレントとしても著名であった文月みちや氏（35）が、長編を執筆中だった北海道ウトナイのオズマホテルで9月20日早朝、遺体となって発見された。後頭部にうけた傷が致命傷で、所轄警察署では殺人の疑いで捜査中。

推理小説研究家　鮎鮫竜馬氏談「文月さんとはつい先日『ざ・みすてり』大賞の選考でごいっしょしたばかりなので、驚いています。テレビ出演から小説まで、多才だった氏の急死は惜しみてもあまりあるものです」

（「夕刊サン」より）

第一部　入賞から選考へ

1

その五日前の深夜である。

新宿《しんじゅく》ゴールデン街にある『蟻巣《ありす》』という古ぼけたスナックから、時ならぬバンザイの声がひびいた。

「牧薩次《まきさつじ》万歳」

威勢よく音頭をとったのは、「夕刊サン」のデスクをつとめる可能克郎《かのうかつろう》だ。年功序列でデスクになっているものの、気のいい世話好きな性格はヒラの記者時代と少しも変わらない。変化といえば、ベルトの穴がふたつ右へ移動したことと、頭のてっぺんの地肌が透けて見えるようになったことぐらいだ。

「万歳……万歳！」

ご丁寧に克郎は三唱した。いつものママならこのへんで唇に指をあてて壁を指さすはずである。

「この壁、うすいのよ……耳をあてるとみんな聞こえてしまうくらい。お隣にわるいから静かにしましょうね」

だが、今日に限ってママはにこにこするばかりだ。よくよくめでたいことがあったとみえる。

「おめでとう、ポテト」

薩次の隣から、克郎の妹のキリコがカクテルグラスを突き出した。淡いピンクの液体がかすかに揺れている。薩次とキリコは、中学以来の親友だ。いや、恋人といっていいのだが、なぜかまだ結婚に踏み切らず、克郎をやきもきさせていた。

陽気なキリコと対照的に、しみじみとした口調でママがいった。

「よかったわ……」

ママの近江由布子《おうみゆうこ》はもと女優だけに、年をとっても顔の造作がはっきりしている。それが特徴の大きな目を見開いて、薩次に笑いかけた。

「あなたならいつかきっとと、思ってた」

「むしろ遅すぎた受賞というべきだよ」

カウンターの隅から、中込《なかごめ》がそっとグラスを掲げてくれた。見るからににこやかな中年紳士だが、目つきが案外鋭いのは、広告代理店放洋社のやり手プロデューサーという、生き馬の目を抜く職業のせいかもしれない。ただし彼は、『蟻巣』の客ではない。由布子ママのれっきとした旦那で、一時放洋社をやめていたころは髪結いの亭主を称して皿洗いを志願、ひと晩に半ダース割った記録を持つ。

「第一回の入選者に牧さんを選んだことで、文英社も格を上げましたな」

「こら、少しは嬉しそうな顔をしなさい」

キリコはじれったそうにボーイフレンドをせっついたが、当の牧薩次は、茫洋《ぼうよう》とした表情で生返事した。

「ああ……まあね……ありがとう」

栄えある大賞受賞者とは思えない反応だが、キリコにいわせれば、そこが彼らしいのだ。もっとも本人にしてみると、まだ実感が湧かないというところか。

つい十分前、薩次が来店する直前の『蟻巣』に、文英社から電話がかかってきた。かけてきたのは、看板雑誌「ざ・みすてり」の編集長青野庄伍《しょうご》だった。

電話に出た由布子に、彼はせかせかといった。

「牧先生、きてますか」

薩次はあまり飲める口ではないが、『蟻巣』の常連客のひとりだったし、青野をはじめとして文英社のスタッフもこの店によく出入りしていた。オーナー夫婦がそろってマスコミの関係者なので、出版や映像関係の客が多いのだ。

「いえ、まだ……」

由布子が答えると、店にはいってきたばかりのキリコが教えた。

「ポテトならもうすぐくるわ。デートの約束なの」

ポテトというのは、中学以来の薩次のニックネームだ。一目彼を見た者なら、あだ名の由来は聞かなくても理解できるだろう。まるっこい顔に、細い目と大きな鼻、ぶあつい唇が大雑把《おおざっぱ》にならんでいる。月面のクレーターみたいに顔をにぎわしていたニキビの跡は、三十歳をすぎてからはさすがに目立たなくなったが、全体の印象は依然として、畑から収穫直後のジャガイモであった。スマートといいにくい体型に、できあいのジャケットをひっかけ、おなかのあたりでいつも八の字にひらいている。お世辞にも身だしなみのいい男ではないが、これでもポトこと牧薩次は、小説で飯を食っているのだ。

彼が職業として推理作家を選んでから、もう十数年たつ。はじめて彼のミステリが活字になったのはまだ中学時代だったから、スタートはきわめて快調であったが、大学を終え本腰をいれて作家になってからは、必ずしも順調といえなかった。キリコにいわせると、「ハッタリが足りない」作風で損をしているらしい。ろくに酒も飲めず、タバコはまったく吸ったことがない。ギャンブル、スポーツみんなダメときては、人づきあいだって良いわけがない。

だがキリコは信じていた。(見ている人は、ちゃんと見てくれてるよ)

青野の電話が、彼女の信念を証明した。

彼はこういったのだ。

「牧先生がいらしたら、伝えてくれませんか。『ざ・みすてり』大賞受賞者が、先生にきまったって」

「えっ、ホントですか!」

青野の声を耳にして、キリコが受話器をひったくったときは、もう電話は切れていた。

「せっかちなんだから、あの編集長は！」

口をとがらせるキリコに、由布子が尋ねた。

「『ざ・みすてり』大賞って、前からあったかしら」

「今年できたばかりなんだ」と、中込が説明役をひきうけてくれた。

「文英社では、乱歩賞に匹敵する権威あるミステリ界の賞に育てるつもりらしいね……その第一回受賞というのは、めでたいじゃないか」

「きゃあ」

だしぬけにキリコがカン高い声を放ったから、隣の椅子で丸くなっていた猫が、びっくりしたように床へ飛び下りた。この店の主《ぬし》といっていいチェシャだ。

「ママ、カクテル頂戴。マティーニ……ううん、ピンクレディでなきゃいけないんだ」

「珍しいものをオーダーするのね」

由布子がふしぎがった。ピンクレディはジンベースのカクテルで、外見よりずっとタフなアルコール飲料だが、キリコが注文するのははじめてのことだ。

「へへ」どういうものか、彼女に稀《まれ》な照れっぷりを見せた。

「あのね。ポテトがきても黙っててね」

「いいけど、なにを内緒にするの」

「うん……」

もじもじしてから、顔をあげた。

「エイいっちまえ。ポテトがいつか話してくれたの。彼、ミステリで食ってゆく自信がないんだって……だから、結婚がいいだせないんだって。なにかひとつ賞をとって、この道でやってゆく決心がついたときに、私に、つまり……ですね」

「プロポーズするって？」

「はい」

「まあ」

由布子と中込が笑顔を見交わした。

「じゃあ、今夜はもしかしたら」

「二重にめでたい晩になるかな？」

「えへへ。そうあってほしいものでやんす」

肩をすくめたキリコの前に、ほのかな薄紅色で満たされたグラスが、滑り出た。

「お待たせ」

「これこれ、これなの」と、キリコが世にも嬉しそうに、目の高さまでピンクレディを持ち上げる。

「ポテトがその話をしたとき、私が飲んでいたのが、ピンクレディだったわ……受賞を聞いて、このカクテルを見れば、いくら鈍いポテトだって」

「約束を思い出す……？」

「うん！」

もうキリコは照れてなんかいなかった。いつもの彼女らしく、元気いっぱいにうなずいてみせたとき、チェシャがにゃおんと鳴き、軋《きし》みながらドアが開いた。薩次と克郎がはいってきた。

「なんだあ。兄貴までできたのか」

「なんだとはなんだ」

克郎が苦笑いした。

「デートの邪魔はしたくないが、ポテトくんにショートショートを書いてもらう予定なんでな。その打ち合わせに若干時間をわけてもらうぜ」

「だったらどうぞ。もうすぐポテトは、『夕刊サン』に書くひまなんてなくなるんだから」

キリコがにたりとしたので、男ふたりは顔を見合わせた。

「どういうこった」

「さあ?」

早く教えてやりたくてうずうずしていた由布子が、いそいで告げた。

「いましがた、青ちゃんから電話があったのよ。牧さんが『ざ・みすてり』の第一回大賞受賞者に選ばれたって!」

「えっ……マジかよ! 凄い!」

「ええと、それぼくのことでしょうか」

打てば響くような克郎のリアクションに対して、薩次の反応ときたら情けないほどのスローテンポだった。

だがともかく、これで場面は冒頭の「バンザイ」に帰るわけだ。

2

「あら、『ざ・みすてり』大賞は、一般から募集した作品が対象なの？」

「そうなんです」

由布子の質問に、薩次がていねいに答えている。

「ミステリの賞でもっとも知名度が高いのは、江戸川乱歩賞でしょうが、それとおなじですね。横溝正史賞や鮎川哲也賞もそうです。それに対して、推理作家協会賞はその年に発表されたミステリから、選ばれるんです」

「つまりアマとプロの違い？」

「いや、資格にプロもアマもありませんから、職業作家が乱歩賞に応募したって、かまいませんよ」

「でも入選すればいいけど、落ちたらあまり恰好よくないわね」

「そりゃあそうです。アマに負けたことになるんだから……これが勝負の世界なら、数字ではっきり結果が出るけど、小説では面白い面白くないといっても、選考委員の主観の問題でしょう？　手垢のついたプロの作品より、アマの方が目を見張るような新鮮さで上位にはいる例が、いくらもあると思います」

「にもかかわらず、牧くんは応募した！」

克郎がいった。もう呂律《ろれつ》が回らなくなっている。その前に置かれたオールドファッショングラスを横取りしたキリコが、くいっと一息で飲み干した。

「そこがポテトの冒険精神よ、偉い！　ママ、もうなくなっちゃった……」

「飲めばなくなるの、当たり前でしょう。それとももう一杯ゆく？　ピンクレディ」

意味ありげな由布子の言葉に、キリコが勢いづいた。

「飲みたいわ、ピンクレディ。ポテトが受賞した晩ぐらい、じゃんじゃん飲む！」

一瞬、薩次が（あれ？）という表情になったのだが、なにも知らない克郎がその鼻先に顔を出して聞いた。

「『ざ・みすてり』大賞の選考委員は、だれだっけな」

「評論家の西堀小波さん、鮎鮫竜馬《あゆさめりようま》さん、作家の文月《ふみづき》みちやさん……あと編集長の青野庄伍さんが司会役でした」

「文月みちや？　いやだ」

由布子がタバコの煙を払うような手つきをした。最近彼女は禁煙したばかりだ。

「あんな人が選考委員なの……それでは『ざ・みすてり』大賞も」

大したことはなさそうね。というつもりだったらしいが、さすがに口をつぐんだ。

由布子が「あんな人」扱いしたのも無理はない。ベテラン女優の由布子は、おなじユノキプロに所属していたこともあって、タレントとしての文月を駆け出しの時代から知っていたのだ。

もっともいまでは彼は独立して、銀座《ぎんざ》に文月事務所を開いている。

「お前さんにとっては、文月みちやは永遠の大根役者だろうがね」

中込が笑いながらいった。「れっきとしたベストセラー作家なんだぜ」

「それぐらい知ってますよ。いい年していつまでも若い子に取り囲まれて……なんですか、あのド派手な恰好は」

「それが彼のイメージなんだから、仕方ありませんよ」

薩次は鷹揚《おうよう》に笑うのだが、やはりユノキプロに在籍して、文月と面識のあるキリコは由布子とおなじ意見らしかった。

「キザで薄っぺらでどこかで読んだような話ばっか書いて……唯一の美点は、ポテトを入選させたことだけよ」

そこでピンク色のグラスをかかげたら、また兄貴が邪魔をした。

「そういいなさんな。うちでも今度あの先生に、連載してもらう予定なんだから」

「はは、『夕刊サン』じゃあね」

からかうつもりらしかったが、中込が呼んだ。

「キリコさん」

「はい？」

「そういうきみは、文月先生の小説を読んでるの？」

「え……と。デビュー作は読みました」

「一作読んだだけで、どこかにあった話ばかり、とけなすのはよくないな」

もっともな批判だから、キリコも恐れ入った。

「あ痛あ。つい調子に乗る人なんです、私って。……中込さんから見ても、みちやはできる?」

「できるね。俺は広告屋のプロデューサーだから、人の仕事はよく見ているつもりだ」

いつも笑顔だが目は鋭いことを、キリコもよく知っている。

「はあい。……あの見るからに軽いところは、彼の世をしのぶ仮の姿なのかしら」

「いや、あれはあれで、文月みちやという男の実態だと思うよ。人格的に優れているから、傑作が書けるというものでもないだろう?」

「あ、それはそうですね。性格破綻者みたいな人が、いいものを書くかもしれない」

うなずきながら、キリコは目の高さまでグラスを持ち上げた。ピンク色のグラスに乗っかるように、薩次の丸い顔が見える。性格で書くなら、いまごろまでポテトが受賞しないでいるものか。

「なにはともあれ、おめでとさん」

「もういいよ」

日頃愛想のいい彼にしては、珍しい反応だったから、キリコはカチンときた。

「なにがもういいのよ! 隠れん坊してるんじゃあるまいし」

せっかく持ったグラスをカウンターにもどしてから、(あれ?)と思った。こんな場面で喧嘩を売ってどうなる。ポテトのことだ、大照れに照れているだけのことではないか。いまの彼女は、彼にあのことを思い出してもらう必要があった。

ひょいと由布子を見ると、「スーパー頑張れ」口の中でいい、にっと笑ってくれた。

ポテトが薩次のあだ名であるように、キリコのあだ名はスーパーである。実家がスーパーを経営していたためではない。中学時代から彼女の超人的な学習能力には定評があった。『エスペラント語早わかり』だろうと、『空手道入門』だろうと、読めば即日一定のレベルに達する物凄さだった。スーパーガールの異名が生まれた所以《ゆえん》である。

それがつづけば本物の天才だが、気が多すぎて熟達の域に達しないうちに、方向転換してしまうからモノにならない。

そのせいで職業もコロコロ変わる。イラストレーター、マンガ家、カメラマン、モデル、タレント。いまのところタレント業がいちばん長持ちしていた。器用貧乏を絵に描いたような女性でだれの代役でも勤まるから、ある意味では重宝されている。そんな自分の限界を、キリコは悟っているようだ。

「ひとつことに打ち込める人間でなくては、大成しないのよ、ウン」

いつかひとりで『蟻巣』にきて、ママに漏らしたことがある。

「わかっているなら、打ち込めばいいのに」

「それがそうはゆかないから、人生て面白いね」

けろりとしていってから、真面目な顔でつけくわえた。

「……でもさ。たったひとつ、ずーっと打ち込んでいる相手があるわ。高砂やァのゴールめざして」

「ポテトさんのこと?」

「そ」

いってしまって、あわてたみたいだ。

「彼にいわないでね」

「スーパーもねえ……女の子なのね。結婚願望があるなんて」

由布子はため息まじりだった。薩次とキリコが男と女の関係にあることは、ママでなくともすぐわかる。あけっぴろげな彼女は、だれの前でも平気で薩次を恋人あつかいした。彼のワンルームマンションに泊まりこんで、結婚ごっこを楽しんでいる——それだけで満足しているものと、由布子は思っていたようだ。

「結婚なんて枠にはめられるよか、もうしばらく自由でいたい。そう考えていたんじゃなかったの?」

「はじめはそうだったわ。私もまだいろんなことをしたかったし、ポテトもおなじだと思った。ふりむけばいつもおなじ顔がいたのでは、やる気が失せる……ううん、そうじゃないな。奥さんがいて子供がいて、となればポテトのことだもの、やりたくない仕事だって引き受ける。稼ぐことばっか考えるようになって、それでそのうち時間がたって、ただの物書きになり下がる。そんなの私の好きなポテトじゃない。私のせいで、ポテトをそんな爺むさくさせるくらいなら、結婚なんてするもんか。たかが紙きれ一枚にこだわるなんてナンセンス。そう思ってたんだけどなあ……」

由布子は黙ってキリコの顔を見ていた。はじめて彼女が、ユノキプロにあらわれたとき、社長に頼まれた由布子が面接した。そのときのことを、昨日のようにまざまざと思い出したのだ。

キリコののびのびした肢体は成熟した女性のそれであったが、顔だちはまだ少女の印象をのこしていた。二重瞼《ふたえまぶた》の大きな目が澄んでいて、七年あまりたったいまもその目に変わりはない。

だが由布子の冷静な観察力は、スーパーの目尻にかすかな皺を読み取っていた。皺を震わせて、キリコはつづけた。

「このごろ考えが変わってきたわ。私としては稀なことに、ポテトとの仲を……そう、完パケにしたくなったんだ」

「完パケ?」

業界では、完全パッケージを略して完パケという。あとはプロジェクターにかけるだけの、テレビや映画の完成品だ。

「私、いままでずっと中途半端な真似をしてきた。でも、ことポテトに関する限り、半端は嫌なの。徹底して最後までこだわりたいの。それが結婚という形なの」

コップの露がカウンターに垂れていた。その雫《しずく》を指でひろげているキリコを見て、由布子は、時代劇で畳を毟《むし》る初心《うぶ》な娘の芝居を思い浮かべた。

「おかしい?　私がこんなことというなんて」

「おかしくない」

由布子は静かにいった。

「私だって、中込と結婚する前に、そっくりのことを考えたもの」

「本当に？」

キリコが顔をあげたとき、隣の椅子でとぐろを巻いていたチェシャが、大きくのびをしてにゃおんと鳴いた。

「あ！　お前が笑うか。こいつめこいつめ」

いまにも拳固が飛んできそうな様子に、チェシャは狼狽して椅子から滑り落ちたものだ。

――きっとママは、そのときのことを思い出して「頑張れ」といってくれたに違いない。

（はい、頑張ります）

ポテトのことになると、私って素直なんだから。自分で自分のことを可笑《おか》しがりながら、スーパーはあらためてポテトにいった。

「……ね？　なにか忘れてるんじゃない？」

3

「忘れてるって」

薩次が朦朧《もうろう》とした表情で、中学以来のガールフレンドを見た。その視線は確実に、キリコがかざしているグラスを貫通したはずである。

「ほれ、ほれ」

半分に減ったカクテルを手に、キリコはじれったい。

「きみ、いったでしょうが。入賞したらなにかするって」

「なにかって、なんだよ……」

いいかけた薩次が、突然言葉を切った。

その目がピンクレディと彼女の顔の間を一往復した。

なんとも形容し難い顔になってから、唸った。

「……スーパー」

口を切ったものの、こんな場合にニックネームで呼ぶのは不謹慎と考えたか、いいなおした。

「キリコ……さん」

「うん」

答えてから、キリコもあわてていいなおした。

「はい」

カランと冴えた音がしたのは、オールドファッショングラスにアイスを入れようとした由布子が、手を滑らせたためだ。

にゃおん、とチェシャが催促するように鳴いて、椅子から飛び下りた。「それから?」とでもいったつもりだろう。

ふたりをふりむいた克郎を、中込が目で制した。

薩次はいがらっぽい声でつづけた。

「結婚してくれないか」

ぎゃあ!

叫んだのはむろん、スーパーではない。驚愕した克郎の足が、かわいそうなチェシャの尻尾を踏んづけたからだ。

「はい。……する」

いささか散文的なキリコの答えに、

「うおう」と吠えたのも、ポテトではない。椅子を下りた克郎が、どどっとふたりの間に割り込んで、両手で薩次とキリコの肩を抱いた。

「そうか、するか。よかった、よかった。待っていたんだぞ、こいつら……さんざ心配かけさせやがって! さあ、牧くん、犯人逮捕だ。絶対にこの女を逃がすんじゃないぞ!」

強引にふたりの手をつないだとき、拍手喝采が起きた。

中込夫妻は当然として、拍手に参加した手の数はなぜかあわせて八本ある。たったいま、文英社の堂本《どうもと》常務と新谷《しんたに》編集局長が、ドアを開けたところだったのだ。

「牧先生、おめでとう」

堂本が近年ますますでっぷりしてきた体を揺すれば、瘦せて小柄な新谷が声だけは大きく、

「スーパーくん、よかったな！」と、全身で笑ってみせた。

「ありがとうございます」

一生のうちで今日ほど素直に、人の善意に感謝できるときはないだろう。キリコは心からそう思った。

気を取り直した堂本が、居住まいを正した。

「実はわれわれは、もうひとつのおめでとうをいいにきたんだが……出端を挫かれてしまいましたな」

「牧先生に念を押しにきたんですよ」新谷が後をひきとった。

「『ざ・みすてり』大賞、受け取っていただけますね？」

「はあ……はい、ええ、喜んで」

どうせいうなら、もっと嬉しそうな顔をせえ！

キリコはもう一度そういってやりたかったが、やめた。いまにも顔がくしゃくしゃに歪《ゆが》んで、涙がこぼれそうになったからだ。

不覚……私がポテトと結婚するのは、生まれたときから決まっていたんだ。なにを今更ひっくり返って喜ぶことがある？

そう思う一方で、
一生に二度とない瞬間だもの、跳ねて、飛び上がって、空中で三回転したって追いつかないほど嬉しいんだ、わああーっ！　いますぐ新宿区役所通りへ飛び出して、道行く人に片端からキスして回りたい！

心臓がスキャットしているのも事実であった。

「いやあ、よかった」

堂本がウンウンとうなずいた。

「早速記者会見の手配を頼むよ、新谷くん」

え、結婚発表の記者会見ですかあ？　私たちそんな有名人じゃないけど。断ろうとして、キリコはあわてて口をつぐんだ。そうか、大賞受賞者決定の発表なんだ。

「それならもう、青野が動いてくれてます」

新谷はいい、つくづく……という感じでポテトとスーパーを見比べた。

「少々春が長かったですね、牧先生。それもこれも、終わりよければすべてよしだ」

「『ざ・みすてり』大賞のおかげだわ、新谷さん」

キリコがいった。高校時代の親友めぐみが彼の娘なので、新谷家とは長いつきあいになる。文英社を通してしか知らない堂本に比べると、ずっと身近なおじさんであった。

「『ざ・みすてり』のかい？」

「そうなの」

いいにくそうになったので、あとは由布子が補足説明してやった。

「ほう！」

と、新谷以上に堂本が大きな声になった。

「いわばわが社が、仲人をやったことになる。……こりゃあいい。社長が聞いたら躍り上がるだろう」

「私に媒酌人をやらせてくれ。猪崎《いのさき》社長のことだから、いいだしかねませんよ」

「どうしてそこに、社長が出てくるの?」

手作りのオードブルを用意しながら、由布子がふしぎそうだ。堂本は苦笑した。

「『ざ・みすてり』大賞を作ろうといいだしたのが、社長だからさ」

「あら、そうなんですか……まだ若い人なんでしょう?」

「先代を継いだばかりなので、自分のカラーを出そうと懸命だよ。経営者より作家になりたいとゴネていた文学青年崩れだからね、やる気むんむんはいいが、若干独走の気味がある」

それ以上社長批判は憚《はばか》られると思ったか、堂本は話題を変えた。

「『ざ・みすてり』誌上を使って、大いに祝賀記事を書かせるか」

「やめてくださいよ」マジに薩次が反対した。

「関係ない読者まで巻き込むのは」

「しかし社長のこった、それで雑誌が売れると思えばやりかねないよ」

「裸で銀座を歩けば本が売れるなら、私は率先して裸になる。そういった人ですからね」

新谷まで堂本に和してから、いそいで手をふった。

「いや、そんなことはどうでもいい。私としてはごく個人的に、牧先生キリコ嬢の結婚祝いをさせていただきたいな」

「大賛成よ」

由布子が高々とあげた手に包丁がにぎられていたので、みんなぎょっとなった。

「いいからお前さんは、作るものだけ作ってなさい」

たしなめた中込が、一座を見回した。「いかがです、みなさん」

「けっこうだねえ」堂本が手を打った。

「雑誌に載せるか載せないかは別として、われわれ仲間で大いに祝って差し上げたい」

「せっかくだもの、なにかいい趣向はない？　あなた」

「プロデューサーの手腕に期待しましょうか」

新谷もいい、みんなの注目を浴びた中込は苦笑した。

「まあそれについては、いずれみなさんとご相談することにして……趣向があるとすれば、ご本尊ふたりには内緒の方がいいでしょうし」

「ケチなんだ」

頬をふくらましてみせたキリコだが、目は笑っている。だが薩次はまだ、落ちつきがなくもじもじしつづけた。

堂本が思い出したようにいった。

「……そうなると、選考に当たったみなさんも、一枚嚙ませろといってくるでしょうな」

「ああ、あの四人ですか」新谷がうなずき、すぐいいなおした。

「青野くんは当然参加するとして、のこりの三人――文月、西堀、鮎鮫の各先生方ですね」

「その全員が、牧先生の作品に票を入れたの?」由布子が尋ねた。

「だったらいいけど、さもないと呼ばれた人も困るでしょ」

「それはそうだ」と、克郎がうなずく。

「選考は全会一致で決まったんですか?」

「いや、そのあたりは俺も詳しくないんだ」

新谷が頭に手をやった。「青ちゃんにまかせっ放しなんで……」

「青の奴ときたら、社長に相談してもわれわれには一言も聞かせてくれないんでな」

「まあまあ」

なにかと嚙みつきたがる堂本に対して、大人の新谷はいつも止め役である。

「『ざ・みすてり』はあんたの雑誌だ、好きなようにやれといったのは俺ですから」

「青もいい上役を持ったよ」

苦笑いして、堂本が矛《ほこ》を収めた。

「……ま、そんなわけで、四人のうちのだれが牧作品を支持し、だれがけなしたか、皆目知らないんだよ。いずれ選考会のテープを聞かせてもらうつもりだが」

「ねえ、ポテト」

と、スーパーが質問した。

「なんてタイトルで応募したの?」

「ごめん」

薩次がぴょこんと頭を下げた。

「なんなのよ」

「青野さんにあらかじめいわれてるんだ。入選しても当分の間タイトルや作者名は伏せておくから、そのつもりでいてくれって」

「へえ！」呆れ顔になったのは、キリコだけではない。その場にいたみんながびっくりした。

「タイトルも作者も覆面てのか」

「青ちゃん、なにを企んでるのよ」

「話題性を演出しようって目論見《もくろみ》かね」

「わかった」と、堂本がいった。

「社長の差しがねだ――あの若旦那なら、やりかねない！」

【選考会議事録①】

時　9月12日午後3時開始
所　文英社第三会議室
出席者　文月みちゃ（作家・タレント）
西堀小波（推理小説評論家）
鮎鮫竜馬（推理小説評論家）
司会　青野庄伍（「ざ・みすてり」編集長）

司会　ではははじめさせていただきます。候補作は三本ですが、どのような順序で話をすすめましょうか。
文月　その前に、質問させてくれる？　青ちゃん。
司会　どうぞ、文月先生。
文月　はじめに聞いておくけどさ。どうしても受賞作を出さなきゃならない？
司会　えっと。それはどういう意味でしょうか。
文月　意味もへったくれもないの。入選作ナシでかまうかかまわないかってこと。
司会　入選作ナシですか……うーん。
西堀　あのね、それ私も確認しておきたかった。ということは、どの作品を読んでも平均点とれないと思うんだなあ。鮎鮫さん、どう思う。

鮎鮫　そうですね。ぼくも実をいうとちょっと、大賞には無理じゃないかと……。

文月　ほーらほら。ね、青ちゃん。選考委員みんなの意見なのよ、これが。

司会　そうですか……弱りました。

文月　ヤだな。青ちゃん、顔色まで青くなったよ。なんか具合が悪いの？　入賞者を出さないと。

司会　まあ、そうなんです。

西堀　うん、そりゃわかるよ、編集長。卑しくも「ざ・みすてり」大賞とうたった、その第一回なんだ。ミステリの専門誌が賞を出すというんで、それなりに期待している向きがある。ところが蓋を開けてみたら、受賞作ありません。……大げさにいえば、出版界あげてがっくりくる。

鮎鮫　ですけどね。第一回であればなおさらじゃないですか？　西堀先生がいったように、だれもが注目してるんです。いい加減な作品を入賞させたら、早い話が、傷つくのは「ざ・みすてり」なんだ。青野さん、あなたなんです。

司会　……弱ったなあ。

鮎鮫　そんな弱るほどのこと、ないと思うけど。

文月　いや、待った。ちょっと待った、鮎鮫さん。三本のうち、どれでもいいから入賞させないと、やっぱりまずいかもしれないぜ。

鮎鮫　どういうことです？
文月　この賞を設定するといいだしたのはだれなのよ。少なくとも青ちゃんじゃないよ。堂本さんでも、新谷さんでもない。……聞いてるでしょ？
西堀　聞いてる。……そうだったね。猪崎社長だ、いいだしっ屁は。
鮎鮫　ぼくはまだお目にかかったことがありませんが、西堀先生はご存じなんですね。
西堀　ご存じもなにも、就任してすぐのパーティで会ったらさ、その晩のうちに赤坂《あかさか》へ連れこまれた。
文月　へえ、社長さん大胆。
西堀　誤解しないでくれよ、文月さん。一流料亭へ案内されたってこと。
文月　ああ、そうなの。あそこには老舗《しにせ》のレジャーホテルがあるからね。失礼、それでどんな話になったんです。
西堀　それが可笑《おか》しいんだ。……あ、青ちゃん。ここから先オフレコね。
司会　はあ。
西堀　猪崎氏としては、俺におずおず原稿を見せるんだなあ。
文月　へっ、西堀さんに。これがほんとのゲンコー犯だ。
鮎鮫　ご自分が書いた原稿ですか。
西堀　そうなの、ミステリ。
司会　なるほど……噂には聞いていました。社長が作家志望だという。

西堀　それなんだよ。俺にこの小説がものになるかどうか、忌憚《きたん》のない意見を聞かせてほしいというんだなあ。
文月　で、西堀さん読んだわけ。
西堀　いや、読まない。
鮎鮫　読まないんですか。社長さん、怒ったでしょう。
西堀　その前に俺が怒った。いや、ご意見申し上げた。……だってそうだろう。こっちはしがない批評家だよ。あちらは一流とまでいわなくても、まず二流の上の文英社社長じゃないか。それも赤坂の料亭でおごられてる最中だ。こんな状況で、どうしてまともに意見できますかっていったの、俺は。
文月　さすが。
鮎鮫　ごもっともですね。で、社長はなんと。
西堀　それっきりだよ。あの引き際には、俺もちょっと感心した。おっしゃる通りです、私がどうかしていました。それだけいって、あとは飲めや歌えや。若手の芸者が大挙して現れて。
文月　現れて、それで。
西堀　おぼえていないよ、そっから先は。
文月　逃げられた。
西堀　まあ、そういいなさんな。……で、俺がなにをいいたかったかというと、たしかにあの社長はミステリが好きだね。昨日今日好きになったって人じゃない。だからくだらない作品に賞をやるくらいなら、ナシの方がすっきりする。それがわかってくれる人だと思うな。

鮎鮫　いいですね、そういう社長なら。

西堀　その代わり、ぎりぎりまで論議を煮詰めて、それでもどうしても候補作はつまらない、入選させるに忍びない。この席の人間全員が一致したのなら、あえて逆らわないと思うな。……どうお、青ちゃん。

司会　たしかに、そうかもしれません。では、こうしては如何でしょう。なにがなんでも入選させるという、その一点に関しては撤回します。ですが、三本の中でほんの少しでも、見どころがある……というか、ここを育てればいいものになる可能性がある、そう考えられる作品があれば、多少の傷に目をつむっても、あえて推薦していただきたい。そう思うんですが、どうでしょう。

鮎鮫　多少の傷を無視してねえ。

西堀　うむ……そうなると、気分を一新して読み返したくなるね。

文月　ま、編集長がそこまでいうのなら、この際一本ずつ再読して、その上で意見を戦わせてみますか？

鮎鮫　いいでしょう。西堀先生のお考えは？

西堀　やってみよう。揚げ足をとるという観点でなく、好意的に見るということだな。

司会　ではまず、最初の作品を俎上にすることにして。……あ、その前にお断りしておきますが、どの候補の場合も作者の名前はあえて削ってあります。既成の作者でもズブの素人《しろうと》でも区別しないというのが、本賞のコンセプトですし、といって仮にみなさんがご承知の作家であれば、先入観がはたらく場合も考えられます。そんなわけで、あえて作者名をカットしたことをご了承いただきたいと存じます。ではは到着順に最初の作品から。

候補作Ａ　鏡

――私は鏡でございます。

こう申し上げると、あなたはたぶんお笑いになるでしょう。

バカをいうな。俺はこの年になるまで、鏡がものをいうなんて聞いたこともない。

ごもっともでございます。

ですがもし、あなたのお孫さんだったらいかがでしょう。あんがい素直に、おっしゃるのではありますまいか。

「知ってるよ。鏡よ鏡、鏡さんて、白雪姫のママがいうんだよね。世界のうちでいちばんきれいな人はだれだって。そしたら鏡がちゃんと答えるんだもん」

その通りでございます。

あの高慢な女王さえ、鏡には一目置いていらしたほどなのです。

人生に疲れたあなたはご存じない。けれど鏡はむかしから、人間以上に賢くて、人間以上に物知りなのでございます。

私どもの仲間は、みんな沈黙は金という諺《ことわざ》を心得ております。私ども鏡には、弁護士もいなければ代議士もおりません。ただ黙って、磨かれたガラスの中から、お笑いになるあなたのふるえる喉仏を眺めているばかりでございます。

さて、その私――鏡の一枚が、なにを思いたってあなた方人間にお話をはじめようとしているのか。

実を申しますと私は、この二三日おかしくておかしくて堪らないのです。

ああ、あなたはまた妙な顔をしていらっしゃいますね？

鏡がおかしがる――？　鏡が笑ったら、いったいどういうことになるんだ、ですって。

そのときは、苦虫をかみつぶした社長の顔も、しょげているヒラの顔も、ぎょっとするような笑顔に見えることでしょうね。

そんな奇妙な事態になっては困りますから、私どもは笑わず我慢をかさねております。けれど人間にも鏡にも、限度というものがございます。いまのうちに、腹に溜まった笑いのタネを洗いざらいぶちまけてやれば、どんなにかすっとするだろう。そう思いついたから、こんなひとり言をはじめたのだとお考えくださいませんか。

1

私――正確に申しますと、タテ一メートル二十センチ、ヨコ四十五センチの鏡は、郊外のマンション住まいの片柳《かたやなぎ》家にとって、厄介ものでございました。私の体の右下には、野上正彦《のがみまさひこ》よりと白い文字が書き込まれてあります。つまり私は、四年前の片柳氏結婚に際して、会社の同僚野上氏からプレゼントされたものなんです。

「……実際、あいつにも呆れるよ」

と、これは私の持ち主である片柳新一《しんいち》の言葉です。

「おなじマンション暮らしをしていて、こんなでかい鏡がどの壁にかけられるか、考えてもいないんだからな。役立たずということでは、会社のあいつといい勝負だ」

そして私の所有者は、私にむかってタバコの煙を吹きかけるのでした。

実際、私は片柳家のリビングルームの一方の壁を、わがもの顔で占拠しております。この鏡がなかったら、好みのリトグラフをかけるんだが、とつぶやく新一の言葉を聞くたびに、私だって好きでこんなせまい部屋にいるもんかといい返したくなります。だいたい私は、タバコが大きらいでございます。いまにこの男の吐くタバコの煙のおかげで、私の美しい肌は、だいなしにされるに違いありません……。

贈り主の野上もこのマンションの住人です。片柳とは大学で机をならべていた仲だそうですが、病身で卒業がおくれ、いまの四谷商事に入社したときは、片柳に先輩風を吹かされる立場となりました。

おなじマンションですが棟は違います。六階建ての羊羹《ようかん》みたいな建築が二棟南北に並んでいるだけで、マンションというより鉄筋の長屋と申した方が、実情に合っておりましょう。その一部を四谷商事が社宅代わりに借り上げているので、片柳家も野上家も安い家賃で入居できたわけ。さもなければ彼らの給料で、都心まで三十分の便利な家に住めるはずがございません。

たまたま野上の部屋は、片柳家の真向かいにありました。おなじ五階のおなじ位置ですから、南側の窓をひらくと、いやでも彼の部屋の窓が、私の体の中へ飛び込んでまいります。

建築費を安くあげるため、どの家もおなじ間取りになっているに違いありません。ですから野上の寝室は、片柳家とおなじく北側の一室に設けてあります。ということは、私の視界にはいる野上家の窓は、彼の寝室ということになるわけです。

朝になると、まるで片柳家に呼応するみたいに、野上も窓をひらいて手をふります。

「おはよう、手鞠《てまり》ちゃん！」

申し遅れましたが、片柳家にはひとりの女の子がおります。手鞠の名にふさわしく、まるまるふとった子供で、やっと二度目の誕生日を迎えたばかり。まだ赤ちゃんと呼んだ方がふさわしいでしょう。

その手鞠ちゃんに、野上はしきりと愛嬌をふりまきます。会社では先輩にあたる片柳の娘ですから、せいぜいゴマをすっておこうというつもりなのか。いつぞや片柳家を訪れた当人にいわせると、

「私は子供が好きでして」

へへへと笑うのですが、私にはそのいい方が気に入りません。「ゴルフが好き」とか「すき焼きが好き」とかいうのとおなじニュアンスに聞こえたものですから。

「じゃあ野上さんちも、早くおつくりになればよろしいのに」

というのは片柳夫人である良子《よしこ》さんで、これまた人間だかキャベツだかわからないことをおっしゃる。

「それが奥さん、なかなか……その、どうも」

煮え切らないのは野上の特徴ですが、会社でもこんな調子だとしたら、片柳が彼を糞味噌にいうのも無理はありません。

「この頃野上さんの奥さん、どうなさったの？　ずっとお顔を見ないようだけど」

「ええ。ちょっとね、実家にごたごたがありましてね……帰してあるんですよ」

「そう」

「たまに女房がいないと、家が……こう、広くなったような気分でしてね。さっぱりしますよ」

「そうかもしれませんねえ」

いい加減な相槌《あいづち》を打ちながら、私の方をふりむいた夫人の顔は、あきらかに笑いをこらえておりました。それもそのはずです、マンション中の噂によれば、野上の奥さんは亭主と大喧嘩のあげく実家へ帰ったというのですから。

ここでまた、鏡の私が生意気な口をきくのをお許し願いましょう。

マンションという言葉はもともと豪邸の意味だそうですね。ところがこのマンションときたら、どの家もせいぜい六十平方メートル。世の中にこんな豪邸があってたまるものですか。

入れ物が安っぽければ住人も安っぽい。井戸端会議ならぬコンビニ会議や、児童遊園地会議からはじまる噂の数々が、個人の私生活を容赦なくあばき出す。それを生き甲斐にしている女性軍のパワーには恐れ入ります。当然のことですが、不幸な野上家の紛争はとっくの昔に骨までしゃぶられておりました。

さらに彼女らのとめどないエネルギーは、育児競争に注がれます。片柳夫人も例外ではありません。かわいい手鞠ちゃんを理想的に教育するため、せっせと育児書に読みふけっている。

それはけっこうですが、ほら、私のこの姿を見てください。埃だらけじゃありませんか。すぐ下には夫の新一氏の靴下が落ちている。洗濯物をしまうときに落として、そのままになっているんです。

家事労働を省略して育児にはげんだ結果はといえば、あまり芳しくないようです。智恵のつき方がおそく、まだろくに舌のまわらない手鞠ちゃんですが、ママのお節介ぶりにうんざりしている気配があります。はっきりいって彼女に同情したい気分ですね。赤ん坊だってたまには孤独を楽しみたいだろうと思いますよ。

パパの新一氏はまったくあべこべです。よくいえば放任主義、わるくいえば無責任。

「なに、熱がある？　赤ん坊は少しくらいの熱はいつだってあるんだ」

「甘えて困る？　お前がいちいち相手になるからだよ。ほっとけ、ほっとけ、泣くのも運動のうちだろう」

「ああ疲れた。俺は先に寝るからな。もう手鞠を泣かすなよ」

勝手なことをほざいて、さっさと寝室へ姿を消すというのが、毎晩のことでした。この程度の人間でも、会社へ出れば責任者面をしていられるんですかねえ。

もっとも片柳が勤勉なのは理由があります。少しでも金を溜めて、少しでも早くわが家を持ちたいという、健気な決心の持ち主だったのです。このところ金利が下がりっ放しなので、持ち家計画は延期のようですが、彼は決して諦めておりません。会社優先の亭主に夫人が目をつむっているのも、マイホーム建設については夫唱婦随だからにちがいないのです。

勤倹《きんけん》貯蓄なんて死語に近い言葉でしょうが、夫婦の努力が実った結果、いまでは通帳の定期欄にン千万円が記帳されているとか。良子夫人がつい口をすべらせたばかりに、噂はあっという間にマンションふた棟を席巻したそうです。

2

さて、夏も終わりに近いある日の昼下がりでした。

手鞠ちゃんがお昼寝している間に、良子夫人はお隣の友達の部屋へ育児書を返しに行ったのです。三十分後に帰ってみますと、いつの間にか起き上がっていた手鞠ちゃんが、私の前でワンワン泣いておりました。つい話しこんだことを謝りながら、抱いてあやしているうちに、夫人の視線が机の上に載せてあった手提げ金庫に止まりました。

なんということでしょう……金庫の蓋が開いている！　大事な通帳とハンコをしまっておいた金庫の蓋が。

驚いた夫人は手鞠ちゃんを抱いたまま、片手で金庫を探りました。整頓上手な彼女ではないけれど、さすがに金庫の中は整理されています。ですから片手で十分みつかるはずでした。それなのに、通帳がない。封筒にはいっていたはずのハンコもない。パニックになりかけた奥さんは、手鞠ちゃんをその場に転がして両手で金庫をかき回しはじめました。可哀相に放り出された手鞠ちゃんは、またワアワアと泣きはじめました。

娘の咆哮《ほうこう》を聞きながら、けれど片柳夫人は呆然としておりました。

「ないわ……ないわ！」

開け放された窓から、抜けるように青い空を見上げて、彼女は放心したような顔をさらしていたのです。

そんな夫人の後ろ姿を写しながら、私はあいかわらず沈黙を守っておりました。もちろん、そのなん分か前には、金庫に手をのばす犯人の姿を、おなじ私の体の中に写していたにちがいないのですが。

財布をあらためた夫人は、カードの無事を確かめると、夢中で電話にとびつきました。いうまでもなく、通帳の使用を停止させるためです。盗難に早く気づいたのが幸いでした。即刻手配が行われ、片柳家の預金はぶじ確保されました。

そこまで終えてから、やっと夫人は気がついたそうです。

「手鞠ちゃん！」

いまさらのように、彼女は娘を抱きしめました。

「ぶじでよかった……ぶじでよかった！」

泥棒が忍び込んだとき、もしも手鞠ちゃんが泣きわめいたとしたら？　気の弱い空き巣狙いなら逃げだすでしょうが、場合によっては手鞠ちゃんは絞め殺されていたかもしれないのです。彼女が目を覚ましたのは、泥棒が去った後だろうと、夫人はおそまきながら胸をなで下ろしました。

犯人を目撃した者は、とうとうみつかりませんでした。怪しい人影を見た、という情報はいくつか寄せられましたが、いずれも信憑性に乏しかったようです。たとえ玄関がロックされていなかったにせよ、犯行可能な時間は幅がごくせまく、内部の事情にくわしい者でなければ、通帳や印鑑まで盗み出すことはできまいと、刑事のひとりが指摘しております。行きずりの空き巣や、出来心の泥棒であるはずがない、と彼は主張いたしました。なにせ現場は私の前ですから、警官たちの会話はすべて私に筒抜けです。

知らせを聞いて飛んで帰ってきた片柳に、その刑事が尋ねたことも、片柳の答えもみんなわかっております。

「私の家の内部に詳しくて、私に恨みを持っている者の心当たりですか」

刑事の質問をオウム返しした片柳は、しばらく考えた末に申しました。

「会社の後輩に野上という男がいます……彼なら、うちへたびたびきていますし、私に叱りつけられることが多いので、あるいは恨んでいるかもしれません……それにあいつは、今日出勤しませんでした。きっとズル休みしたんです」

なるほど怪しい。片柳の話を聞いた刑事は色めきたちましたが、皮肉なことに野上のアリバイを立証したのは、ほかならぬ片柳夫人だったのです。

彼女は夫にむかって、こういいました。

「野上さんなら、ずっとご自分の家にいらしたわよ」

「なぜそんなことがわかるんだ?」

「うちへ、謝りにいらしたの。どうしても出勤する意欲が湧かなかった、結果として会社を休んでしまったって。その帰りに手鞠を抱いて、自分のうちへ連れていってくだすったの」

かねてから野上は、手鞠ちゃんを見るたびに、

「ぼくもこんなお嬢ちゃんがほしかった」

お世辞たらたらで遊んでくれていましたから、今日も安心して彼に娘を任せた……と夫人はいうのです。

「それがお昼少し回ったころよ。とても助かったわ……おかげでゆっくりお買い物ができたもの。もどってからすぐ、野上さんのお宅にうかがって手鞠を連れ帰ったの。ぼつぼつお昼寝の時間だったから」

「じゃああいつはその後すぐ、俺の家を狙ったんじゃないのか」

ところがそれは不可能でした。というのは、ふたつの棟の間に横たわっている連絡通路で、買い物籠を手にした奥さん四人が、おしゃべりに熱中していたのです。いくら話しこんでいるからとはいえ、野上が庭を横切ればだれかの目に止まったにちがいありません。

通路には屋根がついていましたから、もし野上がサーカスもどきに、マンションの棟から棟

へロープを張って猿のように移動したと仮定すれば、彼女たちは気づかなかったでしょう。現にその日その時間、ふたつの棟にはさまれた広大な空間について、まったく人間の目は光っていなかったのですから。

昼下がりのマンション。巨大なコンクリートの箱ふたつ。人間の匂いでむせ返るような集合体にも、一瞬の真空はあったのです。家事も一段落して幼児を寝かせつけ、若い母親たちの大半は思考が空白のひとときであったかも。

だが、彼にそんな曲芸ができるはずはないし、馬鹿げた冒険をする必然性もありません。結果として彼の窃盗の容疑が晴れたことを、蔭ながら私は喜んでおりました。

この一年ばかり、野上が手鞠ちゃんを可愛がることといったら、それは大変な奮闘ぶりでした。単にゴマをすろうというだけで、あそこまで献身的な努力をするものでしょうか?

(手鞠ちゃんの本当の父親は、野上ではないのか)

いつか私は、そんな突飛なことを考えたほどです。

いや、それは私の妄想にすぎませんでした。亭主が留守の間に、野上はなんどとなく片柳家を訪問しています。だがついぞ私の前で、怪しげな振る舞いにおよんだことはなかったのですもの。

邪推はさておき、夫人にもなにかと手落ちはありました。

第一に、窓の開け放しは風通しのために当然ですが、たとえ行き先が隣の家であろうと、ドアに施錠を怠ったこと。

第二に、せっかく金庫の錠をかけておきながら、その鍵を無造作に机の引出しへ放りこんでおいたこと。

それでも盗難発生後の彼女の迅速な通報のおかげで、被害はゼロに終わりました。通帳と印鑑を作りなおすため、かなりの時間はかかりましたが、いまはカードという便利なアイテムがあります。ごっそり溜めた定期ならともかく、日常に預金を出し入れするには、なんの痛痒も感じなかったでしょう。

そのためか、いつに似ず夫人は警察に届けることさえ遠慮しようとしたのですが、隣家の世話好きな友人がすぐさま110番してくれたので、お話しした通り警察活動が開始されたわけです。

だが、けっきょく捜査は行き詰まりました。

人の噂は七十五日だそうですが、世の中のテンポが早まるにつれ、せいぜい一週間しか情報の鮮度は保てません。まして実害はなく、その後それに類する事件も起きなかったため、あっという間に空き巣話は消滅してしまいました。

さて、そうなったいま。

私はひとりこっそり呟くのでございます。

事件の真相を知る者は、この鏡だけしかいないのだ、と。

3

……つまり、泥棒なんて最初から存在しなかったのです。

あの日あのとき、片柳夫人が出かけた後で手鞠ちゃんはぽっかり目を覚ましました。むずかるでもなく、のこのこ起き上がって開け放された窓から、外を見ました。

おや、手鞠ちゃんが笑っている。

事情はすぐわかりました。会社を休んだ野上が、お向かいの窓から顔を出していたのです。彼は手鞠ちゃんお気に入りのおじさんでしたから。

すると野上が、なにやら片手に持って差し上げました。

どうやら手鞠ちゃんの好物のカステラのようですが……それにしても、いったいなにをしようというのでしょう。窓から投げて、手鞠ちゃんにあげようというのか。まさか。届くわけがありません。

ところがそのとき、なんともへんてこなことが起こりました。

窓を向いていた手鞠ちゃんが、突然くるりと回れ右をしたのです。

スタスタスタ。

スケールで計測したみたいに、ちょうど五歩目で机の前に到着しました。絨毯の上に置かれていますが座机です。夫人によれば、少しでも部屋を広く見せるためわざと背丈のひくい家具ばかり置いたとか。

ですから手鞠ちゃんにも、楽々引出しが開けられます。

そこに、金庫の鍵がはいっていました。

おぼつかない手つきで、鍵を取り出し、金庫の鍵穴にあてました。

この光景を、もしテレビカメラがクローズアップで撮っていたなら、それは紛れもなく泥棒の手であったにちがいありません。

カステラを見せられてからの手鞠ちゃんの行動は、チンパンジーの芸そっくりに見えました。

もちろん鏡の私は、すべてテレビから得た知識を披露しているにすぎないのですが。

チンパンジー……そうです、手鞠ちゃんは、まさしく野上から動物なみの芸を仕込まれていたのでした。

猿がタバコを吸い、犬が縄跳びをする。

そんな芸当にくらべれば、人間の幼児が引出しから鍵を取って金庫を開けることぐらい、さしたる訓練を要しないでしょう。

しかしそのためには、手鞠ちゃんをトレーニングする場所が、この片柳家とそっくりでなくてはならない。質感はともあれ、大きさや位置が寸分違っても、訓練の成果は保証できません。

ですがご承知の通り、このマンションはどの家も金太郎飴みたいに、おなじ間取りだったのです。

野上がその気になれば、南面するリビングルームを片柳家そっくりにレイアウトできたはずです。ひっきりなしに片柳家を訪問した野上は、記憶を頼りにわが家に片柳家の居間を再現したのでしょう。

たびたびの訪問の間に、保険の外交員がやってきたこともあります。そのとき夫人は、野上の前で金庫からハンコがはいった封筒を取り出しています。通帳がはいっていることも、野上は知ったことでしょう。おそらくおなじ通帳、おなじ封筒まで用意していたと思います。

準備をととのえた野上は、手鞠ちゃんの機嫌をうかがい、なにかといえば自宅に連れ帰ってお守りをする。そして、チンパンジーならぬ人間の幼児に、バナナならぬカステラを餌に使って、芸を仕込んだ——私はそんな風に想像いたしました。

待ってくれ。

通帳を金庫から取り出すまではわかった。

ではそのあと、野上はどうやって手鞠ちゃんからハンコや通帳を受け取ったのだ。

ああ、あなたはそれが不思議なのですね。

私は申し上げました、この事件に於ける手鞠ちゃんは猿なのだと。

たぶんあなたは、猿の人真似のエピソードをお聞きになったことがおありでしょう。

猿に手斧を奪われた木こりが、棒で自分の足をたたいてみせる。すると猿めは斧で自分の足を斬り、まんまと捕らえられてしまう。そんなお話でしたっけ。申すまでもなく、私がテレビアニメから得た知識でございます。

野上は、ハンコと通帳を持った手鞠ちゃんが窓際へもどってくるのを見すまして、自分が持っている通帳と封筒を、はらりと庭へ投げ捨ててみせたのです。

反射的に手鞠ちゃんも、手にした二品を投げ捨てます。

庭といっても、雑草だらけの花壇でした。盗難騒ぎがはじまったころ、ゆっくりとそれを拾いにゆけばよろしいのです。

そんな呑気なことをしていたから、夫人に先を越されて、銀行に通報されたのだ。あなたはそうおっしゃるのですね。

ごもっともですが、私はこう思います。

野上の犯行の動機は、単なる金欲しさではなかった……

ああ、あなたは大きく合点をなさいました。

そうか。会社ではいじめ役の上司、その子供を猿あつかいすることが目的だったのか。暗い奴だな、野上という男は。

たしかにそれも動機の一つかもしれません。

だが、彼にはさらに別な考えがあったようです。

それがなんなのか、今日になってやっとはっきりわかりました。

行方不明だった片柳家の通帳が、なんと最寄りのコンビニの床に落ちていたのです。

拾い主はマンションに住む主婦のひとりでした。好奇心に駆られた彼女は、通帳の中身をのぞきました。

あれほど大言壮語《たいげんそうご》していた片柳家の定期欄は、ゼロ。哀れにも預金は片端から引き出されていたそうです。バブル崩壊にもかかわらず、昇給は右上がりと思い込んでいた片柳家の家計崩壊のさまが、そこにシビアに描かれておりました。

今朝ほどから、おなじ話題をくりかえす奥さん方の声が流れてきました。このマンションにふさわしい虚栄の通帳の噂は、光速に匹敵するスピードで二棟八十戸の間を駆けめぐることでしょう。

そしていま、私の前では片柳夫妻が向き合っておりました。ふたりのむこうには、手鞠ちゃんがスヤスヤと寝息を立てています。彼女の小さな白い手が通帳を盗んだとは、旦那も奥さんも、いまだに気づいておりません。

押し殺した声で、ふたりは互いをズタズタにする悪意の声を投げ合っています。

「だからあんなにカードを使うのは危ないといったでしょう」

「バカ。お前だぞ。マンションを出てゆく、自分の家を建てると触れ回ったのは！」

「稼ぎが少ないくせに、一人前に新車を買って！」

「手鞠のためならといって、パソコンまで予約したそうだな！」

争いはいつ終わるともわかりません。

……ねえ、私が笑いたくなったのも無理のないことでしょう?

窓は閉めてありますが、上半分が素通しなので、野上家の様子があらかたわかります。おやおや、あの男がこちらを見ている。いま、双眼鏡を目に当てました。

そうなのか。野上の隠された動機は、これだったのか。

通帳の中身を暴露することで、片柳家を根こそぎ揺さぶってやろう……これこそが、野上の目的であったのです。

家庭離散の淋しさを上司にも味わわせてやる。

ほぼ思いを達しつつある野上の頬に、陰惨な笑みが彫りこまれて見えます。

片柳氏とその奥さん、喧嘩をしている場合じゃないでしょう。窓を開けて野上家を見てごらん。

忠告してやりたいところでしたが、私の声は人間の耳にはいりません。

いまにもつかみあいをはじめそうな夫婦を前に、私は腹を抱えたくなりました。手鞠ちゃんがチンパンジーなら、父親はゴリラ、母親はオランウータンでしょうか。いやいや、こんな好戦的な人間にたとえられたら、平和な猿類は怒りだすかもしれません。

ふたりは文字通り、歯を剝き出し髪を逆立て、いまにもつかみあいをはじめそうな有様でした。

ほらほら、おふたりさん。気をつけなくっちゃ。大事な手鞠ちゃんが、目を覚ますじゃないか。

あなたたちの大切な泥棒ちゃんが。

あっ、なにをするんですかっ。

灰皿を投げるのはやめてください。ひとつ狙いが外れたら、私にぶつかってしまう！

どっ、どうせ投げるのなら、正確に、奥さんの頭に当ててくれ！

わあっ……危ない！

残念ながら、私の悲鳴は人間には聞こえないのです。

南部鉄の灰皿が、宙に舞いました。

亭主より女房の方が、はるかに運動神経が発達していたとみえ、夫人はかるがると灰皿をかわしました。

そして私は……あまりに図体の大きい私は、よけもかわしもなりません。

ガシャンという音があがって、一瞬タバコの灰にまみれた私は

ヒビだらけに

なりました。

破片のいくつかは

ばら

ば

。ら

になりました

だから

私は

タバコが　嫌い

だいきらい！

（了）

【選考会議事録②】

司会　いかがでしたか。

鮎鮫　うーん。

西堀　ふうむ。

文月　俺、はっきりいうけどね。読み返したって、ダメなものはダメ。

西堀　それをいってはおしまいだよ、文月先生。

鮎鮫　欠点をあげつらうのではなく、美点を拾う。その精神でしたね。

文月　わかりましたよ。じゃあ鮎鮫先生から、どうぞ。

鮎鮫　うーん。

文月　（笑）それごらん。

西堀　ま、とにかく私からしゃべってみるよ。

文月　どうぞ、どうぞ。

西堀　人間の幼児を、猿扱いしたところがトリックになっている。これはまあ、おもしろいといえるんじゃないか。

鮎鮫　科学の啓蒙書で読みました。人間とチンパンジーの赤ちゃんを、おなじ環境で育ててゆくと、三歳児くらいまでは平行して智恵がついてゆくと。この場合はあべこべですが、現実的にあり得ることでしょうね。

文月　それにしても、なによこれ。鏡が主人公だなんて。
西堀　いや、それは犯人が幼児だから、あえてメルヘンめいた雰囲気を出したかったんじゃないか。
文月　そのメリットはあるけど、反面、登場する人物が描けないという、デメリットもありますぜ。
鮎鮫　もともと人間を描写する力のない人かもしれません。
文月　それをいってはおしまいでしょ、鮎鮫先生。（笑）
西堀　終わりの方も盛り上がらんな。鏡の視点から描いたために、すべてが聞き書きになってしまった。
文月　青ちゃんとしては、どうなの。
司会　うーん。
文月　なんだ、青ちゃんも唸ってる。
司会　要するに、これが面白いか面白くないか。素朴に、原点へもどって考えてはどうでしょう。
文月　俺、面白くない。
西堀　私はまあ……面白くないこともない。
司会　鮎鮫先生は、どうです。
鮎鮫　目のつけどころは面白いですよ。練りが足りないので面白くない。

文月　ということは、どっちなのさ。

鮎鮫　相対的なものじゃないかな。……浅いなりに纏まっている点を買うか、「ざ・みすてり」大賞第一回としてもっとレベルの高いものを期待するなら、とうてい許容範囲とはいえない、とか。

文月　なんだかだ遠回しにいってるけど、つまり鮎鮫先生としては気に入らない、と。

鮎鮫　そういってしまえば、おしまいですが。

文月　おしまいならそれでいいんじゃない？

鮎鮫　ですがね、選考となると責任を感じますよ。われわれの一票しだいで、候補者の人生が変わるんだから。大げさにいえば、その人の死命を制する立場にあるんですよね、私たちは。

文月　そうガチガチに固くなったら、なんにもいえないよ。早い話、車を運転するだろ、信号が変わるだろ。俺の目の前をぞろぞろぞろぞろ、人が通って行くんだ。いまそこでブレーキを踏む足をほんの少しゆるめたら、五人や十人確実に殺せるじゃない。つまり俺は、交差点を渡ってる奴らの死命を制してるんだ、その瞬間に於ては。だけど運転している最中に、いちいちそんなこと考えてたらやってゆけないもん。賞の選考だっておなじだよ。候補者の人生の将来まで考えていたら、入選だの落選だの、気安くいってられるもんか。どうせどっかでシビアに線を引かなきゃならないんだ。俺たちが引かなければ、だれかが引く。……心配しなくても、本当に力のある者なら、ここで出損ねたっていつかは頭を出すよ。「ざ・みすてり」がダメなら、乱歩賞がある、鮎川賞がある、横溝賞がある。案外そっちで名前を出す方が、文英社の賞よかショー来のために得だったりして。あはは、いまの俺の言葉オフレコね。

司会 （苦笑）ご心配にならなくても、選考会の記録を発表するときは、適宜《てきぎ》編集しますから。

西堀 青ちゃん。……よくわからないんだが、この賞の予選はどうなってる？　外部の人に委嘱しているのか、それとも。

司会 社内に委員会を設けて、社長直属で審査しているんです。

西堀 なるほど。集まったのはたしか三百本台だったね。

司会 そうです。

文月 書き下ろし短編なんだろう？　せいぜい五十枚止まりの……それにしては、応募者の絶対数が少ないなあ。「オール讀物」とか「小説推理」に比べて段違いだ。

司会 残念ながら、そこが老舗《しにせ》と新興の違いです。「ざ・みすてり」にしても、創刊して日が浅いし。

鮎鮫 いまさら不満をいってもはじまらない。現有勢力の中から、なんとか選び出すほかなしというわけですか。

文月 いやンなっちゃうな。

西堀 まあまあ。文月先生そう投げ出さないで。——けっきょく『鏡』は、支持する者ひとり、反対する者ひとり、あとのふたりは中立といったところだね。一応保留ということにして、つぎへ進もうじゃないか。

候補作B　仲のいい兄弟

第一日曜――弟の場合

直線には感情がない。ところがいま、俺を取り巻く空間は、無慈悲な直線に満たされている。一辺を九尺とする正立方体。こいつに四個の窓と一個のドアをとりつける。するとサイコロみたいな建築物は、大栄インスタントルームと名乗るプレハブ住宅になる。兄貴の家の庭に建てられたこの小屋が、大栄の売りものだったのはもう二十年以上も前のことだ。いまではすっかりカビの生えた商品になったが、起き上がると鼻をぶつけそうなこの部屋が、俺――高塔宗男《たかとうむねお》の現在の居室なのだ。

三ヵ月前、俺は交通事故で左足に重傷を負った。俺をはねた車のドライバーは、タイから出稼ぎにきていた女だった。ビザなしで夜の勤めに出ていたことがばれ、母国へ送り返された。車は借り物で保険に加入していなかった。東京で気儘《きまま》なひとり暮らしを楽しんでいた俺は、たちまち生活に窮した。いまいましいが、唯一の肉親である兄貴にすがるほかないのだ。

畜生、この能無しの左足め。俺は動かない自分の足を呪うほかなかった。これでは話があべこべだ。三ヵ月前の俺は、兄貴に同情する身分だったのに、なにがいったい運命の歯車を狂わせたのか。

俺と兄貴の守雄《もりお》は五つ違いである。われわれ兄弟の父親は、頭はよかったがビジネスマンとして要領がわるく、生涯うだつがあがらなかった。兄貴はそんな親父の体質を、もののみごとに受け継いでいた。親父もわかっていたのだろう。理科系の大学にいれてもらったおかげで、彼は技術屋としてそこそこの仕事をこなしている。

俺はといえば、親父と正反対の調子の良さと要領で、どこへいっても役に立った。そうなるとおかしなもので、いざとなったらいくらでも転職できる自信があるから、かえってひとつの会社で長持ちしない。高級フリーターを自称して、さまざまな商売往来を楽しんできた。

子供のころから俺はカンニングの天才で、万引きもやったし、女の子もひっかけた。ふしぎとバレずに、教師にもクラスメートにもうけがよかった。そんな俺の生き方が、親父の気に入るはずはない。

「お前には誠意がない」

というのが、親父の決まり文句だった。

つづいて兄貴を持ち上げる。

「あいつには実《じつ》がある」

誠意？　実？　笑わさないでよ、お父上。誠意を絵に描いたようなあなたは、課長止まりじゃなかったですか。そのぶん家庭を大事にした？　そうかもしれません。だが親父どのは知っっていましたか。あなたの奥さん——俺の母親——が、キッチンドリンカーをきめこむと、きまって目を坐らせてぼやいていたのを。

「あんなに甲斐性のない人と思わなかった」

ホームドラマの大半は、家庭を顧《かえり》みない亭主と家庭的な奥さんの話だが、ありゃ嘘だね。うちみたいに社宅に暮らしていた家庭の主婦は、隣近所がすべてライバルなんだもの、隣よりうちが、お向かいよりうちが、一円でもサラリーをふやしてほしい、心得だろうと補佐だろうと肩書がふえてほしい。そう祈りながら、向こう三軒両隣とおつきあいしてるはずだ。おふくろが六十そこそこでガンで死んだものだから、親父はそのあたりの機微《きび》をとうとう摑めなかったらしい。

終身雇用の社会しか知らない親父は、俺の仕事ぶりを根なし草としか見なかったに違いない。親父の言葉に火をつけられて、俺はいっそう反抗的な態度をとった。兄貴は住宅建設では中堅の大栄ホームに入社した。設計畑でまあまあの仕事をしているようだ。実をいえば俺も、大学時代に大栄の宣伝業務をバイトした。コマーシャルソングを殴り書きして、けっこうヒットさせたものだ。だから俺がその気になれば、就職することもできただろう。

だが俺はあえて大栄にはいらなかった。兄貴とおなじ会社なんてぞっとするし、それに横浜《よこはま》が本社の大栄より、東京に本社がある広告代理店にはいりたかった。親父と兄貴の反対を押し切って、俺はさっさと東京へ出た。コマーシャル制作のプロダクションを渡り歩いて、兄貴の倍以上の収入を得た俺は得意だった。

だが、その高収入は俺が元気でいればこそだ。自由に動くこともできないいまの俺に、ギャラをくれるプロダクションはない。二年前に死んだ親父の口癖、「根なし草」という意味が、いまさらのように重い響きを伝えてくる。

それにひきかえ兄貴ときたら、いかにも「実」のある勤めぶりだった。新しい企画をたてるのが仕事だというのに、とっくの昔に販売を中止したインスタントルームを、わざわざ自分の家の庭にたてて欠点を研究する。奥さんの恒子《つねこ》が渋い顔をしても無関心だ。もっともその安手なプレハブが、いまの俺の住処《すみか》になっているわけだが。

兄貴と恒子が結婚してぼつぼつ五年になるが、子供はまだない。彼女は一応美人で一応才媛だから、兄貴としてはよくやったといわねばならないだろう。大栄ホームの常務秘書をつとめていたところを口説き落としたらしく、その猛烈なアタックぶりはかつての宣伝仲間から耳タコで聞かされた。

会社の中軸にいただけに、夫人は兄貴の会社での地位や給与高にうるさい。俺みたいに仕事と趣味の区別がない――当然ながら肩書もない――者は、人間の屑《くず》と思っているようだ。

俺が邪推しているのではない。三ヵ月前、川崎《かわさき》の飲み屋街でひさしぶりに兄貴と一杯やったとき、愚痴まじりに聞かされたのだ。気の毒な兄貴は、恒子と結婚したことを悔やんでいた。あからさまにいいはしなかったが、直接の理由はおよそ見当がついている。兄貴に同情した俺は、反面いい気分だった。

死んだ親父はふた言目には、身をかためた兄貴をひきあいに出して、「お前も守雄のようにいい嫁さんをもらえ」といいつづけた。俺がうるさがると、正座してえんえんと説教をはじめた。あの世で聞いているかい、親父どの。あんたが贔屓《ひいき》した兄貴はこの通り、結婚に失敗したことを認めてるんだ。

その夜の俺は、兄貴の不幸を肴《さかな》にご機嫌だった。腕時計を見て青くなった兄貴が、夫人にいいわけの電話をかけに行った間、俺は屋台で最後の仕上げをした。……そのうち、しょんべんがしたくなり、俺はふらふらと立ち上がった。近くに公衆トイレはない。犬を見習って電柱に立ち小便をすることにした。

俺にこんな行儀のわるいことを教えたのは、親父だ。中学のころから、親父は俺を連れて飲むことがあったからだ。

……してみると、あれで親父どのは、俺を可愛いと思ったこともあったのだろうか。

生理作用の進行中、しびれた頭でそんなことを考えたまでは覚えている。だが、その直後に俺の記憶は途絶えた。

気がついたときには、俺は病院のベッドに横たわっていた。心配げに俺をのぞきこんでいたのは、兄貴と恒子夫人だった。

兄貴の話によると、排泄を終えた俺はそのまま路上に倒れこんでいたらしい。そこへ、これまた酔っぱらい運転中の、女の車が通りかかった。しかも彼女は携帯電話でしゃべり散らしていたそうだ。俺をはねた車はハンドルをとられて、電柱にぶつかった。騒ぎになったところへ、兄貴が電話ボックスからもどってきたのである。

フリーだった俺は、古めかしいインスタントルームの囚人となった。兄貴の結婚が失敗と知りながら、当の相手の義姉《ぎし》に食事も洗濯も、一切がっさい世話になる情けなさで、俺は頭がハチ割れそうになった。

結婚したばかりのころ、義姉はよく俺を叱ったものだ。「まっとうに働いてね」……まるで俺が泥棒でもしているような言いぐさだった。俺が動けなくなったいま、彼女はまったくなにもいわない。おなかの中では、それ見たことかといっている癖に、口先だけは、「いつまでもここにいて構わないのよ、宗男ちゃん」という。

三十すぎの男をつかまえて、「ちゃん」呼ばわりすることが、そもそも許せない。それでも俺は、愛嬌よく答えるしかなかった。

「わるいなあ、義姉《ねえ》さん。足さえ治ったら、すぐに出てゆくからね」

だが左足が、果たして俺の自由になるかどうかわからない。近いうちにリハビリが開始される。その結果を待つほかなかったのだ。

俺と兄貴の立場はあざやかに逆転した。フリーで気儘で羽根をのばし放題だった俺は、いまでは四畳半の監獄に繋がれて、体を起こすのがやっとの有り様だ。どういうものか、俺はこのプレハブが売り出されたころのキャッチフレーズを記憶していた。

〝書斎に離れに四畳半の別世界〟——たしかにここは、別世界だった。刑務所を別荘と呼ぶ程度には。それ自身で完結している、おそろしく手軽な小宇宙。〝あなたも家が建てられる！〟程〝たったひとりで半日の手間〟少々大袈裟なコピーではあった。俺は兄貴に頼まれて、この小屋を建てるのを手伝ったから知っている。半日というのは組み立て作業にかかる時間であって、それ以前に基礎のブロック工事が二日間かかる。もっともそれさえ終われば、組み立てはまことに安直だ。四尺五寸おきに柱を立て、特別製のウェハースみたいに軽量の陸屋根《ろくやね》を載せ、金具で締める。柱にはあらかじめ溝が切ってあるので、壁や窓あるいはドアがとりつけられたパネルを、順々に上からおとしこむ。これで完成である。

触れ込みは耐火防水だが、住んでみるとどうも怪しい。天井の中央にもう丸い染みができている。このインスタントルームは欠陥商品で、だから倉庫にのこっていたんじゃないかと思うくらいだ。

四つある窓がすべて腰高なので、寝ている俺の枕元にはソヨとも風がはいってこない。これを設計した人間は、自分では一度も中にはいったことがないのだろう。ベッドをいれてくれればすむのだが、畳がいいという古風な兄貴の好みのため、高塔家にベッドは一台もなかった。

天井の染みとにらめっこをしているうちに、俺はまたしだいに腹が立ってきた。怒りを煽りたてるように、油蟬どもが力のかぎり鳴きわめく。小屋の南側に生えた松の木に群がっているのだ。だが横臥《おうが》している俺には、その松の枝さえ目にはいらない。窓のむこうに青空のかけらが見えるきりだ。

蟬が鳴く、蟬が鳴く。

やかましいぞ、馬鹿野郎！

やり場のない憎しみが、メタンガスのように噴き上がってくる。

いつか俺は布団の中から、染みを睨みつけていた。見ようによっては、兄貴の顔にも義姉の顔にもなる曖昧《あいまい》なパターン。

いつか兄貴はいいやがった。

「ゆっくり休んでろ。暮らしのことは心配するな」

義姉もいった。

「たったひとりの弟だもの」

猫撫で声と裏腹に、義姉が兄貴を責めているのを聞いた。ひと月前のことだ。俺が眠っているものと思いこんでいたらしく、彼女の言葉は容赦なかった。暑いので勝手口が開け放しだったし、義姉の声はオペラに似合いそうなソプラノだから、筒抜けだった。

「いつまであの子をああやっておくのよ。生活設計がめちゃめちゃだわ。あなたに当てがあって、面倒みているわけ？　定期をのこらず吐きだしても、半年がせいいっぱいよ。あなた、聞いてるの？　また逃げるの？　ちょっと待ちなさいよ」

俺はカッとなった。フリーター時代に多少の恩を売った悪友がいる。そいつに宛てて、俺は手紙を書いた。ずいぶん分厚い紙袋になり、ポストにいれるのを頼まれた兄貴がちょっと驚いた。

「大長編の手紙だな」

「彼に返すものがあったんでね」

袋にはいっていたのは、俺が徹夜で書いた四通の密告状だ。筆跡を誤魔化すため左手で書き、一通ずつ封書にした。宛て名は高塔守雄さま。差出人はナシ。俺は悪友に頼んで、その密告状を毎週金曜日に、会社の兄貴に送りつけてもらった。ぼつぼつ密告のストックがなくなる。反応がないようなら、続編を書くつもりでいた。

密告の内容は、常務と義姉恒子の情事である。華村泰彦《はなむらやすひこ》という、恒子が秘書をつとめていた男は、女癖のわるさで有名だった。ほんのしばらく大栄に出入りしただけで耳にしたほどだ。もともと社長の縁つづきで重役に成り上がったのだから、グータラな道楽者でしかない。実際、あんな最低の評判の人物が社長候補にあげられているというから、大栄ホームも先が見えている。

それはともかく、俺はふたりのベッドシーンをどぎつく丁寧に描写して、毎週兄貴に送りつけさせた。フリーターの仕事のひとつとして、ポルノ小説を乱作したことがある。思わぬところで仕事が役立った。俺はせいいっぱいイメージを膨らませて、くそリアルに濡れ場を描写してやった。われながらいい出来だった。

染みを見上げているうちに、俺はいつしか新しいイメージをかきたてられた。よし、続編を書いてやろう。むっくり起き上がった俺は、机代わりに買ってもらった画板に便箋を載せた。おなじ家の中で、弟が義姉をモデルにポルノを書いて兄に読ませる。ちょっとした悪魔気分にひたっていた。

そのとき母屋の二階から義姉の声がひびいた。東南隅の屋根に載せたバルコニーにいるらしい。

「あなた！」

間延びした返事がすぐ近くから聞こえた。

「おーい」

「今日の日曜は忙しいのよ」

「わかってる……いま、モーターを修理中だよ」

モーターというのは、井戸の揚水ポンプである。開発途上国の話ではない、国連の常任理事国になろうとしている日本の、首都圏での話だ。この土地を選んだことについて、俺は義姉から言い訳じみた口上を聞かされている。

「なんたって、見晴らしがいいのよね。水道やガスの便も必要だけど、そういう設備はべつにお金を出せばなんとかなるでしょう。丘のてっぺんで交通不便といっても、うちには車があるんだから。でも風景は買えないし、車で運べないものねえ」

たしかに眺めはいい。それは認める。緑濃い山の間に、逆三角形の海が青一色でひろがっている。ことにバルコニーからの眺望はよかった。だが、そう認める俺がいつになったら自力であのバルコニーまで上がれるかと思うと、気が萎《な》えてくる。片足の自由を失う可能性のある俺には、山と海の眺めより、門を出ればすぐタクシーを拾える便利さの方が、はるかに必要だった。

おや、義姉がまだなにかいっている。

「早く直してね。水も飲めないしトイレも使えないもの」

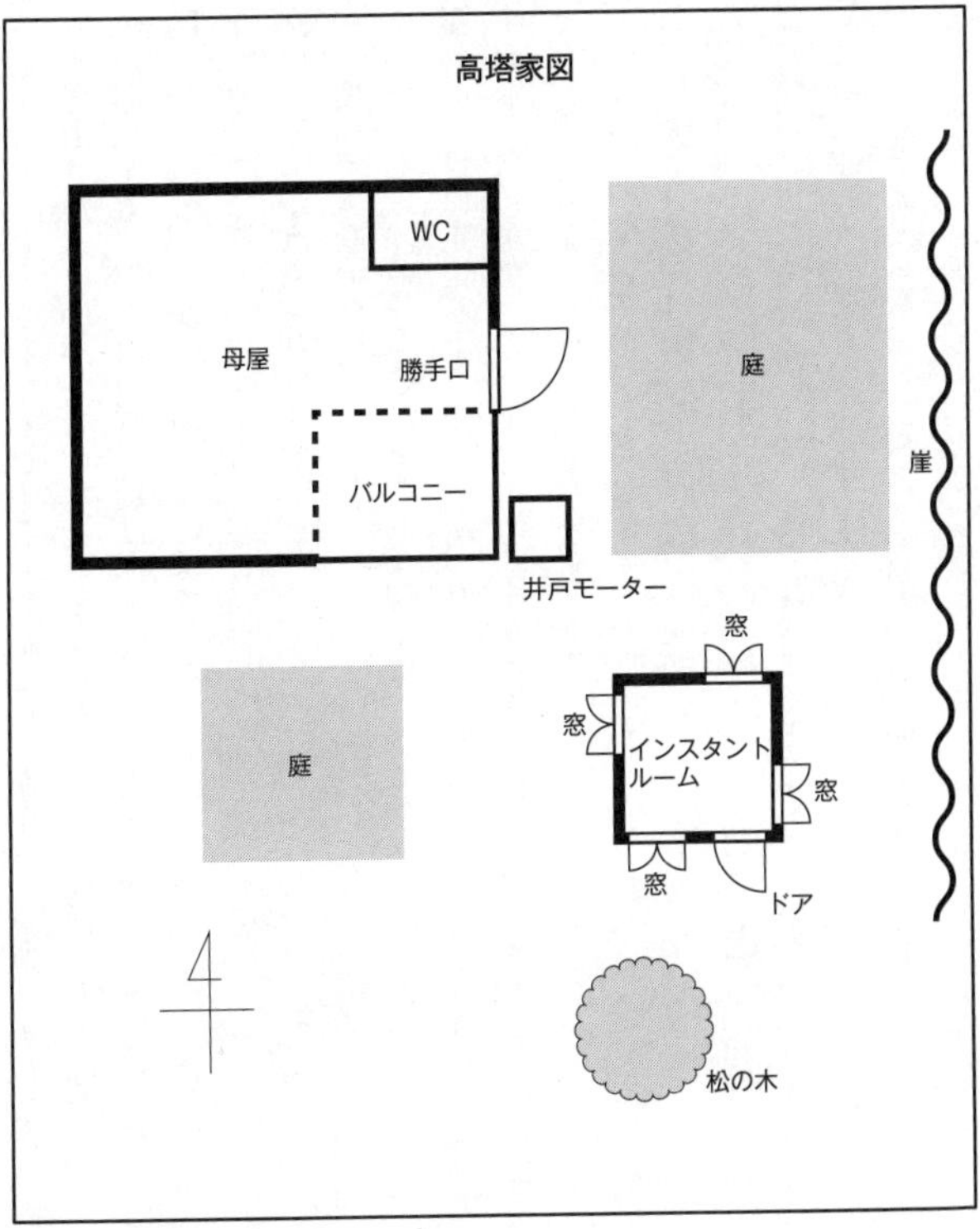
高塔家図
WC
母屋
勝手口
バルコニー
井戸モーター
庭
崖
窓
窓
インスタント
ルーム
窓
窓
ドア
庭
松の木

俺はおかしくなった。わざわざ水道のない僻地《へきち》を選びながら、水洗トイレなんか作るのが間違いだ。もっとも井戸水といっても、水栓さえひねればポンプ内部の弁がはたらいて、自動的にモーターが回転する。地下水の質と量は保証されていたから、水圧が低下したり断水の恐れがある地区より、はるかに快適ということはできた。

「モーターが直ったら、バルコニーもお願いね」

恒子の声に、兄貴がうんざり気味で応じた。

「そんなに一度にできないぜ」

「まあ、あなたったら、いつもそんな返事ばかりね」

兄貴の膨れ面が目に見えるようだ。だが、たしかにあのバルコニーは危ない。潮風がここまで届くのか、木が腐りかかっていた。義姉に拝み倒された俺が、アンテナをバルコニーに付けなおしたとき、手すりを一本へし折った前科がある。

兄貴がぶつぶついっているので、耳をすました。

「日曜大工、日曜電気屋、日曜ペンキ屋か……俺もよくやるよ」

自嘲する兄貴の独り言に、俺は日本の多くのビジネスマンの家庭風景を想像して、ほんの少しだけ溜飲を下げた。だからといって、俺の足がよくなるものでもない。

一息ついていた油蟬が、またジージーと騒がしくわめきはじめた。

うるさい！　いまにその松の木を根こそぎ引っこ抜いてやるからな。

第二日曜——兄の場合

眩しいほど空が青いのに、視線を下ろすとその向こうに、いっそう青い海が横たわっていた。バルコニーに立つ私の頰を、風がかろやかに駆け抜けてゆく。それは、いまの私におよそ似つかわしくない、明るくさわやかな光景であった。

ああ、恒子はやはり私を裏切っていたのだ。今日、ようやくその事実を、自分の目で確かめることができた。

ショッピングと称して朝から東京へ出た恒子を、サングラスをかけた私が尾行した。あんな手紙はでたらめだ。貴様は自分の妻を疑うのか。心の中でそう繰り返しながら、私はいらいらするような暑さの中、雑踏をかきわけて妻の姿を探し求めた。

いた。そう思ったつぎの瞬間、汗で肌に張りついていたシャツが凍りついた。恒子を笑顔で迎えたのは、華村常務だった。はた目にも似合いのカップルといえた。華村の太い眉、精力的な鼻、唇の端にちょっと皮肉でちょっと冷酷な影が落ちる。そのクールささえ、恒子は魅力的として肯定するのか。

場所は新橋《しんばし》駅のみどりの窓口だった。ガラスのドアに囲われてほどよく冷房のきいている空間。私は柱の一本にかくれて、吹き出す汗を押さえようともせず、ただ拳を震わせていた。密告は果たして事実だったのだ。

それにしても、私はなぜあのとき、サングラスをかなぐり捨てて、ふたりの前に飛びださなかったのか。彼が彼女の手をとらんばかりにして、駅の外へ出てゆくのを、私は腑抜けのように見送っていた。私の靴の底は駅の床に瞬間接着されたままであった。

理由はわかっている。私は男の肩書に圧倒されたのだ。

「高塔くん……だったね?」社内でじきじきに声をかけてもらおうものなら、私は喉を鳴らして喜ぶに違いない。男の権力指向の裏返しだ。リストラだの終身雇用制の崩壊だの、ビジネス雑誌や新聞が脅迫的な見出しを載せる。読む度にはらはらしている臆病な男。それでいて人より偉くなろうと鎬《しのぎ》を削る会社生活で、愛社精神の権化に躾けられてしまった。私はそんな自分を、へどが出るほどいやらしく思う。

せめて日曜くらい、ただの人間にもどりたい。死んだ父がよくいったものだ。

「お前のようなコチコチでは、生きていても楽しくないぞ。少しは宗男を見習いなさい」

たしかにあいつは、私にないものをたくさん持っている。それは重々承知している。だからといって父のように、ああ度々宗男をひきあいに出すのでは、逆効果じゃないか。私が過剰反応するようになったのは当然だと思う。白状すると三十を越していながら、いまだに弟に対する劣等感が拭いきれないのだ。

妻はまだ帰らない。〝友人〟とお昼をとってから、午後三時に帰るといっていた。恒子のいない今、私はひとりきりで憤怒と憎悪の荒波に、身をまかせていた。明日になれば……月曜になれば、出社した私は穏やかな笑みを顔に張りつけて、ひたすら仕事に打ち込むだろう。だが少なくとも今、このときだけはそんなマスクをつける必要がない。羊の仮面をかなぐり捨てた私の手に、鋸《のこぎり》があった。

日曜大工、日曜画家という言葉があったのだから、日曜悪党や日曜殺人者があってもふしぎはない。鋸をバルコニーの柱にあてたとき、私の腕は震えた。

知らなければよかったのだ。あの手紙……差出人不明の密告状さえ読まなければ、私たちは平和な夫婦として過ごすことができたのに。それにしても、しつこく手紙をくれたのはだれだ。会社の同僚にちがいないが、特定の人物を想像することはできなかった。

私は恒子を愛していた。口やかましい恒子、浪費家で虚栄心に富む恒子、だがしかし、私にとってかけがえのない恒子。私は一生彼女に騙されているべきであった。

だが、もうおそい。現に私は知っている。彼女の不貞を。彼女をエスコートして歩み去る常務の背中を。

私は鋸の位置を定め足場を確保してから、少しずつ慎重に挽きはじめた。柱にからまったアンテナのコードが辛うじて倒壊をふせいでいる。もとが腐っている柱なのだ。ほんのちょっぴり、きっかけを与えてやればいい。

私は手を休め、額の汗を拭った。高台で風が通るとはいえ、残暑はきびしかった。あたりに散った木の粉をぷっと吹く。空はよく晴れており、恒子はこの場所から海を望むのが大好きだ。

柱によりかかる……柱が崩れる……もしも彼女の運がわるければ、の話だ。とはいえ補強の役割を果たすコードは、案外丈夫そうだ。場合によっては彼女は、けろりとしてバルコニーから下りてくるかもしれない。それならそれであきらめよう。これは俺と恒子のどちらが強運かを試す機会でもあった。

私の復讐は私らしく、陰湿で生ぬるい計画に終始していた。

大工道具を片づけようと庭に下りた私は、大栄ルームから弟の呼ぶ声を聞いた。

「兄さん、外へ出してくれよ」

せまい部屋に飽きた宗男は、午後になると東側の庭へ出て日陰のデッキチェアにおさまる習慣になっていた。

「よし」

弟に背中を貸した私は、内心ぎくりとしていた。私は弟がおとなしく横になっているものと思い込んでいた。ところが私が部屋にはいると、彼は椅子にかけていた。負けず嫌いの宗男は、最近になって部屋の中での起居を独力でやるようになったのだ。椅子が置かれた北側の窓から、バルコニーの一部が見える。彼は私の〝修理〟を見て意味を悟ったのではあるまいか。

その考えを、私はすぐに否定した。恒子の不貞を知らない宗男が、兄が妻をバルコニーから落とそうとするなんて、想像できっこないからだ。

午後三時になっていた。恒子が帰ってきた。銀座の有名デパートの紙袋を下げていた。

「テレビ、きた？」

只今ともいわなかった。彼女の主張で、ワイドビジョンに買い換えることにしたのだ。

「いや、電気屋の話だと品薄で明日になるといっていた」

私は自分の責任のように、おどおどと答えた。

「馬鹿にしてる。ちゃんと文句いってくれたんでしょうね」

口をとがらせた恒子は、じろりと階段を見上げた。

「バルコニー、直してくれたの」

「まだ途中なんだ」

私の返事をろくに聞かず、彼女は大きな足音をひびかせて、階段を昇っていった。

「兄さん」

庭から弟の声が聞こえた。

勝手口から顔を出すと、読みかけの文庫本を傍らの木箱の上に載せた弟が、手をのばしていた。箱の中には揚水ポンプのためのモーターが格納されている。ちょっと照れたような、子供っぽい笑顔。もちろん私には読めている。兄に面倒をかけている手前、せいぜい幼く振る舞うこと……弟らしい芝居である。対抗上、私もつとめてやさしく微笑してみせた。いくぶんかの憫笑《びんしょう》がまじることは仕方がない。

トイレは勝手口をはいってすぐ右にある。土間から上がろうとしたとき、背中の宗男に力のくわわった気配があった。

「なんだ?」

「いや……海はここからでも、よく見えるんだな」

「ふうん」

「青いナプキンが落ちているみたいだ」

私は気がつかなかった。ふりかえると、バルコニーからの眺望ほどではないが、たしかに海が見える。私は宗男の体をゆすりあげていった。

「なかなか詩人じゃないか」

「詩人としては早くトイレへ行きたいんだけど」

その言葉で私たちは笑った。このときばかりは演技じみた笑い声ではなかった。仲のいい兄弟の笑いであった。

トイレから戻ったときも、私は宗男を背負ったまま、いったん海の青さに見入った。逗子《ずし》湾の一部にふくまれるのだろうか、西日を受けて無数の銀の針がきらめいていた。なにかしら忘れ物を思い出したような気分になった。ずっとむかし、まだ宗男が幼児だったころ、ふたりで海を眺めたことがある。そのときも私は、ふざけて弟をおんぶした。彼を背負ったまま砂浜を全力疾走した私は、もののみごとに転んだ。口の中に砂がはいった弟は、わんわん泣きだしたものだ。いまさら思い出を宗男に話すほど、センチになってはいなかったけれど、その一瞬、会社づとめの毎日がひどく無意味で卑小《ひしょう》なものに思われたことはたしかであった。

突然、頭上で悲鳴があがった。おそろしい速度で近づいた悲鳴は、重いものが地面にたたきつけられる音によって遮《さえぎ》られた。世界が真空になったようだ。ただひとつのこった記憶は、モーターが回転するブーンという音だけだ。

頭の中が空白になった。その場に宗男を放り出した私は、バルコニーの下に駆け寄った。柱の一部を道連れに、恒子が倒れていた。落下したのはモーターボックスの真上だったらしい。吹き飛ばされた文庫のページに、真っ赤な色彩が散っていた。こめかみから血を溢れさせた恒子は、体をくの字に折ったまま、身動きもしない。私は逆上した。

「恒子！」

お笑い草といっていい。私は私自身が事件の犯人であることを、まったく失念していたのだ。

「兄さん、救急車だ！」

背後から沈着な宗男の声。私は思わず彼に感謝した。

「すまん、その通りだ」

一一九番に通報を終えたころ、ようやく私は不慮の事故の真相を反芻していた。あまりに誂《あつら》え向きな成功ではなかったか。ちょっと出来すぎな感じがする……だがまあ、よしとしよう。私の日曜悪党の計画は成功したのだから。これで当分、恒子と華村のデートは実行不可能である。ざまを見るがいい。

第三日曜――弟の場合

義姉さんが死んだ！

いや、殺されたのだ。

バルコニーから落ちてちょうど一週間たった今日、病院の個室で彼女はひっそりとくびり殺されていた。

誰に？　いや、むろん兄貴だと思うのだが……しかしあいつは、いつ女房のところへ出かけたんだろう。

死亡時刻はほぼ午後二時である。その二十分前に看護婦が検温にきており、十分すぎには医師が顔を見せている。皮肉なことに、義姉の死は主治医の彼が発見する結果となったのだ。したがって法医学の力を借りなくとも、死亡時刻は正確であった。

ベッド数が多く、近在ではトップクラスの大病院だった。ただし見舞い客について少々ルーズな病院だったらしい。ナースセンターから離れた個室なので、みじかい時間帯なら人目につかずに病室へはいることができる。

抵抗する力のない患者であったが、枕元にはナースを呼ぶボタンがある。ドア一枚で廊下に通じており、少しでも騒がれれば犯行は不可能のはずだ。

当然ながら犯人は顔見知りにきまっている。そこまで聞いて、俺は直感した。

（犯人は兄貴だ）

確信した。だが？　熟考するにつれ、絶対に兄貴にはできなかったことに気づいたのだ。証人はこの俺である。

——二三日前から使いはじめた睡眠薬のおかげで、今日の俺は陽のあるうちをほとんど眠りつづけていた。一月近い不眠症のあとだけに、ひたすら眠りを貪っていたのだ。あまりよく眠るので、兄貴も心配になったらしい。トーストと紅茶を持って起こしにきた。しぶしぶ目を開けると、枕元の時計が一時半をさしていた。口をきくのも大儀だったから、紅茶をひと口すったあと、蟬の声を子守歌代わりに、俺はまたしても泥のような眠りに落ちた。

夜にはいって、やっと目が覚めた。

とたんに俺は、高塔恒子殺人事件の真っ只中に放り込まれた。

ドアを開けて刑事らしい男があらわれたときは面食らったが、義姉の変死を告げられて、俺はすぐ状況を察した。

そうか、計画は成功したのか。俺はとっさに、今夜からだれの世話になってトイレへ行こうか、真剣になって考えた。

当然ながら俺は、刑事がいいにくそうに口を切るものと思っていた。

「あなたのお兄さんを、殺人容疑で逮捕しました」

ところが、いくら待っても予期した言葉は出てこない。それどころか義姉の死亡時刻が午後二時前後と聞かされて、俺は混迷におちいった。

白状しよう。今日の午後二時に、兄貴を義姉がはいっている病院へ招待したのは、俺なのだ。バルコニーから落ちた恒子は、夫の無能な日曜大工に立腹して、実家に近い埼玉の病院に移っていた。高塔家からどんな交通機関を使っても、一時間半以上かかる距離だ。そうと知った俺の頭にあるアイデアがひらめいた。華村と義姉と兄貴を鉢合わせさせてやろう、というわけだ。

俺は例の方法で、兄貴に最後の密告状を送りつけた。

「つぎの日曜日午後二時に、あなたの奥さんは、華村常務を病院に呼んだ」

同時に義姉の名で、大栄ホームの華村に宛てて、午後二時の招待状を送った。

「ぜひお話ししたいことがあります」

傷が痛むので手紙を代筆させた、という注釈つきだ。

もと秘書の懇願だから、女好きの華村は、きっと出てくる。

さて、お膳立てはととのった。

午後二時、兄貴は嫉妬の炎を燃やして、病院へ駆けつける。むろん俺は、兄貴がバルコニーにほどこした細工を知っている。半端なことをするもんだと、見ていていらいらしたくらいだ。で、このチャンスに兄貴の殺意にもう一度火をつけてやろうと考えた。たとえ穏便な話し合いになったとしても、事情を知らない常務や義姉と、兄貴とでは、やたら話が食い違う。たとえ誤解がとけたところで、みんなの心に傷痕はくっきりのこるはずだ。常務に喧嘩を売った平社員の運命なぞ、考えなくたってわかる。悄然と帰ってくるであろう兄貴を迎えて、俺は優しく慰める弟役を演じる予定だった。

だが兄貴は今日午後一時半に、まぎれもなくこのプレハブに現れた。そして義姉は二時に殺されたという。ヘリコプターならいざ知らず、三十分間で埼玉の病院へ到着する方法なぞあるものか。

では、義姉を殺したのはだれだというのだ。

刑事の説明によると、義姉の傷はほぼ治っていた。回診も一日一回だけだ。医師が死んでいる恒子を発見したとき、彼女の顔には白い布がかかっていた。顔見知りの犯罪を裏付けるものだ。急報を受けた警察が初動捜査を開始したころ、兄貴がのこのこやってきたという。

むろん警察は、兄貴をいちばんにマークした。だからこそ、俺の証言を聞くためやってきたのだが——俺は正直に答えるほかなかった。

「兄なら、午後一時半にここに顔を出しました」

肉親の俺の言葉をどの程度信用するか知らないが、誓って俺は嘘をついていない。刑事が帰って、ひとりになった俺はうなった。

「そんなはずはない！」

もちろん、時刻を証明するものが時計だけなら簡単だ。兄貴が針に工作したに決まっている。あのときの俺は砂男に魅入られていたものな。耳元で大砲を撃たれても、眠っていただろうと思う。

だが動かしがたい記憶は日差しだった。

俺はいつも南の窓側を枕にして眠る。兄貴に起こされたとき、まず目に飛び込んだのはまばゆいばかりの太陽光線だった。真南から少し西へ傾いた感じは、まさしく一時を回っていた。

俺は薬で朦朧《もうろう》とした頭をふって、なん度となくその場面を記憶の中で再生した。間違いなかった。自然は人間のように虚偽の告白をしない。それでも俺は執拗に粘った。兄貴が病院を訪れたのは、刑事によれば午後四時近かったそうだ。だったらこの家を一時半すぎに出て、十分間に合ったわけだ。午後二時に華村がくると手紙で教えてやったのに、ずいぶんのんびりしたんだなと、ふと疑念が生じたものの——兄貴にしてみれば、ふたりの間が盛り上がるのを待って顔を見せる予定だったかもしれない。

いくら人のいい兄貴でも、女房の不倫を教えられれば、その程度には頭を回転させるだろう。成績優秀な男だったからな。

そう……兄貴は頭のいい奴だった。

もしも本気で女房を殺すつもりになったとしたら、当然それなりの隠蔽工作を凝らすに違いない。

そこまで考えてから、俺はぎくりとした。

兄貴は、部屋から出られない俺を利用して、アリバイをでっちあげたのではないか、そう思いついたのだ。今日の俺はいくらなんでも、眠りすぎた。睡眠薬の分量を間違えたのかと不安になったほどだ。もし兄貴が、俺をダシにしてアリバイ工作するつもりだったら、紅茶に一服盛るだけですむ。

兄貴はミステリ好きで、それもトリック主体のパズラーをいくつも読んでいた。俺も学生のころは兄貴の蔵書を耽読した。その中に、このケースと類似した作品がなかっただろうか。すぐ思い出した名作がある。

クイーンの『神の灯』だ。

相似形をした二軒の家が、トリックのキモだ。だが窓にさす日の光がおかしいことから、犯人の計画は破綻する。つまり神の灯ということになるわけだ。

似ていると思ったのだが、よく考えるとあべこべだった。太陽の光の角度こそ、兄貴の強力な不在証明になっていたからだ。あれはどう思い出しても、午後の日差しだ。神の灯は、兄貴の味方をしているではないか。

大きく吐息をついた俺は、原点から考え直そうとした。

俺はなぜ、あの日差しを午後のそれと認識したのだろう?

そもそも午前の太陽と、午後の太陽とは、どう違うというのだ。

答えはきまっている、日差しの角度だ。

とするなら、インスタントルームをもう一軒建てればいい。そいつを、この部屋と九十度回転させて建てておくのだ。そして眠らせた俺を移動させる。南とばかり思っていた窓が、実際は東を向いていたとすれば、どうだ。目覚めた俺は東南から降ってくる日の光を、西南と思い込む。午前十時三十分の陽光を、午後一時三十分の日差しと錯覚してもふしぎはない。厳密にいえば、日の高さが違うだろう。だが冬の低い日差しと違って、一年でももっとも太陽が高く上がる季節だった。布団の中の俺に、そこまでわかるものか。

これだ、と思った。

すぐに、そんなものはなんの解答にもならないとわかった。

俺が横たわっている大栄インスタントルームは、一室しかない。発売直後ならいざ知らず、いまどき時代遅れのプレハブ小屋が、この近辺に建っているはずはなかった。アリバイ工作に使うつもりで、兄貴がはじめからおなじ小屋を二軒、女房にも弟にも内緒で建てたというならべつだが、現実的な考えとはいえまい。

プレハブの取り柄は、おなじ規格の家を大量生産できること——いいかえれば、『神の灯』みたいな酷似した家を、いくつでも想定できる点にあるのだが、シュンを外れた商品にそのメリットはないといえる。

布団の中で腕組みしていた俺は、もうひとつの重大なヒントを発見した。

天井の染みである。目が覚めたとき、果たしてあの丸い染みが天井にのこっていたか、どうか。

それによって、俺が本来の大栄インスタントルームにいたか、あるいはべつなインスタントルームに移されていたか、決定する。

俺は瞑目した。『午後一時半』の情景を、瞼《まぶた》の裏に再現しようと試みた。

うむ……そういえば……たしかにあのときの部屋は……いつもと違った感じだった……壁も窓もなにもかもおなじだというのに、なぜか一ヵ所、ふだんと相違した印象がある。俺は懸命になって、記憶の断片をかき集めた。

「宗男、宗男」

兄貴の声で、俺は辛うじて目をこじあける——

トーストと紅茶が、顔の前にあった。トレーを捧げている兄がいた——

時計は一時半になるところだった——

俺は口をきくのも大儀だった——

だがとにかく、目覚めたときの俺は仰臥していた。それなら一瞬にせよ天井を見たはずなのだ。

俺はかっと両眼を見開いた。

天井の染みは、まさしく本来の位置にあった。間違いない。

気負っただけに、落胆した。

これで俺の体は、いつものプレハブから一歩も動いていないことがはっきりした。

だが——？

俺はそれでも粘った。

頭の片隅に、沈殿物のようにのこされている、あの違和感の正体はなんだろう。

俺はもう一度目を瞑《つむ》った。

今度ばかりは、なにも浮かんでこなかった。

畜生！　けっきょく俺は、賢い兄貴の前では三枚目にしかなれないのか。

いらいらして目を開けたとたん、わかった。

違和感の原因は視覚によるものではなかった……聴覚だった。蟬の声だ。

俺がもう一度眠りに落ちようとしたとき、例によって蟬が鳴きはじめた。その蟬の声がおかしかったのだ。方角が違う。いつもなら南から聞こえる蟬の合唱が、あのときにかぎって西の窓から流れてきたように思う。

それはいったい、どういうことなんだ？

自問自答した俺は、やがてあっと声をあげた。

わかったぞ、やっとわかった！

兄貴はなにも、二軒目のプレハブなど建てる必要はなかったんだ。この部屋は、四尺五寸おきに柱が建てられている。だから兄貴は、陸屋根に登って南側のドアつきのパネルを上方に抜き、東側の壁のパネルと交換する、それだけでいい。どちらもおなじ四尺五寸幅だ。熟練した兄貴にはたかだか三十分足らずの作業だろう。それから俺の布団をずらして、東側に枕をもってゆく。これで仕上がりだ。午前の太陽はもののみごとに、午後の太陽に化けおおせる。

俺にいくらかの時間があれば、日差しの移動を見て不自然さに気づいたはずだが、実際には俺はすぐまた眠ってしまった。兄貴がサービスした紅茶に、たっぷり薬が仕込んであったに違いない。

蟬の声——いつもは癪《しゃく》の種でしかなかったあの騒音に、今度ばかりは礼をのべなくてはならない。ヒステリックな蟬のコーラスが、『神の歌』となったのだから。

兄貴のアリバイは崩壊した。俺を騙して眠らせてから、小屋をもとどおりにして、それから病院へむかったのだ。

義姉恒子を殺したのは、やはり兄貴だった！

俺は心中に快哉を叫んでいた。そのとき、ドアがノックされた。顔馴染みになった刑事が勢いよくはいってきたとき、俺はほとんど反射的に告げようとした。

「刑事さん、義姉さんを殺したのは、兄貴ですよ」

すると彼は、一足先にこういってのけた。

「あんたの義姉さんを殺した犯人がわかった」

「え……」

「華村という男を知っているかい」

「兄の会社の常務ですけど」

「ついさっき、そいつが逮捕された」

「ええっ」

さぞ俺は、間抜け面をさらしたことだろう。刑事は淡々と教えてくれた。

「あっさりゲロしたそうだ。だらしない常務だな。ああいう手合いに限って、取り調べ室に連れ込まれると、すぐ降参する」

降参したいのは、俺の方だ。

大混乱に陥った俺は、頭を抱えたくなった。いったい、なにがどうなったというんだ？　兄貴は俺を罠にかけたのではなかったのか？

第四日曜――兄の場合

恒子が死んでもう一週間になる。それとも、まだ一週間にしかならないというべきか。苦し紛れのトリックを編み出して、弟をアリバイの証人に仕立てあげ、私は病院へ駆けつけた。そのときの恒子の表情や声を、いまもまざまざと思い出す。

トリックを考案したほどだから、むろん私は恒子を殺すつもりでいた。だが私が渾身《こんしん》の勇をふるって女房を責めると、彼女ははじめ目を丸くし、それからケラケラと笑いだしたのである。

「なにいってるのよ、あなた。私が常務さんに会ったのは、あなたの主任昇格を運動に行ったのよ。融通のきかないあなたにそんな話をしようものなら、姑息《こそく》な真似はやめろというに決まってる。だから内緒で出かけたの。ええ、そりゃあ常務さんは私に気があるわ。あの人は女と名がつけば、誘惑しないと失礼にあたると思ってるから。私にしてみれば、そこが付け目よ。安心して頂戴。ミイラ取りがミイラになるなんてこと、絶対にならないわよ。秘書勤めが長かったんだもの、それくらいの駆け引きはできるつもり。私はただ、あなたに出世してほしい、それだけなの。本当に、それだけ。信じてくれるでしょう？　ありがとう」

信じるとも。

私は妻の長広舌に一矢も報いることなく、敗退した。

私は騙されたのだろうか。

そんなことはない。あのときの恒子の瞳はかがやいていた。彼女はやはり、私の愛する女房なのだ。そうと知ると、私はこれ以上顔を合わせるのが恥ずかしくなり、あたふたと退散した。

その私と入れ違いにやってきたのが、華村であった。彼は人けのない病室を幸い、恒子に情事を迫ったのだ。なんという鉄面皮な男だったことか。それを必死に拒んだ妻は、獣となった常務の手で殺されてしまった。

その後しばらくして、気を取り直した私は改めて恒子の好きな果物を見舞品として持って出かけ――そこで恒子の死を知ったのである。

可哀相な恒子！

呆れたことに華村は、自分を正当化しようとして、警察にこんなことをいったという。

「私は秘書をしていたころの恒子と、たびたび関係を結んでいました。たまたま病院でその関係の復活を求めたにすぎません。それなのに彼女は、強硬にいやがり看護婦を呼ぼうとしたので、ついカッとなって手が出てしまったのです」

もちろん私は、あんな恥知らずな男の言葉など信じはしない。それどころか、たった一度でも恒子を疑い、殺意まで抱いたことを深く後悔しているのだ。思えば疑惑の種をまいたのは、差出人不明の密告状だった。一時は本気になって、卑劣な手紙の主をあばこうと思ったものだが――肝心の妻をうしなったいま、もうそんなことはどうでもよくなった。心のせまい私に比べて、命を賭けて貞操を守った恒子は、私にすぎた女房といえる。

「常務と秘書の仲だったころから、しばしば関係をもっていました」だと！

まったくあの華村という人物は、どこまで性根が腐っているんだ。あんな男を次期社長に据えようとしたわが社も、屋台が腐っているといっていい。

だれがなんといおうと恒子は、貞淑な私の妻だった！

いまさらあいつの繰り言なぞ、だれが信じる？　だれが……だれが。ひとりで力みかえっている私の耳もとに、かすかな悪魔のささやきが聞こえた。

できていたんだよ……華村常務と秘書は……できていたのさ、そうさ……女好きな常務が彼女を見逃すはずはないもんな……彼女があんたと結婚したのは緊急避難だったのさ……あのまま関係を結んでいたら、早晩飽きた常務に放り出されるのは目に見えていたもんな……計画は図にあたった……人妻になった高塔恒子が、常務にはいっそう魅力的に映るようになったのさ……抵抗したのも彼女の演技のうちだったんだ……

馬鹿げている。私は首をふって、妄想を遮断した。

そんな愚劣な噂を信じてたまるか。恒子は私のすばらしい妻だったんだ。そうに決まってる。

恒子の死の始末を終えた私は、重い心をかかえて久々に出社した。驚いたことに会社は異様な雰囲気に押しひしがれようとしていた。

大栄ホームは危機に瀕していた。強気一点張りだった設備投資のツケが、いまになって回ってきたのだ。華村の例でわかるように、人事面でもたががが緩みきっていた。その膿《うみ》が、常務の逮捕をきっかけに一気に吹き出したらしい。恒子と違って私は、経営陣の動向にいたって鈍い方だ。そんな私にもわかったのは、業をにやした親会社の三ツ江《みつえ》通産が、わが社を吸収合併しようとしている事実だ。

私から話を聞いた宗男も、さすがに驚いた様子である。幸い医師の最終的な診断によれば、弟の左足は機能を回復できるとか。彼の負傷に内心責任を感じていた私は、心からホッとした。

「お前は大怪我をしたし、私は女房を亡くした。これを機会に、兄弟で新しい人生を歩んでゆこうや」

私がいうと、弟にしては珍しく素直にうなずいてくれた。

——いつもこの調子だったらなあ、と私は心中につぶやくのだ。こんな風な弟なら、私だってあの晩、彼を見捨ててはゆかなかった。

私に酒の味を教えてくれたのは、父である。父はいつも決まって駅裏の小路へはいった。おかしなものだ。このごろになって、私は父の真似をしておなじ小路へ足をはこぶ癖がついた。いつも宗男と比較して、私を無価値な人間とこき下ろしていた父親だが、いくらかは私に影響をあたえていたらしい。どうやら弟も、おなじ癖がついていたとみえる。兄弟で知らないうちに、おなじ飲み屋横町に通っていたのだから。

三ヵ月前のあの晩、私たちは川崎で落ちあい、馴染みの店で飲んだ。私が家内に電話をかけに行った留守に、宗男はさっさと勘定をすませて消えた。兄の私に奢るのが、彼の優越感のあらわれだったとみえる。意地になった私は、梯子《はしご》酒が好きな弟をもとめて、飲み屋街をうろうろした。その結果私は、小路でへべれけになった弟の姿を発見した。小路とはいえ、車がぎりぎりはいる程度の道幅がある。そして宗男は、車が通れば間違いなくひっかけられるであろう位置で、酔いつぶれていた。無情で無関心な都会の酔客は、弟を路傍の石ほどにも気にとめず、さっさと歩きすぎていた。私は——あえて宗男に声ひとつかけず、さっさと帰宅することにした。だから弟が大怪我をしたのは、私の未必の故意だったといえる。

アルコールに痺れた私の頭には、父から植えつけられた弟への劣等感が、ドス黒く渦を巻いていた。それが「あの晩」なのであった。

思えば私という男は、弟に対して罪を犯し、妻に対しても罪を犯した。私はこの手でバルコニーに細工をくわえ、恒子を墜落させている。あの事故さえなかったら、女房は入院なぞしない。当然、華村に殺されることもなかった。

すまない、恒子。許してくれ、恒子。

第五日曜――兄弟の場合

「きれいだねえ、海が」

弟がいう。

「水の色が変わってきた……すっかり秋の夕暮れだな」

兄がいう。

あれほど騒がしかった油蟬の合唱さえ、いまはもう聞くことができない。ときどき思い出したようにツクツク法師の悲しげな声が、夕風に乗って流れてくるばかりだ。

「ギンギンギラギラ夕日が沈む……」

ふいに弟が歌いはじめた。デッキチェアからのばした足で、かるくリズムをとっている。傷ついた左足も、この一週間でめきめきと自由をとりもどしていた。

「ギンギンギラギラ日が沈む」

兄が唱和する。

その胸中をよぎる思いを、弟は知らない。

(良くなって、私もうれしいよ。もう決して、お前を置き去りにしないからね)

歌う兄の横顔に視線をそそいで、弟は考える。

(相変わらず深刻な顔だね、兄貴。義姉さんを、バルコニーから落としたときのこと、思い出しているのかな? あまりクヨクヨするんじゃないぜ。本物の下手人は、この俺なんだから)

彼は勝手口のそばに突き出たモーターボックスを見やる。簡単な木枠に屋根を載せた箱。

あの日も弟は、デッキチェアに埋まっていた。その目の前に、テレビアンテナのコードが垂れ下がっていた。なぜなら、テレビそのものは電気店が持ち去っていたからだ。

彼はそのコードの端を、モーターの回転軸にくくりつけた。

その後、兄の背に乗って勝手口にはいった。どこの家でもそうだが、勝手口には手をのばすとやっと届く高さにブレーカーをふくむ分電盤が取り付けてある。

弟は今日とおなじように、兄と海の話を交わしながら、ひょいとブレーカーのひとつに手をのばした。おんぶされている彼なら、わずかな一挙動で手がとどくのだ。回路を切断されたブレーカーは、揚水ポンプを制御するものだった。

それから彼はトイレにはいる。

水洗のタンクに溜めてある水をたっぷり使って、用を足す。

ふたたび兄の背に乗って勝手口で立ち止まる。

はるかに霞む海。

目の前の庭に落ちたバルコニーの影。

もとより弟の目には、柱にもたれた義姉の影も見えたはずだ。

それを確認してから、弟はブレーカーを元にもどす。

同時に回転を開始するモーター。

空になったタンクへ送水するため、空気弁がはたらいて自動的にスイッチがはいるのだ。モーターが回り、コードがたぐられ、バルコニーの柱は崩壊した。

(……という真相を話してやるかな？　いや、よそう。せっかく仲直りした俺たちじゃないか。被害を受けたのは、上司の愛人だった女だけだもんな)

むろん弟は、秘書時代の義姉が貞操堅固だなんて、まったく考えてやしない。その点では、華村は真実を述べたと思っている。

だがそんなことはどうだっていい。

どんな仲良し兄弟でも、ひとつやふたつは意見の相違があるものだ。

巨大な鳥が翼をひろげたように、海はしだいに翳を増してゆく。気がつくと、風がひどく冷たくなっていた。

「お前と童謡を歌うなんて、なん年ぶりだろうな」

「兄貴がサラリーマンになってからはじめてだよ」

「失業ってのは、意外に気楽なもんだな」

「どうだい、兄さん。カラオケの店にでも繰り出そうか」

仲のいい兄弟は、たがいに屈託ない笑顔を交換した。

【選考会議事録③】

司会　いかがですか。
文月　まあ、ね。さっきの作よりマシだろうな。
西堀　少なくとも構成は気がきいている――といえるだろう。
鮎鮫　そこが逆に、ひ弱な感じもするんですが。
司会　とおっしゃると、鮎鮫先生。
鮎鮫　この構成は気がきいてるでしょうと、読者に強制する。たしかに面白く読める点は買いますが、洒落《しやれ》たデザインに作品を押し込めようとしたため、内容の突っ込みが浅くなったと思うんです。
文月　そうかなあ。たとえば性格描写が足りないとか?
鮎鮫　そういったことですね。
文月　俺、作者としてミステリはあまり書いてないけど、読者としては年季がはいってるつもりだよ。その俺にいわせてもらうなら、ミステリはテクニックでしょ。それも読者のハートじゃなく、アタマに訴えてさ、不可思議性を強調する。あるいは論理構築の美しさを編み出す。端的にいえば、いっぱい食わされた読者が、パシーンと膝をたたいて、「やられたあ」と後ろへひっくりかえる。そんな面白さを求めて、ミステリの読者は存在するんじゃない。だったらこの作品は、最小限度をクリアしている。……

それはいま評論家先生おふたりがいったように、気のきいた技巧的な良さでしょう？　いいじゃないの、人間だの社会だの、そんなものはべつのジャンルの小説にまかせておけば。

鮎鮫　ごもっともですけど、文月先生。ミステリも小説の一種類である以上、手放しで面白ければいいってわけにゆかないですよ。情でなく知に訴えるのが主眼であっても、人間の気持ちがそうはっきり割り切れるでしょうかね。サーカスは生身の人間が演ずるからはらはらするものです。あれが人形だったら、客は手に汗にぎってくれませんよ。

司会　がぜん、ミステリ観が別れましたね。西堀先生は、どうお考えになりますか。

西堀　戦前戦後にかけての、大論争のミニチュア版だね。どちらにも理屈はあるだろうが、ここは論戦の場ではなく、あくまで「ざ・みすてり」大賞の選考だよ。したがってある基準に対して、選考の対象になっている『仲のいい兄弟』がどのレベルに達しているかを判定するのが先だ。

鮎鮫　それはその通りなんですが……

司会　西堀先生のおっしゃる基準というのはなんでしょう。

文月　だからあ、わかりきってるじゃない。作品がその人にとって面白いか面白くないか、それだけだってば。

鮎鮫　しかし文月先生。読者はですね……

文月　（さえぎって）理屈はやめ、やめ。読者はここにいないの。いるのは俺たち四人だけなの。だから俺たちが決めればいいんだよ。選考委員の特権でしょ。

鮎鮫　しかし「ざ・みすてり」は同人誌じゃないんだから。れっきとした商業誌ですよ。読者の購買意欲をそそる作品でなくては、賞をさしあげる意味がありません。構成が気がきいている、というのは、たとえばデザインが派手な家といったところでしょう？　だが実際にその家に住む読者にしてみれば、デザインよりも住み心地のいい家屋をもとめるんじゃないかと。

文月　単なるミステリではダメってこと？　小説として優れていなけりゃ、ペケってことなの？

鮎鮫　まあそういい換えることもできます。

文月　それってさあ、ミステリに対する偏見じゃない。ほら、よく批評にあるでしょうが。この作品は単なる推理小説ではなく……なんとかかんとかって。どういうものか俺が好きなやつは、もっぱらその単なるミステリなのよ。テーマも思想もへったくれもなくてさ、わけのわからない殺人事件が起きて、それを名探偵がすらすらと解いて、ありゃそんな考え方もあったのか、参ったな、降参だなあ、そう思わせてくれればそれが面白いミステリなんだ。

西堀　戦前、木々高太郎氏はいったね。人間の精神活動には、論理と芸術のふたつがある。探偵小説はそのふたつを統合する得難いジャンルだと。それに先んじて当時の探偵小説のベテラン甲賀三郎氏は、優れた探偵小説は芸術から遠ざかるといっていた。彼がいおうとしたのは、純文学になっては探偵小説じゃないという程度のことらしいんだが、木々氏は大いに論駁《ろんばく》した。江戸川乱歩氏は両者の中間に立って、謎が解かれてゆく過程を楽しむ論理の文学がミステリであり、その条件がみたされればどんなに芸術的な高さをめざそうと、それはやはりミステリだ——そんな風にいっていたね。戦後になると、さらに木々対乱歩の論争がはじまるんだが。

司会　期せずして小誌で論争の再燃ですか。だがまあ、ここは「ざ・みすてり」大賞の選考を優先させていただくことにして……要約すると、文月先生は『仲のいい兄弟』を買うが、鮎鮫先生は買わない。こういうことですね。西堀先生のご意見はいかがですか。

西堀　……まあ、『鏡』に比べればややマシというところだね。それにしても、「ざ・みすてり」大賞には弱い。

文月　でも西堀先生。どうせ三本のうちのどれかは受賞させるんですよ。だったらこのへんで手を打つよりないと思うがなあ。スラスラ読めたことはたしかなんだもの。

司会　その結論を出す前に。候補作はもう一本ありますから。

候補作C　夜汽車

発　見

夜汽車の凍つた硝子に
吐息が描いた猫
ペルシャ産のうつくしい猫

田中冬二の『日本海』という夜汽車をうたった詩の一節だが、そのころの夜汽車と、近頃のブルートレインのイメージと、あまりに大きな違いがありすぎて、年配の客など唖然としてしまう。

もっとも、寝台列車の花形である『北斗星』や『トワイライトエクスプレス』を、ブルートレインと呼ぶのはおかしいだろう。もともとブルートレインというのは、南アフリカを走る世界的な豪華寝台列車の固有名詞であったが、ＪＲが国鉄時代に東京・九州間を走らせた夜行列車が、青の塗色も鮮やかな20系の客車を運用したことにはじまる。したがって、濃緑色に金色のラインをひいた『北斗星』がブルートレインのはずはない。寝台列車には違いないが、乗客の気分を考えると、ここは夜行列車と呼称しておこう。

いうまでもなく『北斗星』は上野《うえの》・札幌《さっぽろ》間をほぼ十六時間で結ぶ、定期三往復の特急夜行列車である。

首都圏と北海道間の旅人の九十七パーセント以上が空の便にたよる現状からすれば、『北斗星』の乗客は鉄道好き——というより、単純に看板列車に乗りたいという野次馬たちなのだろう。

表定速度はおおむね時速七十五キロから七十六キロ台だから、決して早くない。寝台車の寝心地を考慮にいれたにせよ、連絡船の時代でも上野・札幌間は十七時間十五分。それも連絡船乗り換えの時間四十五分をふくめた上だから、『北斗星』は実質的にちっとも時間短縮になっていない。短気な日本人がレール離れするはずだが、それだけの時間のロスを覚悟しても『北斗星』に乗るというのは、JRにとってありがたい客というべきだ。

評判になったシャワー・トイレつきの個室ロイヤルは、『北斗星』編成のごく一部でしかないが、それでもオール予約制の食堂車「グラン・シャリオ」の雰囲気は、なかなかのものだ。実は『北斗星』は一見豪華に見えるものの、すべて在来車両の改造なので、そろそろ老朽化が目立ちはじめている。とくに食堂車は485系がタネ車であるため屋根がひくく、編成全体の統一を乱しているのだが、乗ってしまえばそんなことはわからない。ピンクのシェードのテーブルランプが、いっそうムードを盛り上げていた。

初期に積みこまれたアルコール類のメニューは、あまりに煩瑣《はんさ》であったため大幅にカットされたが、フルコースの食事内容にはほとんど変化がなくいまにいたっている。ディナータイムは一回分が八十分から九十分で、1号から4号までは二回ずつ設定されているが、いま最後の供食を終えたばかりの『北斗星』5号の場合、発車時刻がおそいためディナーは一回だけだ。

上野駅を発車したのが19時03分。仙台《せんだい》駅を23時32分に出た『北斗星』の食堂車では、最後まで粘っていた客が重いお尻をあげたところだった。季節は九月にはいったばかり、夏にも冬にも強い北海道観光のわずかな端境期といっていい。繁忙期になると二十一時以降のパブタイムを待ってどっと客がつめかけるが、今夜の「グラン・シャリオ」はいたって静かだった。

食堂のクルーを率いる黒服のマネージャーに、車掌長が声をかけた。

「お疲れさん。……といっても、今夜は暇をもてあましただろう」

「でもないよ」

マネージャーが苦笑した。顔の長さを我慢すれば、タレントのだれかにちょっと似ている。一流レストランやホテルで修業したことが売り物の男だった。

「ついいままで、客がいたんだ」

「ほう。ここは二十三時が看板なのに」

「仙台を出たら催促しようと思っていたんだが、敵もさる者でね。声をかける前に、ちゃんと勘定をすませたよ」

「敵だって?」

「ああ――ひょっとしたら、様子を見にきたのかもしれない」

「知ってる客なのかね？」

「じかに知ってるわけじゃないが、ウェイターのひとりが気がついたんだ。テレビの料理番組に出ていた」

「板前だったのか」

「『ラ・メール』という一流店のシェフなのさ。たしか松田《まつだ》とかいうんだ」

マネージャーが頭に手をやった。

「そうとは知らずに、目が合ったときつい睨んでしまった。長っ尻の客だったんでね。どこかで見たようなとは思ったんだが」

「ははは」

ユニフォームがはちきれそうな肥満体の車掌長が笑った。たいていのトラブルは笑顔で解決するという評判のベテランだ。

「オープンから最後までねばったのかね」

「いや、パブタイムだけだが、よく飲んだね」

「食事はしなかったのか？」

「ルームサービスなんだ」

『北斗星』には列車に稀《まれ》なルームサービスがある。メニューは北斗星風懐石膳一種類で、対象となる客はA個室の利用者だけだが、着替えて人前に出るのが億劫《おっくう》な乗客にとっては、便利なシステムといえた。

「するとその松田という客は、ロイヤルの？」

「そうだよ。1号室だった」

「ああ……あのお客さんか」

個室の客にカードキーを渡す必要があるから、車掌長は発車の前に会っている。マネージャーもワインやミネラルウォーターをサービスするため個室を訪れていた。

「ルームサービスで食事しておきながら、『グラン・シャリオ』に出てきたのかい」

「人恋しくなったのかもね。ひとりでポツンと個室にいるのは」

「グラン・シャリオ」は7号車で、ロイヤルの1号室は9号車にある。ついでに説明しておくと、『北斗星』5号は十一両編成で6号車は全車ロビー・カーとなっており、シャワールーム二室が付属している。9号車はロイヤルとB個室ソロとの合造車、10号車はやはりロイヤルとB個室デュエットの合造車になっている。8号車はA個室だがシャワーのないツインデラックスで、あとはすべて従来からあるオープンなB寝台車ということになる。

シーズンオフとはいえ、『北斗星』の顔というべきロイヤル四室は、さすがにすべて発券ずみだった。一室だけあいていた2号室の客も、仙台から乗り込んできたので検札をすませたばかりだ。

ただしほかの寝台はガラガラといってよかった。満員でも二百五十人に満たない定員だから、パブタイムが静かだったのも無理はない。辛うじて八割程度埋まっていたのは、B寝台ソロだけだ。あまり知られていないが、プライバシーを保てる完全個室のソロも、むかしながらのカーテン仕切りの二段寝台も、おなじB寝台料金なのだから、ソロのコストパフォーマンスは高い。団体客ならべつだが個人で『北斗星』に乗ろうとするクラスの乗客なら、そのあたりの事情はよくご存じだった。

「よく飲んだとみえるね、松田さんは」

「飲んでも飲んでも酔えないという風だったな」

マネージャーが思い出しながらいった。

「店で面白くないことがあったのかもしれん」

「私が検札に行ったときは、けっこう愛想のいい人に見えたんだが」

車掌長は血色のいい顔をちょっと傾けてから、笑顔になった。

「まあおとなしく部屋に帰ったんだから、よしとしよう。おやすみ、森《もり》さん」

「ああ、おやすみ、カレチさん」

カレチというのはJR用語で、車掌のチーフである。そう呼んだあとで、森マネージャーはいいなおした。

「上野さんと名で呼んだ方が、『北斗星』らしくていいな」

「あはは」

上野車掌長が機嫌よく笑った。

「われながら、この仕事にむいた名前だと思うよ。……そういうあんただって、ご縁のある名字じゃないか」

「残念ながら森駅に、『北斗星』は止まってくれない」

と、マネージャーが肩をすくめた。ときたまデパートで駅弁大会が開催されると、きまってひっぱり凧になるのが、森駅の名物弁当いかめしだった。当の森は北海道で大沼《おおぬま》と長万部《おしゃまんべ》の間にあって、優等列車に無視されがちな駅だ。

後片付けが終わると、「グラン・シャリオ」は消灯された。新幹線と違って幅がせまいので食堂車に側廊下をとりつけることができず、深夜でも乗客が通り抜けできるよう、両側のドアは開放されたままだ。

『北斗星』が走りだして間もないころは、深夜あるいは早朝に青函《せいかん》トンネルへ突入する時刻を見計らって、ロビーに乗客が集まってきた。いくら瞳を凝らしたところで、窓の外はただ暗いだけなのに、なぜか浴衣掛けで三々五々集まってくるのがおかしい。いつか森が上野にささやいたことがある。

「窓の外を魚が泳ぐと思ってるんじゃないのかね」

そんな物見高かったのも昔話になった。今夜あたり客も少ないのだから、夜中にロビーまで出てくる客は皆無だろうと、上野は思っていた。

あいにく、そうではなかった。とんでもない客がロビー・カーの一部を占領していたことがわかったのである。

日の出の早い北国だから、九月でも午前五時四十分になれば空も海も明るくなる。トンネルを抜けた『北斗星』5号は、波静かな津軽《つがる》海峡を右に見て、函館山《はこだて》のシルエットにむかって疾走をつづけていた。

車掌室で仮眠していた上野は、ゆっくりと起き上がった。あと一時間足らずで函館に到着する。こわばった筋をほぐすように、二三度首を回転させたところへ、若い車掌の前川《まえかわ》が神経質そうな顔を見せた。

「上野さん、ちょっと……」

「どうした?」

「シャワールームが故障らしいんです」

「どちらが?」

どちらが、と聞いたのはロビー・カーの一隅に、AB二室が用意されているためだ。先にのべたように、A個室ロイヤルのみは専用のシャワーがあるが、ほかの寝台客はこのどちらかのシャワールームを使うことになる。シャワー券は一枚三百十円で、あらかじめ食堂車で購入することになっていた。

「A室の方です。客にいわれていってみますと、使用中のランプが灯ったきりでして、開けようとしても開きません」

上野が眉をひそめた。

「中で倒れているんじゃないか」

シャワーを浴びている最中に心臓発作を起こしたら、十分に考えられるケースだ。室内には

北斗星5号編成図

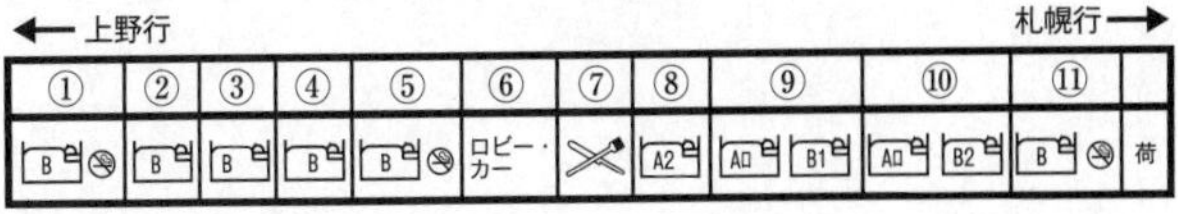

ロビー・カー内部

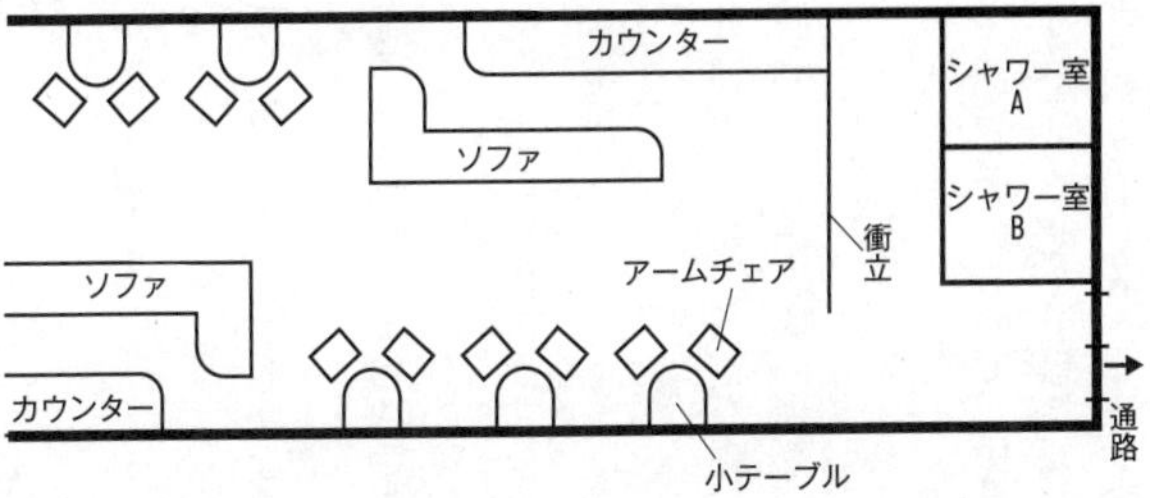

非常用のボタンが設置されているが、押す暇もなく倒れる場合だってある。

だが前川は、額に針をたてたまま首をふった。

「そう思って、合鍵で開けようとしました。開かないんです」

「合鍵で開かない？　どういうことだろう」

ベテランの上野も、驚いた。内部からロックする方法はひとつしかなく、それなら車掌が手にした鍵で簡単に開くはずなのだ。

「中から施錠したのではなく、ドアの縁を接着剤で固めているみたいです」

「接着剤だって！」

呆れ顔になった上野は、つぎの瞬間きびしい表情にもどった。

「覚悟の自殺かもしれない……函館駅で応援を頼もう」

6時34分、函館駅着。

「グラン・シャリオ」の朝食時間は、六時三十分開始である。多忙な森マネージャーは知る由もなかったが、あらかじめ連絡をうけていた函館駅から営繕の係が乗り込んできて、ほどなくドアの接着剤を剝がしてくれた。

「よし、ご苦労さん」

上野がねぎらった。すでに『北斗星』は函館を発車しているので、係員にはつぎの八雲《やくも》駅で下りてもらうほかない。だがそれ以前に、上野は最悪の事態を予想していた。備えつけられたロックでは信用できず、接着剤で戸口を塗り固めてシャワー室へはいらせまいとした客の心理を考えると、覚悟の自殺という言葉が、作業を見守っていた間もずっと目の前にちらついていたのである。

だから上野は、営繕係に先立って、シャワールームをのぞいたのだ。

脱衣スペースとシャワースペース合わせて畳一枚ほどの広さしかない。間は折り畳み式のドアで遮《さえぎ》られていたが、そのむこうをのぞくまでもなく異臭が鼻を突き刺した。

(死んでいる)

予想は的中したらしい。上野は緊張していたが、商売柄死体にぶつかったのは二度や三度ではない。車内での死亡事故にくらべて、轢《れき》死体の酸鼻さははるかに上だ。いわゆるマグロという奴である。巨大なプレスですりつぶしたような死体を思えば、心臓発作の死体がなんだというんだ。

状況を察してしり込みしている前川を尻目に、上野は余裕を見せながらシャワースペースの折り畳み戸を開けた。

同時に、

「ぐえっ」

というような声が、このベテラン車掌の口から溢れた。

だらしのない話だったが、戸にしがみついてやっとのことで腰を抜かすのを免れた。半畳大のその空間には、白々とした肉体が折り重なっていた。もと人間——それもどうやら女だったとおぼしい肉塊が。

両手、両足、胴が、ばらばらになって投げ出されており、胴にはむっちり豊かなふたつの膨らみがあった。だから一見して(女)とわかったのだが、肝心の頭部はどこにも見当たらない。強化プラスチックのユニットの壁や床に、さぞ血飛沫《ちしぶき》がかかっただろうが、洗浄したとみえ血は痕跡程度にしか見ることができない。

あわやもどしそうになった上野だが、どうにか立ち直った。おそるおそる背後から首をのばしている前川に、ふりむいて命じた。

「八雲駅に連絡して、警察を呼びなさい」

上野が体を回したおかげで、前川の目に惨状の一部が飛び込んだようだ。これ以上大きくできないまで一杯に目を見開いた若い車掌は、たちまち体を折って、おえっおえっと嘔吐しはじめた。

捜　査

新聞もテレビも喉を鳴らして事件に飛びついてきた。十日ほどの間、上野車掌長はタレントなみの忙しさだった。『北斗星』はJR東日本とJR北海道の二社が分担して運転されている。1・2号はJR北海道の札幌運転所、5・6号はJR東日本の尾久《おく》客車区、3・4号は両社の客車が隔日で運行にあたっている。したがって上野は尾久に所属しているのだが、あまりの報道合戦に上司が呆れ果て、シフトの一部を変更してくれた。

彼ほどではないが、当日の「グラン・シャリオ」に乗っていたおかげで、森マネージャーにもインタビューの申し込みがきており、逃げ回っているそうだ。食堂車を担当しているJダイナーに電話して、上野は森を呼び出してもらった。

「話があるんだが……会えないかね」

「珍しいなあ、上野さんが呼び出すなんて」

互いに忙しい体だから、列車の中で会うことはしょっちゅうでも、外ではめったに顔を見たことがない。戸惑いながら森は、東京駅のステーションホテルを指定した。

「列車にご縁の者が会うんだから、列車がらみの場所がいいだろ」

「そこでけっこう。『ばら』でランチでも奢ろう」

『ばら』というのが、ステーションホテルのメインダイニングなのだ。約束の時刻五分前、上野はホテルへおもむいた。

戦前からそびえている東京駅の赤煉瓦《れんが》建築の中に、れっきとしたホテルが含まれていることを、意外に知らない都民がいる。もっとも東京駅開業まで、構内にホテルを建設するかどうか、担当官庁の鉄道院の方針は二転三転した。設計者は高名な建築家辰野《たつの》金吾《きんご》博士であったが、ホテルが中止されオフィスとなり、またホテル建設案が浮上して——と、なん度か設計の変更を余儀なくされている。関東大震災はもちこたえたものの、戦災で名物だったドームと三階部分が焼けた。それでもホテルはがんばって被災後二日目でもう仮営業を開始したという。

「そうか」

窓際の席で待っていた上野のところへ、定刻にやってきた森が椅子に座りながらつぶやいた。

「なんだね」

「いや……ここからの眺めも変わったと思って」

「ああ、中央線が二階になったからね」

敷地が限定されている東京駅へ、東海道・東北・上越につづいて北陸新幹線まで割り込んだのだから、大変だ。やむなくJRは、駅舎寄りの中央線ホームを重層化して、在来線ホームを一本ずつ移動させ、新しい新幹線ホームを生み出したのだ。

「工事がつづいているころは、落ちつかなくて……もう大丈夫だな。工事は終わったから」

「ああ。ゆっくり食べてくれよ」

私服同士で食事するのが珍しく、雑談を交わしながらランチを取りおわった。ナプキンで口をふきながら、森がにやりとした。

「客に食べさせるより、自分で食べる方がおいしいな」

「当たり前さ。私だって、仕事で乗っているより、趣味で乗っている方が楽しい」

「やはり上野さんも、好きだったのかね？　汽車ポッポが」

「大好きだよ。そういうあんたはどうなんだ」

「もちろん好きさ……」

森は窓越しにつぎからつぎへ発車してゆく電車をながめながらいった。

「ことに好きなのは、夜汽車だった」

「夜汽車か」

上野が口の中でくりえした。

「そろそろ死語に近くなったなあ」

「俺の中では生きてるよ」

森はつぶやいた。

「いまでも『北斗星』が走りだすと、胸キュンになる。……おかしいかな」

「おかしくなんかない。もっともわれわれの若いころの夜汽車とは、すっかり雰囲気が違ってしまったなあ」

「それでも夜汽車に変わりはないさ」

「あの時代にくらべれば、ずっと贅沢になったがね。オール予約制だの、シャワーだの」

急に森が口を切った。いうまでもなく、早朝の惨劇を思い浮かべたに違いない。

「あんな殺伐な事件も起きはしなかった」

上野がいい、森が大きくうなずいた。

「まったくだ。……事件はどうなったんだろうな」

誘うように森は相手を見た。

「カレチさんには警察も情報をくれるんじゃないか？　けっこう捜査に協力していたから」

「まあな」チロチロと視線を森に走らせながら、曖昧《あいまい》にいった。

「テレビはやる気をなくしたようだね。松田シェフが怪しいとなったときは、お祭り騒ぎだったが。かりにも『ラ・メール』といえば、渋谷《しぶや》で三十年来の有名店だからね」

「あんたの証言のおかげで、あの人はシロになった」

「俺は関係ないよ。『グラン・シャリオ』のクルー全員が、あの客のアリバイを立証したんだもの」

森の返事はそっけなかった。

あれからの事件報道をまとめると、こんな風になる。

死体の主は四十歳から五十歳までの女性で、発見された時刻よりおよそ七時間から九時間前に死亡したものと推定された。これを『北斗星』5号の運行時刻にあてはめると、ほぼ黒磯《くろいそ》あたりから(実際には『北斗星』5号は黒磯に停車しない)仙台停車の直前までということになる。

残念ながらシャワールームの管理は利用券を発売するのみで、とくにトラブルがないかぎり、車掌も食堂のクルーもタッチしない。場所は自動販売機やテレビが備えつけられたロビーの一角だが、出入りを直視されないよう仕切りがしてあるので、使用中かどうかは近くを通っただけではわからない。たまたまその夜はシャワー券は五枚売れただけだったから、たとえA室の利用灯がずっと点灯中であったにしても、利用客はB室ひとつでさして不便を感じなかったろう。

残念なことに乗客のうちのだれがシャワー券を購入したかはわかっておらず、彼らまたは彼女らの証言を仰ぐことはできなかった。辛うじて自発的に申し出た乗客のひとりから聞き込んだ内容は、午後十時ごろシャワーを浴びようとしたが、A室のドアに『故障中』の貼り紙がしてあったので、すいていたB室を使ったというものだ。貼り紙は、翌朝の事件発覚時には消えている。筆跡からたぐられることを恐れて、犯人が事前に処分したに違いない。ただしこのとき、A室の利用灯が灯っていたかどうかは、記憶にないそうだ。

並行して警察は死体の主を特定することに全力をあげた。一週間たって、有力な情報がもたらされた。

中野《なかの》のマンションの管理人が、403号室に住んでいる富岡寿子《とみおかひさこ》という四十七歳になる看護婦が、事件の前日——つまり問題の『北斗星』5号が上野駅を発車した日——から、部屋に帰ってきていない、というのである。

その日の午後五時ごろ、小さなバッグを手にマンションを後にする彼女を、管理人が目撃している。ひとり暮らしだが几帳面な女性で、これまで三日と部屋をあけたことがないし、稀に海外旅行をするときなどは連絡先や留守の間にとどいた手紙などの保管を、文書にして管理人室へ頼んでゆくのがいつものことだった。にもかかわらず、今回にかぎって寿子は一切の連絡ぬきで、すでに一週間音信がない。勤め先の病院からやいのやいのと電話がかかってくるのでほとほと弱っている。事件の被害者と年齢的に接近しているし、中野を五時に出掛けた彼女なら、十分に『北斗星』5号に乗ることができたはずだ。関係があるかないか調べてもらいたいという申し出であった。

ただちに警察は病院に駆けつけ、死体と、解剖結果のデータを、病院にのこされている資料と照合した。その結果、頭部こそ発見されないまでも、本人に間違いなしと判定された。

その一方で、警察は『北斗星』の乗客について、耳寄りな情報を入手していた。早朝の函館で下車した客のひとりが、大型のバッグを運んでいたことがわかったのだ。人間の頭部どころか、体だってはいりそうなほど大きなバッグだった。その客を早い段階で、松田と割り出すことができたのは、森の証言の力もあずかっている。函館に到着した時刻、「グラン・シャリオ」ではすでに朝食のサービスがはじまっていた。寝ぼけ眼の客にトーストを運んでいた森は、前夜のパブタイムいっぱいテーブルで粘っていた男が、大型のバッグをひいてホームを移動している姿を見たのである。

警察に事情を聞かれた松田は、むろん事件とのかかわりを否定した。大型バッグは、函館の市場に買い出しにきたためだと弁解した。事実彼はその日の昼のうちに、予約してあった羽田《はねだ》行きのフライトに乗っている。バッグの内部は、大量に買いつけた高級魚を生かしたまま運ぶための水槽になっており、松田といっしょに羽田へ輸送されている。

これまでもたびたび似た旅程で、北海道各地の市場をチェックしたというし、レールファンである彼は片道はきまって鉄道を利用していた。

当を得た弁明であったものの、富岡寿子に関する調べがすすむにつれ、松田との接点が浮かび上がってきた。

松田と寿子は三十年にわたって、断続的に愛人関係をつづけていたらしい。はじめ寿子はある料理店で働いており、松田はその店に雇われた板前見習いだった。そのころすでに男女の仲となったものの、松田は経営者に見込まれて入り婿となり、『ラ・メール』をはじめた。寿子は泣く泣く別れるほかなかった。一旦切れていたふたりが、ふたたび結びついたのは、八年前に交通事故を起こした松田が、寿子の勤務する病院へ担ぎ込まれたのがきっかけである。寿子が水商売で働いたのも、看護学校に通いたいためだったのだ。看病するうちに、腐れ縁が復活した。もっとも三年後には松田の妻が病死しており、子供もなかったことから、今度こそ寿子は松田と結婚するつもりでいた。年齢的にいっても、最後のチャンスなのだ。それなのに、またしても男は女を裏切った。バブル崩壊の波に揺さぶられて、高級フランス料理店だった『ラ・メール』も苦しい経営がつづいていた。背伸びして湘南《しょうなん》に支店を出したのが、裏目に出たのだ。さいわい強運の松田に、スポンサーがあらわれた。彼の提供する料理の大ファンが金貸しだった——まだ四十歳前の女である。若く金のある女に、松田はあっさりと靡《なび》いた。寿子にないしょのまま、結婚の約束を交わしてしまった。いまとなっては寿子は、松田にとって邪魔者でしかない。

殺人の動機は明らかだった。なまじ『ラ・メール』が有名店だけに、そこのオーナーシェフが容疑者というので、マスコミはふたたび燃え上がった。

だが、ここで森たちの証言がものをいうことになる。解剖の所見によれば、寿子の死は前夜の二十一時から二十三時ごろまでである。まさしくその時間、松田は「グラン・シャリオ」で酔いつぶれていたからだ。殺害するだけならともかく、犯人は死体を解体する必要があった。

松田は有能な料理人だから、人間を頭と手足胴に分ける手際もさぞよかったろう。だが彼に、そんな時間を捻り出すことはできない。

警察にとって大きなネックとなったのが、つまり「グラン・シャリオ」クルーの証言だったのである。

上野はなにかいいたげに、森の顔を見た。いつも遠目には二枚目然としている黒服のマネージャーだが、こうして私服で陽光にさらされていると歳は争えない。眼鏡を外した森が、ハンカチでレンズの汚れを拭きはじめた。それがいっそう、彼の老けた印象を強めた。眼鏡の縁で隠されていた目尻の皺があらわになったからだ。食堂車で車内販売の女の子たちと冗談をいいかわしている彼を見ると、自分よりひと回り以上も若いような気がしたが、考えてみれば森はほぼ同年輩なのだ。

上野はふと、見てはいけないものを見たような気がして、目をそらした。度の強い眼鏡をかけた森は、いつもの若やいだ表情にかえっていた。

「そういえば上野さんは、秋田出身だったね。秋田といえば……」

「『あけぼの』だろ」

上野が応じた。

「出世列車といわれたもんだ」

往年の特急『あけぼの』の異名を知る人は、めっきり減った。あのころ——というのは、ふたりがまだ若かったころ、秋田から東京へ出稼ぎに出る者は多く、なにがしかの稼ぎを溜めた者は、『あけぼの』を使って故郷に錦を飾ったから、出世列車と呼ばれるようになったのだ。『あけぼの』が定期の寝台特急として時刻表にあらわれたのは、一九七〇年の秋だから、ほぼ三十年のむかしになる。

いまはご承知の通り秋田新幹線の時代であり、『あけぼの』を深夜から黎明にかけて迎え入れた奥羽《おうう》本線は、福島・山形間、大曲《おおまがり》・秋田間を標準軌に改軌されたいま、在来列車が走るに走れないズタズタのレールとなり果てていた。おなじ県内でも直通する術はなく、その代わり東京には一直線で結ばれるという現実。地方の時代という掛け声がいかにむなしく響くか、そのサンプルがこれだ。なまじ鉄道最盛期を知っているだけに、上野の言葉には哀愁があった。

そういえば彼自身、もう長い間故郷に帰っていなかった。祖先の墓を囲んだ雑草が、この夏どれほどの背丈になったか知る由もない。

「あんたの出身地はどこだったね？　そうそう、十和田《とわだ》市といっていたね」

「だから俺が乗る夜汽車はもっぱら『十和田』だった。上野発の3号は座席車を連結していたんだ。寝台料金を節約できてありがたいブルトレだった。もっとも『十和田』は特急じゃなく急行だったから、よけい安く乗れたけどね」

「あんたははじめからJダイナーじゃなかったんだろ。聞いたことがあるよ、ホテルの前に板前修業までしていたって」

「……ものにならなかったがね。一時は夢を見たこともある。渋谷で店をまかされかけたんだ」

「知っているよ。『海洋亭』といったっけな」

「そうなんだ」

彼は深い息を吐いた。思いのたけをぶちまけるような、熱く苦い吐息だった。

「たった一度だけだが、彼女を連れて『十和田』に乗ったことがある……」

「『北斗星』で死んでいた寿子さんかね？」

推　理

ぎょっとした森は上野を見た。相手は車掌の制服を着ているときと変わらない。やわらかな笑みをたたえて——悲しげな影もいくらかは混じっていたが——じっとマネージャーを見つめていた。

「な、なにをいいだすんだ」

落ちつこうとする努力は明らかだが、声の震えが止まらない。

「なぜそんなことがわかるんだ、上野さん」

「さっき警察がきた」淡々と上野はいう。

「密告状がとどいたそうだ。それで今朝早く、松田が逮捕された」

「松田が——そうかい」

「驚いた様子がないね」上野は静かに追及した。

「私の考え違いでなければ、松田をチクったのはあんただ。違うかい？」

「いいや」にやりとして、森は上野を見た。

「否定しないよ。だが聞かせてほしいな。どうして事件に俺がかかわっているとわかったんだ」

「わかったわけじゃあない。ただ、ハテナと思っただけさ」

「というと？」

「あんた、渋谷の『海洋亭』に勤めていたといっていたね。松田が勤めたのはやはり渋谷の料理屋だった……入り婿になって、レストラン『ラ・メール』に看板をかけかえたといった。『ラ・メール』はフランス語の海だろう？　場所もおなじ渋谷で、料理屋からレストランに転業したというのなら、その料理屋はあんたがいた『海洋亭』じゃないかと想像してもおかしくないだろう。あんたが和食一本槍というのなら、その際やめても仕方がない。だが現にいまあんたは、『グラン・シャリオ』にいる。決してフランス料理が嫌というわけではない。とすると、なぜあんたが、『海洋亭』から『ラ・メール』になったとき店をやめたのか。私の考えがあたっていれば、あんたは松田の顔をよく知っているはずだ。だがあんたは、彼が『グラン・シャリオ』で酔っているときも、素知らぬふりだった。松田が気づかなかったのは、酒のせいもあるし、黒服姿のあんたを見慣れていなかったから——ともいえる。とにかく、あんたはなにか松田に含むところがあったんじゃないか、そう考えたのだよ」

上野の口調はゆっくりとしていた。

「なるほどね。だがその含むところというのはなんだね」

「それだよ」上野は、二重になった顎をつまむポーズをとった。

「女性問題の多い松田が相手だけに、女のことかもしれん。ひょっとしてあんたは、あの男に女を取られたのかと思ったわけさ」

「よくわかるな」苦い笑いを浮かべて、森が応じた。

「当て推量で申し訳ないが、ウェイトレスに対するあんたを見ていると、まるで腫れ物に触るみたいだ。ときには叱り飛ばすくらい、男の威厳をもって対すべきだ。要は、女を扱うテクニックだね。ははは」

「上野さんの奥さんは、もとミス秋田だったそうだね。たしかに上野さんは、女につきあう手をご承知らしい。あいにく俺は、そうじゃなかった」

ぎくしゃくと窓の外を通過してゆく十両編成の電車をながめて、ひとごとのように森がいった。

「お察しの通りだ。あのころの俺は、寿子さん……『海洋亭』に勤めていた若い仲居《なかい》に夢中だった。彼女もそうとばかり思っていた。俺が誘うと、素直に十和田までついてきてくれたんだから。夜汽車に乗ってくれたんだから」

「だがあんたは座席車を選んだ」上野がいった。

「そうなんだろう？　当然その夜は、なにもできなかった」

「おいおい」森が笑った。

「『北斗星』と違うんだよ。個室寝台ならナニができるか知らないが、開放型のB寝台で男と女ができてたまるかい」

「年の割りにうぶだね、森さんは。車掌は修羅場に立ち会ってるからな。カーテンの奥から唸り声がするんで、あわててめくったらソノ最中だった、なんてことはザラだった。たった一度だが、体が離れなくなってメソメソしているカップルにぶつかったこともある。膣痙攣《けいれん》だね」

「……寝台でなく座席車に乗ったのが、間違いだったのか」

森がぼそっといった。

「いまと時代が違うんだ。結婚前の女が、男とふたりで夜汽車に乗る……男の故郷へ同行するというのは、それなりの覚悟があったに違いないさ。たぶん、寿子さんの気持ちは揺れ動いていたんじゃないのか?」

「きっとそうだったんだろう。後で考えると彼女は、俺と松田の板挟みになって悩みつづけていたんだな。そんな寿子に、俺はまるで鈍感だった。考えあぐねた末、彼女は、思い切って俺と夜汽車の旅に出た……」

「それなのにあんたは、彼女を抱かないまま帰ってきた……のかね?」

「馬鹿みたいな話さ。『十和田』の中でも、家に着いても、俺は夢中で将来の店の話をしていた。盛岡《もりおか》で割烹を開業するのが夢だったから。俺のひとりよがりな夢を聞いているうちに、寿子はどんどん白けていったんだ、きっと」

「しゃべる暇があったのなら、力いっぱい抱きしめてやればよかったんだ。夜汽車のムードは最高じゃないか」

「ああ……惜しいことをしちまったよ」

そこでふたりは言葉を切った。

往年の『十和田』の一夜を思い出したのか、森が目を伏せた。若く美しかったであろう寿子の姿を、瞼《まぶた》の裏に描いているに違いない。おなじとき、上野は白々と解体された寿子を、脳裏に蘇らせていた。たっぷり重量感のあった裸身、それも理不尽に折り重なっていた肉片としての寿子を。一瞬の観察であったが、ぶよぶよした右乳の下に黒子《ほくろ》があったことを覚えている。もしかしたら森は、その黒子さえ拝んだことがなかったのだ。

「森さんよ」頭をふった上野が、呼びかけた。

「『グラン・シャリオ』クルーの証言で、松田にかかった疑いは一旦晴れた。ところが今朝になって、だしぬけに逮捕状が執行された。こりゃどういうことなんだろうな」

「さてね。その密告状に、のっぴきならないことが書いてあったんだろうね」

「また白を切るのかい」

上野が冗談まじりで睨みつけた。

「密告したことを、否定しないといったくせに」

「アリバイを立証してやった俺が？　なんだってそんな手間のかかることをしたというんだ？」

大げさに首をすくめてみせたが、上野はひっかからなかった。

「それだけあんたが、松田という男を憎んでいた証拠だろ。溺れている者を一度救ってやって、ほっとしたところで水に突き落とす。……あんたが、そこまで意地の悪い人間とは思わなかった」

「ははは」森が面白くもなさそうに笑った。

「突き落とすもなにも、どうやったらあいつのアリバイをぶっ壊すことができるんだね?」

「大したことじゃない。死亡時刻というやつは、死体現象から推定するんだろう?」

「まあ、そうだな。といって俺だって詳しいわけじゃないが」

「顎のあたりが死後硬直を起こしている、だから死んでなん時間たってるとか。それも進行が早くなる、いいかえれば腐りやすい夏の最中と、ものもちのいい冬の真っ只中では、勘定が違う。だから俺は、警察にしつこく聞かれたよ」

「ほう——どんなことを」

「シャワールームの給湯量のことさ。あのとき、お湯の残量は〇分三十秒だった」

シャワー券一枚あたり使える湯量は六分間と決まっている。

「犯人は血の始末をするため、五分以上にわたってお湯を出し放しにした……それだけの間死体は温めつづけられたわけだ。当然死体現象の進行は早くなり、死亡時刻推定のデータに織り込まれなきゃいかん」

「その通りだ」

「それによって、寿子さんが死亡したのは前夜の二十一時から二十三時ごろと想像された。だから『グラン・シャリオ』に粘っていた松田に、犯行は不可能だった。そういう結論になったんだ。もしそれが犯人の偽装だったとしたら、どうなるね」

「……」

「シャワールームのA室に『故障中』の札が張ってあった、だから死体は前夜からそこにあった。そう考えられているんだが、それすら犯人の偽装であったかもしれない。『故障』の札に幻惑されて、だれもA室をのぞかなかったんだから」

「じゃあその間、寿子はどこにいたというんだい」

「もちろんAロイヤルの1号室。松田の部屋にいた——とっくに死体となって、シャワールームに転がされていたんだ。水をざあざあ浴びながら」

「彼女を冷やしたのか」

「それから松田は、彼女を解体した——職業がシェフの男なら、よく切れる包丁を持ち歩いていてふしぎはない」

「なぜ解体したんだね」

「はじめ警察は、シャワールームから死体を持ち去るつもりだったと解釈していたよ。五体揃ってる死体では、列車から持ち出すことができない。バラバラにして隙を見て——と思ったんだろうが夜が明けたので諦めた。せめてドアを接着剤で密封して、発見を少しでも遅らせようとした。こんな風に考えたらしい。実際はあべこべだった。持ち去るためではなく、持ち込むために解体したんだ」

「ロイヤルの1号室から、シャワールームのA室にか」

「そうだ。彼女を1号室にのこしたままでは、たちまち御用になってしまう。といって函館で下車する松田が、死体をまるごと持ち出すことは無理だ。せめて首だけでも運び出せば、遺体の身元はおいそれとわからないだろう。深夜のうちに遺体をシャワールームへ移動させる。手足胴と分解してあるのだから、手持ちのトランクで二往復すれば十分運べる。それまでの間水漬けにしておき、シャワールームはお湯を使い尽くしておく。死体現象の進行時間をごまかして、アリバイを生み出すことができる。松田がパブタイムで悪酔いしたのも当然だな。そのときの奴さんは、ロイヤル1号室で彼女を解体して、水に漬けた直後に違いないからね」

こんなところかね？　というように、上野は相手を見た。

「まあ、ね」

疲れたような森の応答だった。

夜　霧

「だいたい俺もそんな風に想像したさ。警察はプロだから、いまさら俺が手紙なんぞ出さなくても、遅かれ早かれ松田のアリバイを叩き壊すと思っていたが……待ちきれなかった、はっきりいって」

「待ちきれない？」

「いや……」

森は手をふった。「待ちきれなかったのは、俺ではなくて寿子だったろう」

「ちょっと待ってくれ」

上野が目をぱちぱちさせた。「よくわからんな」

「あの日俺は、寿子に呼び出されて会っていたんだ」

「なんだって！」

悠然と構えていた上野が、さすがに腰を浮かせた。

「あの女は俺が『北斗星』に乗務することを知っていた。たまたま下見にきて、俺に気がついたんだそうだ。それで、俺に会って話がしたいという」

「……」

「正直いうと、俺もほんの少しスケベ心が疼《うず》いたさ。惚れた彼女にふられて店をやめたころが思い出された。そうか、もしかしたら三十年ぶりに俺と夜汽車に乗ろうと、誘ってくれるのかと思った」

「そうじゃなかったのか」

「ぜんぜん違った」

森はグラスの水に口をつけた。上野は黙って彼の言葉を待っていた。

「あいつは、松田の話をした。……三十年前も、今度も、あの男に裏切られた。もう我慢できない、復讐する。そういっていた。俺がもし松田に声をかけたりしたら、その計画がぶち壊しになる。だから一切知らんふりをしていてほしい。それが話の中身だった」

「辛いな、あんたも」

「辛いさ。けっきょく俺のことは眼中になかったんだ、あの女。だがそれより辛かったのは、寿子が俺の知っていた寿子ではなくなっていたことだよ……三十年という歳月は残酷だな」

「老けていたのか」

「老けていたし、性格も変わっていた。見る影もなかった、といっていい。昔はあんなに可愛くて、心優しかった寿子が、どうしてあれほど底意地の悪い女になってしまったのか。松田の裏切りがそうさせたのさ。だから彼女が復讐するといったとき、俺は止める気にならなかった」

「………」

「復讐って、なにをする気だ。まさか松田を殺すつもりじゃないだろうな。そう尋ねた。すると寿子は、ゲラゲラ笑った。そのあべこべよと答えた。松田は、自分より十五も年下の女とよろしくやって、女の金を『ラ・メール』につぎこんだ。彼の希望いっぱいの未来を壊してやるんだ、とね」

「すると」

「ああ。ロイヤルの1号室を訪ねた寿子は、松田の前で自殺したんだろう。それとも喧嘩を吹っ掛けてわざと殺されたのか。『ラ・メール』の松田シェフといや一応有名人だ。騒ぎを表沙汰にしたくないし、第一そんなことになれば、寿子の存在が明るみに出る。いくらあいつに惚れた金貸しでも、袖にするに決まってる。思案にあまった松田は、姑息《こそく》なアリバイ工作を考えついたんだ」

「あんたは、女の死体がみつかったと聞いたとたんに、松田を連想したんだな。なぜ彼が、パブタイムで粘ったのか。その間寿子はどこにいたというのか——」

「ああ。大前提ができているんだ、推測に苦労はしなかったよ。そうか、これが寿子の狙いだったのか、裏切った男を犯罪者に仕立てるのが。計画を理解した俺は、遅まきながら彼女に協力してやったんだ。いったんアリバイが立証されて、胸撫で下ろした直後の逮捕、こいつがいちばん効くに違いない。そう思ってね」

「なるほどなあ」

上野が背中を椅子のもたれに預けた。ランチタイムが終わったとみえ、『ばら』の店内はガランとしていた。

「けっきょくあんただって、底意地の悪さを発揮したんだ」

「この年まで人間を営業していれば、少しは人が悪くなる」

いった後で、森が一瞬苦しげな表情になったのを、上野は見逃さなかった。

当然かもしれない……かつての恋人が死を覚悟して、男に復讐しようとするのを、彼はついに制止しなかった。見て見ぬふりをする以上に、協力さえしたのだから。

彼はいま、どんなことを考えているのだろう、と上野は思った。

みすみす彼女を死なせてしまったことを、いまになって後悔しているのか。それとも自分を捨てた女へ、彼自身が復讐した気持ちでいるのか。

しばらく待ったが、森はそれ以上言葉を継ごうとしなかった。

「そうか」大して意味もなく、上野はうなずいてみせた。

「……そのむかし、彼女と夜汽車に乗ったときのあんたは、人がよすぎたんだな。その反動で意地悪になったんだな」

「人がいいのは、善でもなんでもない。このごろ、つくづくそう思うようになった。俺がお人よしだったせいで、みんなが不幸になった。少なくとも寿子と俺はね。その寿子のために殺人犯になった松田も、不幸の仲間入りをさせられた。あのとき俺は、なにがなんでも寿子を押し倒すべきだった。たとえいやがられても抱くべきだった……警察沙汰にされる覚悟で」

抱くという言葉が初老の彼の口から発せられると、どこか滑稽で白々しく聞こえる。笑いもせず上野は応じた。

「彼女もどこかで期待していたんじゃないか」

「そうだったのかな……」森が漏らしたため息は、深い響きを伴っていた。

「夜汽車なら私も乗りたい。そういって、寿子は俺の隣に座った。月がきれいな夜だった。走っても走っても、月は俺たちを追いかけてきた。山あいを縫う川が、チカチカと光っていた。車内の客は寝静まっている。……俺は寿子を窓際に座らせていた。彼女のうなじが、ぼんやりと白かった。うぶげがきらめいているみたいだった。思わず彼女を抱きしめたよ、力まかせに。ふっと気がつくと、俺は想像の中で寿子を抱いていたにすぎない。月明かりの中で、寿子は俺から一定の距離をおいたまま背中をむけていた」

くくくと、森は肩を震わせた。笑っているのか泣いているのか、上野にはよくわからなかったが、森のあげた顔に、涙の跡はなかった。

「夜汽車はひとりに限るなあ。女と別れて、泣いて泣き暮らして飽きたころに乗るもんだ。結ばれたいと願ってるうちは、乗る列車じゃないんだ」

終

【選考会議事録④】

司会　……という作品なんですが、いかがでしょう。

文月　センチだね。

鮎鮫　ミステリとしてどう思いますか、文月先生。

文月　俺は買わない。『北斗星』を使ったりして、新しい装いのつもりだろうけど、へんに年寄りじみて感傷的になってるだけでさ。

西堀　歳をとって涙もろくなった爺さんが、昔の恋人の話をしているだけ、という感想かな。せめてもう少し、犯罪捜査が明確に描写されていればいいんだが……

鮎鮫　いや、それはこの作品の場合、ないものねだりだと思いますが。

司会　あ、鮎鮫先生は『夜汽車』に比較的いい点をつけておいででしたね。

鮎鮫　私は、構成はこれでいいと思ってるんです。犯人に擬される松田や、現在形で出てこない寿子も、隅に押しやられているが仕方がない。

司会　はあ。

鮎鮫　文月先生がいったセンチメンタリズムは、たしかに底があさいが、ミステリの器に盛って読者に差し出した手際はまんざらでもない……いや、けっしてこの作品が優れていると主張してはいませんよ。人物にしても、上野と森の違いがはっきり書き分けられていないから、せっかくの会話が生きてこない。

文月　そうでしょ？　だから俺は。
鮎鮫　お待ちなさい、文月先生。……そうした欠点が目立つにもかかわらず、私としてはあえて、この作品を推すんです。むろん、冒頭でお話をうかがった通り、作者の将来、可能性を考えて、いたらぬ点には目をつむって、という前提に立っているんですが。
文月　それ、反対だな。
鮎鮫　いけませんか。
文月　いけませんよ。作者の可能性を云々するのなら、まだしも『仲のいい兄弟』の方がマシじゃないか。いや、ひょっとしたら『鏡』かもしれない。こんなうじうじした話を、寝台列車の中なんて古ぼけた舞台で書いた人の、どこに可能性があるんだよ。三本のうちのどれか一本というんなら、俺は我慢に我慢して、『仲のいい兄弟』にする。賞金を半分に値切りたいところだけどさ。
鮎鮫　申し訳ないが、それについては私が反対だな。古いというが列車や駅を舞台にして、ある程度の雰囲気醸成に成功しています。読者へのアッピール度も、若干は期待できます。
文月　俺、反対。
鮎鮫　文月先生、頭ごなしでは議論にならんでしょう。
文月　議論しようと思わないよ、あんたと。とにかく反対。
司会　弱りましたね。……西堀先生はどうお考えですか。

西堀　私なら、好みからいって最初の『鏡』だろうね。
司会　三人の先生が、みんなばらばらに推薦されるんですか。いよいよ参った。
文月　青ちゃんがいったことが、もともと無理なんだよ。平均点以下の三本から、なにがなんでも入選作を選べなんて。
鮎鮫　しかし、それが今日の目的だというのですから、やむを得ない。目をつむって、選ぶほかないでしょう。
西堀　そういうことだね。だから私は、仕方なく『鏡』を選ぶ。
鮎鮫　あいにく私は、『夜汽車』ですが。
文月　だったら泣く泣く『仲のいい兄弟』。あはは、青ちゃんどうしようって、真っ青になってる。
西堀　すまないが、青野編集長。
司会　はあ。
西堀　もともと最初に大きなハンディを背負わされているんだ、われわれは。
司会　とおっしゃいますと。
西堀　低レベルの入選作を出して、それで笑われたりけなされたりするのは、文英社以上にわれわれ三人なんだよ。にもかかわらず、この三本から「ざ・みすてり」大賞を選べという。だったらせめて、私の意見を最大限に尊重していただきたい。
司会　ごもっともです。

文月　西堀先生のおっしゃる通りだ。だから俺は、『仲のいい――』。
西堀　いや、私は『鏡』だね。
鮎鮫　『夜汽車』なら、ぎりぎりのところで妥協しますが、それ以外の二本は認められない。
文月　強情だな、鮎鮫さんも。
鮎鮫　文月先生。私も評論家の看板をかけているんです。文英社の株主総会でもあるまいし、シャンシャンと手を打つわけにゆきません。
西堀　ねえ、鮎鮫さん。それをいうなら私だっておなじだよ、評論家だよ。
文月　待った！　俺の本職は評論家じゃない、作家だから黙ってろっての？　それはヘンだよ。ここにこうして、選考の席につらなる以上、俺だっておふたりとおなじ評論家の立場でものをいってるんだ。
鮎鮫　文月先生……。
文月　うるせえなあ、黙っててよ。
西堀　文月さん。いや、文月くん。
文月　なんだよ。
西堀　うるさいはないだろう。無礼なタレント、マナー知らずの役者と定評があるようだが、いやしくもここは神聖な選考の……
文月　あはははっ。うひひひひっ。
西堀　なにが可笑《おか》しいのかね、文月くん。

文月　笑わせないでよ、西堀のオジサン。
西堀　オジサン？
文月　うちへときたま顔を出すコギャルのファンなんだけどねえ。テレクラで西堀先生にナンパされたっていってたよ。
西堀　ば、ばかな。
文月　パンティを○○円で譲ってくれっていったんでしょ。
司会　（狼狽して）文月先生、文月先生！
文月　心配しなくても、ほんのジョークよ。
西堀　失敬な！
鮎鮫　西堀先生、老婆心までに申し上げますが、挑発に乗ってはご損です。それより青野さん、早く本題にひきもどしてください。
司会　あ、いや、これはどうも。どこから脱線しましたっけ。
文月　西堀のオジサンが、神聖な選考といったあたりから。
西堀　そのオジサンはやめんか。
文月　わかりましたよ。会社の都合でむりやり入選作をデッチあげようという、心もとない「ざ・みすてり」大賞でも、選考となれば神聖なんだ。わかりましたとも。俺、当分黙ってます。
司会　（咳払いして）では、あらためてみなさまにお聞きいたします。以上の三本につきまして、作品個々の出来ばえもさりながら、作者の将来性を慮って……（ひどくあわてる）あ、これはこれは……どうぞ、椅子を。

西堀　猪崎社長。

文月　へえーっ……（ひとりごと）この人が、問題の。そうかあ。

猪崎　いや、どうぞ、お構いなく。選考会たけなわの最中にお邪魔して、恐縮ですな。おおこれは、文月みちゃ先生。それに……たしか鮎鮫先生でしたな。お名前はかねがね伺っております。この度は面倒な仕事をお願いして、申し訳ありません。

文月　いや、べつに面倒ってほどのことは。

鮎鮫　どうも、その……はじめまして。

猪崎　いかがです。傑作は集まっておりますか。

文月　傑作ねえ……まあ考えようによるでしょうけど。

西堀　激論を戦わせていまして、当分結論が出そうにないのですよ、実は。

猪崎　ほう、そりゃあ楽しみだ。

鮎鮫　おや、青ちゃん。テープがそろそろなくなりますよ。

司会　お待ちください、ただいまテープを取り替えますので。

猪崎　それならちょうどいい。みなさん、まだ食事前でしょう？

文月　なにしろ激論中でしたからねえ。食事どころかショック事でして。

猪崎　でしたら私に奢らせてください。いやいや、青野くん。私のポケットマネーだから、きみが心配することはないの。どうです、みなさん。席を変えて気分転換して、そのあとおもむろに激論を再開なすっては。

文月　いいなあ、それいいアイデア。白状しますとね、社長さん。激論がすぎて袋小路にはいりこんでいたんですよ。――おっと、テープが切れるところ

（録音中断）

第二部　動機から捜査へ

『蟻巣』で薩次がキリコにプロポーズした、その明くる晩のことである。

―

新宿プラザホテルの宴会場「ひなげし」は、盛会であった。文英社創立二十五周年のパーティが、賑やかに開かれたからだ。

歴史の古い出版社がひしめきあう業界の中で、看板をかけて四半世紀というのは、際立つほどではない。文英社自体ようやく一流半といったところだ。

核となる雑誌をあげても、小説雑誌といえるのは「ざ・みすてり」だけで、「鉄路」や「HOUSE」といった専門誌、「少年ウィークリー」「カトレア」のようなコミック誌が、ここの稼ぎ頭だった。

この種のパーティに欠かせない、作家や評論家の顔ぶれも、したがって多士済々《たしさいさい》というわけにゆかなかった。それでも「ざ・みすてり」が推理小説誌なので、ミステリ関係の顔ぶれは充実していたし、最近になって新谷編集局長の提案で、オリジナルビデオアニメの分野に進出をはかりはじめたので、芸能畑の人たちも顔を見せており、それなりに華やかさを演出していた。

司会をつとめた斑鳩毬《いかるがまり》はユノキプロ所属の新人で、朝川電機のキャラクターガールに選ばれた、いま上り坂のタレントだった。

『蟻巣』の近江由布子から紹介をうけたユノキプロは、文英社が製作するビデオアニメの声優を一手に引き受けており、その関係でデスクの関《せき》女史も可能キリコも、パーティに出席していた。

ふだんならもっぱら飲みかつ食う女史が、今日ばかりは不安げにステージの進行を見守っている。その彼女の前に、ソーセージとスモークサーモンを盛った皿を、キリコが突き出した。

「どうぞ」

「ありがと」

ソーセージを口に入れようとしたが、舞台に目をむけたままだったので、フォークから落としてしまった。

「やだ。そんなに心配なの、彼女の出来が」

スーパーだって女だし、なによりタレントなのだから、おなじプロのデスクが新人ばかり注目していれば気にかかる。

「そりゃあそうだよ。社長から、特に目をかけろっていわれてるものね」

答えてから、あらためてスーパーを見た女史が、にやりとした。

「焼き餅かい」

「当然でしょ」

スーパーが苦笑した。

「いずれ大化けしそうだとでも、社長がいったの？」

毬を妖怪あつかいしたわけではない。大スターになる可能性があるのか、と聞いたのだ。真面目な顔で女史が返事した。

「スター性はあるね。とりたてて美人じゃないところがいい」

「清潔だから、茶の間にうけるわね」

その点はキリコも認めていたし、本人は素直で控えめな性格だから、スタッフに好感が持たれているようだ。ただ……

「噂は本当なの？」思わず小声になった。

「朝川電機の社長さんと……」

あまり口にしたくない話題だったから、自然とキリコは眉をひそめている。

「嘘ですよ」関が首をふった。

「私もそう思いたいな」

「なんの話」

ひょいと背後から口をはさんだ男がいる。

「なんだ、文月センセか」

「センセ、てのは軽いなあ。センセイと正確に発音してくれる？」

キリコに鼻であしらわれながら、みちやは例によってめげる男ではない。

「俺だって、もとユノキプロのメンバーだぜ。関ちゃん、パーティが終わったら、彼女を紹介してくれない？」

顎をしゃくった先に、懸命な司会をつとめる毬の姿がある。拍手に迎えられて、猪崎社長が登場するところだった。

「あの子、俺好み」

「ダメよ、女史」いそいでキリコがいった。

「危険分子を近づけては」

「お、いってくれるじゃない」みちやがへらへらと笑った。

「知ってるんだぜ、俺」

「なにを知ってるのよ」

「彼女が、朝川電機のナニってくらい」

女史が思わずため息をついた。

「どうしてそういうことだけ地獄耳なんだろ」

「あ、やっぱりそうなのか」

「ダメだってば」キリコが女史をにらんだ。

「この人、カマかけるの天才なんだもん」

「いっときますけどね。そんな噂は根も葉もないの。よけいなことをいうと、あんたの噂もばらまきますよ」

関がムキになればなるほど、みちやはのほほんとした。

「俺の噂を売り出しても、買う奴なんていないよ。人が犬を噛めばニュースだが、犬が人を噛んでもニュースにゃならない。あんなタイプの子が爺のナニならニュースでも、俺がどこの女を孕《はら》ませたってニュースにならない」

「あら、そんな噂なんかバラまかないわよ」と、キリコがいった。

「おなじネタで、あっちの雑誌こっちの雑誌と二重売りしたって話ならどうお」

「おい、よせよ」

彼にしては珍しくあわてたので、スーパーが吹き出した。

「やっぱりそういうことやってたのね」

「この野郎、カマかけやがったな」

大して怒るでもなく、みちやがにやついたとき、周囲からぱらぱらと拍手があがったので、三人はようやく壇上の猪崎社長をみつめた。

取材記者が、挨拶を終えた社長に質問を発したらしい。一年前に発表された「ざ・みすてり」大賞の成果についてである。催促がましい拍手に後押しされて、猪崎が返答した。

「おかげで期待以上の優秀作が集まりました。今日この席においでの、西堀先生、鮎鮫先生、文月先生のお三方に鋭意選考していただいておりますので、間もなく入選作発表の段階にいたるものと、私自身楽しみにしているところでございます……」

「あれっ」

思わずスーパーが声を出した。

さてはポテトの「ざ・みすてり」大賞受賞を大々的に発表してくれるのかと、息を呑んで待ち構えていたのに、あっさり肩透かしを食わされたからである。

たしかに薩次はいっていた。タイトルも作者も伏せておく、と。それにしても二十五周年のパーティだから、ポテトの受賞をちょっぴりくらい仄《ほの》めかすかと期待していた。覆面の作者受賞が趣向とあれば、はしゃぐわけにゆかず我慢していたスーパーだが、とうとうたまりかねた。

「文月センセ、じゃなかった先生ったら」

「なんだい」

「受賞者はもう決まってるんでしょう」

「ははん、ご心配だね?」

みちやがにたりとした。「いっときますが、この際、俺にいくら恩を着てもいいんだぜ」

彼女と薩次の関係は、ユノキプロに籍を置いた者なら周知のことだ。

「あわてなさんな。原稿はいま彼が、せっせと直してるところ。……ほら、社長さんが言い訳してくれてるよ」

それでいそいでキリコは、壇上の猪崎を見た。

三十半ばの社長は白皙《はくせき》という形容がふさわしい。銀座では遊び人で通っているが、独身で資産があればもてるのも当然だ。本気で作家志望だったほどだから、神経は繊細なのだろう、頰の肉をかすかに震わせてしゃべっていた。

「……なにぶんにも文学賞の公募は、わが社はじめての試みでございまして、より完璧な受賞作を世に問うことができますよう、いましばらくのお時間を頂戴したいと、かように考えている次第でございます」

下げた頭にむかって、また拍手が起こった。

猪崎に代わって、マイクを手にした毬が歩み出る。

「猪崎社長でございました。ではここで、みなさまにリラックスしていただこうと、文英社がご用意しましたショーの数々をごらんいただきます」

「台詞は型通りだけど、表情がいいな」

と、みちやがにんまりする。「あんな子を、爺に独占させるこたあない」

「だから、それはあんたの考えすぎだってば」

まわりに気を遣いながら、女史がたしなめる。

「そうかい？　彼女をユノキプロが引き受けたのは、朝川社長が身元保証をしたからだろ？朝川電機といや大スポンサーだ。メジャーの社長がユノキプロに若い娘を推薦する……無関係と思えっていう方が無理じゃないのかねえ。おっ、これはどうも」

ふいに彼の言葉の調子もゼスチュアも変化した。壇を下りた猪崎が、笑顔で近づいてきたのだ。

「先日はどうも……あの後、すっかり酔っぱらって、どこをどう帰ってきたのか、まるっきり覚えてないんスよ。俺たちみんなベロベロで、社長にハンドルとらせたんですって？　ヒエー罰が当たりますよねえ」

Ｃ調にしゃべりたてながら、猪崎にくっついたみちやは、さっさと離れてゆく。見送った関がなにかいおうとして、笑顔になった。

「スーパー、ほらほら」

なにがホラホラかと思ったら、薩次があらわれたのだ。

「ポテト！」スーパーが駆け寄った。

「がっかりよお。社長さん、ポテトの名前をケチるんだもん」

「『ざ・みすてり』大賞かい？」薩次が苦笑した。

「発表はお祭り騒ぎのときじゃなく、まともな形でやりたいんだとさ。……猪崎さん、気合がはいってるよ」

「そうなの？　だったらいいけど」

いつもと変わらないポテトの様子に、ようやくスーパーはほっとした。あれから選考の結果が変わって、べつな作品が入選したのかと、縁起でもない心配をはじめていたところだ。そんなことになったら、結婚の約束まで御破算になるかもしれない。

「いったいいつ、『ざ・みすてり』大賞が発表になるのよ。そのときもまだ、ポテトは名を出せないの？」

プロレスみたいに、覆面したまま写真に撮られるのかしらん。見る人が見れば、この体型では一発でバレちゃうだろうな……

苦笑いを顔に張りつけたまま、ポテトがなにか答えようとしたとき、青野が急ぎ足でやってきた。

「牧先生、ちょっと」

なにやら耳打ちされた薩次は、仕方なさそうに彼についてUターンした。

「あらら、鳶《とんび》に油揚さらわれたの」と、関女史。

「いまの人は編集長よ」キリコはなん度も、『蟻巣』で会っている。

ミステリに強いと聞いて、局長時代の堂本がよその社から抜いてきた「ざ・みすてり」の編集長である。年に数回程度、薩次に仕事をまわしてくれるが、「牧先生の書くものは、どうも地味すぎる」とこぼしていたのを、聞いたことがある。

2

「お飲み物はいかがですか」

ボーイがトレイにグラスをならべて巡回してきた。キリコが水割りを取ろうとして、男の手とかち合った。

「や、失礼」

「あら……ごめんなさい」

譲り合ってそれぞれグラスを取り上げた。そのキリコの顔を見て、相手の男がいった。

「失礼ですが、可能キリコさん……でしたか？」

「はい、可能ですけど」

「可能克郎さんの妹さんですね」

「ええ」

とっさにキリコは男性の頭のてっぺんから足の爪先まで、目にも止まらぬ早業で観察した。ブラウン管を走査する電子ビームなみのスピードだ。下膨《しもぶく》れの顔に象みたいな細い目、笑みを絶やさない口元。ややポテトに似通った雰囲気があるが、服装のセンスはこちらの方がはるかに上だ。薩次はオヤジ然とした野暮なネクタイ姿だったが、こちらは秋にふさわしいダンディなカラーシャツだ。

「お兄さんにお目にかかったことがあります。『夕刊サン』で書評を担当している、鮎鮫竜馬といいます」

「あら、鮎鮫先生！」

その名前なら、兄だけではなく薩次からも聞かされていた。若手のミステリ批評家として、注目される存在だったからだ。見たところ四十歳前後なのに、戦前の探偵小説から新本格ミステリまで、よく読みよく知っている。

「小耳にはさんだんですが、牧さんの奥さんですって？」

無邪気に質問されて、思わず赤くなってしまった。

「いいえ、まだ結婚してません」

「まだ」と答えては「いずれ」の含みがあるみたいで、おかしいかな。そんなことを考えたら、よけい赤くなった。どうもいけない……天馬空を行くスーパーなのに、ポテトのことになると意識過剰になる。

おたついたのは、鮎鮫もおなじだった。

「あ、そうでしたか。こりゃどうも。つい先日牧さんに会ってあなたの名前が出たときも、彼とくに反論しなかったので、どうも」

「いいえ」

スーパーはにこりとした。

(そうか。ポテトはほかの人の前では、私を女房扱いしているのか)

そう思うと、嬉しい気分もあるし軽く見られたような気分もある。とっくの昔に他人ではなくなっているんだから、世間の見る目はどうでもいいようなものだが、でもやっぱりけじめがほしい気がする。恋人でも内妻でも愛人でも、肩書なんかどっちだっていいや。そう考えていたのは、もしかしたらずっと昔――まだ十代だったころのことかもしれない。

「『ざ・みすてり』大賞の選考引き受けていらっしゃるんでしょう? 大変ですね」

キリコが如才なく話題をふったのは、むろん彼の口から薩次の入選の話を聞きたかったからだが、あいにく彼はポテトに触れてくれなかった。

「まったく大変なんです。……三日前も、選考委員の間でもめたんですが、おいそれと結論が出ない。それでけっきょく」

大賞の行方は伏せる、という青野の方針を思い出したに違いない。突然鮎鮫は口をつぐんだ。結論が出ないとはどういうことだろう。そのとき、ドスのきいた低音で、べつな男が「鮎鮫さん」と呼びかけた。濃紺のスーツの胸ポケットから、やたらとふとい万年筆がのぞいていた。

「ああ、西堀先生」

西堀小波ならキリコも顔見知りだった。彼が出演したクイズショーで、キリコが司会のアシスタントを勤めたからだ。牧薩次が書いた『合本・青春殺人事件』では解説を引き受けてくれてもいる。

「やあ」というようにキリコに笑いかけた西堀は、すぐ塩っぱい顔にもどった。

「鮎鮫さん元気だな。私はもう当分の間、酒は絶つ」

グラスをかざしてみせた。ウィスキーをなみなみとついでいると思えば、ウーロン茶だった。酒豪として知られる西堀にしては、珍しいことだ。

「三日前の銀座が、まだこたえているようですね」

「タダ酒だからとガツガツ飲んだのが間違いだった……」

よほど深酒をやったらしい。席を外すきっかけがなく、なんとなくキリコはふたりの会話を聞く位置にとどまっていた。

「あの後、はっと我に返ったら、自分の家の玄関じゃないか。青ちゃんが俺の女房に言い訳してたが、彼自身呂律《ろれつ》が回らなくてね。けっきょく青ちゃん、そのまま俺の家で沈没してしまった。あんたはシャンとしていたの？」

「とんでもない。だからぼくも翌日の選考会議をパスしたじゃありませんか」

「ああ、選考会パート2ね」西堀が苦笑して、ちらとスーパーを見た。

「その青ちゃんと、文月みちやにまかせるほかなかったな……」

「青ちゃんもモーローとしていたようです。あの晩しっかりしていたのは、あのふたりだけですよ。全権委任のほかなかった……おかげでベターの案が浮上したわけですが」

鮎鮫の視線の先に、猪崎金人《かねと》と文月みちやの姿があった。なにか語らいながら、庭の方へ歩いてゆく。宴会場の延長としてテラスが設けられているので、夜風を肴《さかな》に飲むつもりだろう。

「若いね、ふたりは」

西堀が肩をすくめた。

「若くても青ちゃんは潰れたんだから」

「あの男は、はなから弱いんだよ。酒にも女にも」

「女にも？」

鮎鮫が首をかしげた。

「クラブではけっこう行儀がよかったけど……」

「奥さんに弱いんだ」西堀が思い出し笑いをした。

「明くる朝目を覚まして、そこが俺の家だったもんで、奴さん青くなっていた……家内にどう言い訳しようってことらしい」

「あはは」

聞いていたキリコが、つい笑いだしてしまった。青野が小心者というのは、実感だったからだ。上司にも有名作家にも、すぐ腰がひける。頼りない男ではあるが、ミステリの読み手として優秀なことに異論はない。なによりかにより、ポテトを受賞者に選んでくれたではないか。もっとも今の話を聞くと、肝心の選考会ではどうやら役に立たなかったようだが……

彼女の遠慮のない笑い声に、男性ふたりはぎょっとしたようにふりかえった。

「青野さんらしいですね」

「スーパーくん」と、西堀はちゃんとキリコのあだ名を知っている。

「本人にいうなよ」

大評論家に違いないが、編集長の機嫌を損ねてはマイナスに決まっているからだ。

「安心してください。口の固いことでは定評があります」

ボンと胸をたたいたら、ふたりの男の視線が胸元に吸いついた。パーティにふさわしく、露出度大のドレスを着ていたからだ。そういえばポテトも、眩しそうな顔をしていたっけ。

ちょっと気をよくしたキリコにむかって、

「毬ちゃん、知らないか」

あわただしく声をかけてきた男がいる。ユノキプロの先輩で、小港《こみなと》誠一郎《せいいちろう》という男優だ。しまった容貌と肉体の持ち主である。ぼつぼつ四十歳の男盛りで、二枚目からコメディリリーフまで演技の幅が広い。小柄なためテレビや舞台では脇に甘んずるほかないが、声優として重宝がられていた。

「毬ちゃんがいないの？」

反射的にステージを見た。華やかにフラメンコがはじまっている。スーパーの記憶では、たしかこの後に来賓の挨拶がつづくはずだ。当然、司会者が要る。

「トイレへ行ったんだが、もどってこない」

「関女史はどこ」

「見に行ってくれた――いないというんだ」

なるほど、おなじユノキプロとしてあわてるのも当然だった。フラメンコはあと三分以内に終わる。

「私も探すわ」

評論家ふたりに会釈《えしやく》してから、急ぎ足でホワイエに向かおうとすると、関女史が飛んできた。

「あっちにもいない！」

女史は殺気立っている。スーパーが早口でいった。

「代役、いるの？」

「いざとなったら、ランちゃんに頼むつもり」

川澄《かわすみ》ランといって、素《す》っ頓狂《とんきよう》なところが売りものの若手である。やはりこのパーティに出席しているはずだ。

「でもなんとか本人をみつけなくては。私はステージをもう一度チェックするから、スーパーはテラスを見てきて」

「ラジャー」

こうしてはいられない。ドレスの裾をまくって、スーパーは豪快に走った。トレイを捧げたボーイや、いまはいってきたばかりの客が目をまるくした。

3

開けっ放しのドアのむこうに、ライトアップされた庭園が広がっている。日暮れどきに夕立があったおかげで、残暑は跡形もない。純白のテーブルと椅子が噴水池の周囲に配置されているが、客はぱらぱらと腰かけている程度だった。

飛び込んできたスーパーの勢いに、みんないっせいにふりかえる。いちばん外れのテーブルから、猪崎と文月が顔をあげるのが見えた。

その横の鉢植えの陰に、だれかうずくまっていた。

「毬ちゃん!」

遠慮ぬきに大声をあげる。水銀灯に照らされた小柄な姿は、たしかに斑鳩毬だった。社長と作家を無視して、キリコは飛びついた。

「しっかりして、毬」

「ああ……スーパーさん？」

タイルに両膝を突いた少女が、顔をゆがめていた。

「気分わるいの？」

「少し……でも、大丈夫です」

切れ切れな声だったが、キリコが手を貸してやろうとすると、気丈にひとりで立ち上がった。

「本当に大丈夫？　ランちゃんに代役勤めさせても構わないわよ」

「だって、司会は私の仕事ですもの」

いいきった毬の顔は、水銀灯のせいか青ざめている。見かねた文月みちやが近寄って、フェミニストぶりを発揮した。

「代役をたてた方がいいんじゃないの、毬ちゃん」

こいつめ、もうちゃん付けしている。チャンスを最大限に利用しようとするプレイボーイをひと睨みして、スーパーがささやいた。

「無理しなくていいのよ」

「……ううん、無理、します」

いいきった少女の顔は、青ざめていても確固とした意志をみなぎらせていた。よし、この子やる気ムンムンなんだわ。彼女の気持ちをはっきり受け止めたキリコは、それ以上なにもいわなかった。

手を貸して宴会場に連れもどすと、小港がいちばんに駆けつけてくれた。

「斑鳩くん、どうした!」

「ちょっと……気分がわるくなっただけ……です」

先輩の顔にかすかな笑みを与えた毬は、しだいに気力を回復しはじめていた。彼女以上に蒼白なのは小港だった。

「ステージで倒れるくらいなら、いま代役にバトンタッチすべきだぞ」

少女の額に手をあてながら、叱りつけるようにいう。舞台に穴をあけるのは、役者として最低だ……と、キリコがユノキプロにはいったばかりのころ、彼の講義をうけたことがある。たとえそれがデパートの屋上遊園地でもよおす子供相手のぬいぐるみショーであろうと、帝国劇場の檜《ひのき》舞台で満員の客相手にくりひろげる芸術祭参加公演であろうとも、と小港は力説した。

先輩の叱咤は、若い毬にとって痛烈な激励の言葉と聞こえたらしい。まるで彼女の五体が電撃を食らったようだ。少女の顔から甘えは完全に消えた。

「倒れません、絶対に」

きっとなって、彼女は人込みをかきわけてゆこうとする。ステージのフラメンコは最高潮に達していた。あと一分足らずで終わるだろう。それまでに、マイクの位置へ行き着けるかどうか。

はらはらしながら、キリコは後を追った。

びっくりするほど、毬の足取りはたしかだった。よほど小港の言葉がこたえたらしい。実際、こんな場面で代役を立てられたら、ユノキプロとしても朝川電機社長に面目をうしなうことになる。

（毬ちゃん、偉いぞ）

少女のやさしげな後ろ姿に、強固な意志力を感得したスーパーは、心中で拍手を送っている。

それにしても、彼女は、どうして不意に気分をわるくしたのだろう。みじかい間ではあるが、穏やかならぬイメージがキリコの頭に宿った。

（悪阻《つわり》？）

まさかあんな子が。

まさか！　と思う反面、いやいや今の若い人はわからないぞと考える。

とたんにいやーな気分になった。私みたいな者でも毬を（今の若い人）扱いした、ということがだ。

ああ、可能キリコさんよ。いやさ、スーパーさんよ。あなたもそこまで年老いたか！　自分で自分に憤然《ふんぜん》としてしまった。悪阻だろうと病気だろうと、毬は毬だ。ユノキプロに勿体ないくらいの、素直で心優しく柔軟な演技と適度の美貌をもつタレントであることに変わりはない。

スーパーの周囲から拍手があがった。

ずっと前からそこで待機していたように、ゆとりをもって壇上に立った毬が、マイクを片手に淀みない調子で来賓の落語家を紹介しはじめたからだ。

「ああ……よかった……」

耳に馴染んだ声が、キリコのすぐ後ろで聞こえた。ふりむかなくても関女史にきまっている。答えたのは小港誠一郎だ。

「彼女ならちゃんとやると思っていたよ」

「そういうコミさんだって、さっきは目を血走らせてましたよ」

「そうだったかな？　面目ない」

小港が笑った。のびのある魅力的なバリトンだ。名うてのヘビースモーカーだというのに、声にまったく衰えがない。（この人、いくつの声質をものにしてるんだろ）舞台に立てば青年から老け役まで自由自在で、スーパーがうらやましがるほどの、演技力の持ち主であった。

その彼が、キリコの肩をかるくたたいた。

「ありがとさん。スーパーくんが気がつかなかったら、あわや穴を開けるところだった」

「ううん。あの子根性があるから、ひとりできっとステージにたどり着いたでしょう」

「そうかもしれないが、そうでなかったかもしれない。なんにしても、スーパーくんは毬ちゃんの恩人だよ」

また拍手が上がり、笑い声がそれにかぶさった。

サービス精神旺盛な落語家が、アドリブで毬をからかったらしい。毬も負けておらず、とっさにやり返している。型通りな祝辞より、よほど活気のあるステージになっていた。

「張り切ってるけど、大丈夫かしら……」

不安げなスーパー以上に、女史は先を読んでいた。

「ホテルの医務室に頼んであるわ。いざとなったら、すぐ担ぎ込む。スーパー、頼みますよ」

「まかして」

力仕事なら、キリコはなみの男よりずっと役に立つのだ。

さいわいその後の毬は、そんなトラブルがあったことをだれにも感づかせないほど、好調な司会ぶりでパーティを締めくくった。

だからスーパーも、すっかり忘れてしまったのだ。

彼女――斑鳩毬が、なぜ倒れたかということを。

4

東京では残暑がのこっているというのに、新千歳《しんちとせ》空港に到着したときの、この冷涼さはどうだ。いくら朝のうちにせよ、羽田をたつときは日差しの強さに顔をしかめたものだ。大袈裟でなく克郎は、ぶるっと全身を震わせてしまった。ゆるやかにカーブしているターミナルビルを出て、すぐタクシーを拾う。

「オズマホテル」

「ああ、ゴルフ場の隣ね」

合点した運転手は車をスタートさせた。

「時間はどれくらいかかる?」

「十五分あれば」

「あ、そんなもんなの」

肩の力が抜けた。一時間も飛ばされようものなら、請け合い田丸《たまる》編集局長にいやみをいわれるだろう。「北海道のタクシーって、こんなに高かったかね?」

「オズマへお泊まりですか」

バックミラーから、運転手が問い掛けてきた。

「いや、人に会いにゆくだけなんだ。日帰りでね」

「へっ。すぐまた東京へ帰るんですか。容易じゃないな」

「宮仕えの辛いところさ」

まったく文月の奴がうらめしい。「夕刊サン」に連載小説を載せるにあたって、作者インタビューを予定していた。その取材場所が、間際になって電話一本で変更されたのだ。

「あ、可能さん? 悪い悪い」

頭をかきながらへらへらと笑う文月の顔が、受話器にダブって浮かんだ。

「なんでしょう」

「例のインタビューなんだけどさ。手帳を見間違えていたんだ——その日だと、俺、前の日から北海道にいる」

「北海道……ですか」

「文英社の猪崎さんたちとゴルフツアーなんで、いまさら断るわけにゆかないんだ。帰るのは五日後だから、その後でどうお?」

あわてて克郎は暗算した。取材記事は日曜版に掲載されるから、それでは絶対に間に合わない。

「無理ですよ。北海道へ行く前に、どこかで時間を作ってください」

「あ、それ、できないの」

おそろしく簡単にいう。

「新作の構想中でね、北海道行きの時間こさえるのに、俺この二三日死んでるもん。死人にインタビューできないでしょ」

「弱ったなあ。なんとかなりませんか」

「弱ったのはこっちもだよ」シャラッとしてそんなことをいう。

手帳見間違えたの、あんただろ!

怒鳴りたいところだが、克郎は我慢した。デスクを引き受けるようになって、少しは大人になったと思う。

タクシーは快調に走っている。九月は北海道にとってシーズンオフで、広い国道に車は数えるほどしか見えない。

「なんにもないところですよ、あのホテルは」

愛想のつもりか、運転手が声をかけてきた。

「そうかい」

オズマホテルについて予備知識がない克郎は、生返事した。

「ただ森と湖があるだけで、スーパーもショッピングセンターもないんだ」

「へえ」

「あんなところに俺なんざ泊まったら、一日で退屈しちまうなあ」

「なるほど」

そんな会話を交わしていたものだから、いざホテルに着いてみてびっくりした。まずゲートからエントランスまでの距離が、尋常でない。えんえんと走って、やっと本館の車寄せに到着した。

（こりゃあ広大なもんだ）

なんにもないという運転手の表現は、北海道に住み飽きた彼の実感だろうが、せせこましい東京からきた者の目には、なにもないことこそ好ましかった。

十三ある客室はすべてログハウスで、森の中に点在しているらしい。用件を伝えると、すぐフロントが「石狩《いしかり》」という名の部屋に電話してくれた。しばらく受話器に耳をつけていた係は、やがて当惑した顔つきになった。

「お客さまは、お出になりませんが」

「そんなはずはないんだ。文月先生はひとりで泊まってるのかい」

念を押したのは、文英社組が同宿しているのかと思ったからだ。

「はい、先生は原稿のお仕事がおありだそうで、『石狩』におひとりです」

「おかしいな……」

いいかけて、克郎は腕時計を見た。九時三十分少し前だった。

「寝てるんだよ。文月先生は夜型だからな。かまわないから、たたき起こしてよ」

午後早い便に帰りが予約してある。のんびりしてはいられないのだ。

「かしこまりました」

うやうやしく返答してくれたわりに、事ははかばかしく運ばなかった。

「文英社のほかの連中は？　三人でふた棟使ってる？　ひょっとして、そちらの棟へ遊びにいってるんじゃないのかな」

問い合わせると、堂本常務が電話に出た。

「え、文月先生？　知らないね。俺たちはさっきまで食事していたんだが、先生から特に連絡はなかったぜ」

彼の話では、おなじ部屋に新谷も泊まっているようだ。猪崎社長は別棟の「天塩《てしお》」だったが、予定通りなら今朝早い時間に東京へ帰ったはずという。フロントに確かめてみると、たしかに猪崎ひとり七時にチェックアウトしている。

「文月先生は、夜なべするから朝飯抜きっていってたがね」

「あの人は電話のベルくらいじゃ起きないよ」

新谷の声が近くで聞こえた。

仕方がない、実力行使あるのみだ。

十分後、克郎はマスターキーを持ったボーイをせかせて、ホテル内を回遊するマイクロバスに乗った。

「先生が文句いったら、俺が責任もつから。来月のレジャー欄でこのホテルの提灯《ちょうちん》を持ってやるから」

とかなんとかいいたてて、渋るフロントを説得したのである。実際そのときの克郎は、飲みすぎた文月が、電話から遠いソファなどで酔いつぶれているものと思っていた。

バスに揺られながら、克郎は感心した。

「広いなあ。敷地はどれくらい」

「五万坪だそうです」

「へえ」

てっきり平方メートルで答えると思ったのに、若いボーイは坪で答えた。客に年寄りが多いからだろう。いくら北海道でもこの大きさでは投資額は馬鹿にならず、ルームチャージにはねかえってくるものと思われた。

これがシラカバかと思うほど逞《たくま》しい木々の間を縫って、カラマツにはさまれた道をゆっくり走ると、右手に湖が見えてきた。

「石狩」は湖際に建つ二階建てのログハウスだ。傾斜地に作られているので、バスを下りてから林間の小径をすすみ、さらに一階の玄関まで急な石段を下りねばならなかった。もう一度ボーイがチャイムを鳴らしたが、依然として応答はなかった。痺れを切らした克郎が、ボーイの肩をたたいた。

「編集長の話だと、昼ごろまで起きないタチだそうだよ。遠慮なくドアを蹴破ってよ」

まさか蹴破りはしなかったが、ボーイがマスターキーを鳴らすと、すぐ克郎がドアを押した。それなのにドアが開かないから、びっくりした。ボーイも驚いたらしく、ふたりそろって懸命に押した。押すというより、体ごとぶつかっていった。やっとのことで、ドアはしぶしぶ八の字に開いた。後で調べると接着剤が塗ってあったのだが、そのときは気づくゆとりもなく、

(大きな音を立てちまった……)眠っているはずの作家先生の機嫌を損ねた、とハラハラしたくらいだ。

「えー、ごめんください」

おそるおそる声をかけた。わがままで知られる文月みちやだけに、寝ぼけ眼の作家に凶暴性を発揮されては困る。

だがそれは克郎の、考えすぎだった。

(ん?)

奥につづくドアを開けようとして、克郎の足が止まった。

むっとするような暖房のきいた空気にまじって、なにかしら妙な——というよりいやな匂いがする。はじめて嗅ぐ匂いではなかった。

(血?)

ぎょっとした。そればかりか、なにやらものの饐《す》えたような、ほのかに甘酸っぱい匂いが漂ってきた。

もう遠慮している場合ではなかった。

「文月先生！」

わめいてドアを開ける。

そのむこうに、リビングルームが広がっていた。正面はバルコニーにつづく掃きだし窓。左手にゆったりしたダイニングセット、右手前には二階にみちびく螺旋《らせん》階段、その奥が書斎風に大型のデスクと、ロッキングチェア。

ざあざあという音が聞こえる。バスルームの湯栓が開放されているらしい。半ば開いたドアの隙間から、湯気がリビングまで押し寄せていた。

文月みちやは、デスクに背をむけて、ロッキングチェアに腰を下ろしていた。

ただしその時点では、克郎は相手を文月と確認できたわけではない。なぜかといえば、彼は頭からすっぽり犬のぬいぐるみを被っていたからだ。

ぬいぐるみといっても頭の部分だけだったので、まるで人間に変身しつつある最中の巨大な犬にみえた。犬の顔は獰猛《どうもう》だが、どこかユーモラスな味をのこしたブルドッグである。

そのキャラクターなら、克郎に見覚えがあった。

（超犬ドッグ！）

五年ほど前に大ヒットしたテレビアニメのヒーローである。ユノキプロに在籍していた文月が、タレントとして最後につとめた役柄だった。つとめたといっても声優としてだが、作家専業になっても、文月自身このキャラクターに愛着があったようで、いつか克郎相手に、

「まだ超犬ドッグのファンレターがくるんだぜ」

と、自慢していたことがある。

それ以上に驚かされたのは、彼の下半身が丸裸にされていたことだ。蠟《ろう》のような色に変わった股間の一物が、哀れなほど縮こまっている。

上半身はちゃんとパジャマに腕を通していたが、脱がされたパンツは、床に蛇の脱け殻みたいにとぐろを巻いていた。

あたり一面が血だらけだった。淡い縞模様のパンツは血にひたされて、煮しめたような色合いになっている。どうやら被害者は背後から刺し殺された様子だ。だがそれにしては、姿態がおかしい。ロッキングチェアに埋まっていたとすると、犯人はどうやって彼の後ろに回ったものか。

(突き刺してから、椅子の向きを変えたんだな)

とっさに克郎がそう考えたのは、床の血痕がロッキングチェアの脚にこすられて、半円形に広がっていたからだ。観察力がするどいとはお世辞にもいえない彼だけれど、場数を踏んだ記者だけあって、背後でしゃっくりみたいな声を漏らすボーイよりは、数段落ちついていた。

「どこにもさわっちゃいけない。本館へもどってすぐ責任者を呼んできてくれ。もちろん警察もね」

それから、血の海の中に椅子をすえたまま、びくりとも動かない被害者を見なおして、ため息をついた。

「医者の必要はなさそうだ」

だが――場馴れしているだけに、克郎はとっさに疑問を抱く余裕があった。被害者の顔を見ることができない。このままでは果たして遺体の主が、本当の文月みちやかどうか不明である。現場保存の鉄則は百も承知だったが、好奇心には勝てず、そっと超犬ドッグのぬいぐるみに指をのばした。

5

その日の晩、キリコはヤマトテレビのスタジオにはいっていた。リハーサルの間に休憩室でテレビニュースを見て、仰天した。やにわに文月みちやの写真がアップにされたからだ。女性アナが沈痛な声で告げていた。

「タレントで作家として著名な文月みちやさんが、今朝北海道のホテルで殺されていたことがわかりました」

「げっ」

思わず大声をあげたキリコのまわりに、どっとスタッフキャストが集まってきた。大半の者が、みちやの顔見知りだった。あわてて仲間を呼びにゆく者もいる。

「事件を最初に発見した『夕刊サン』の可能克郎さんにお話をうかがいました。そのビデオをごらんいただきましょう」

アナにいわれて、キリコはもう一度げっと叫んだ。まごうことのない兄貴が、眠そうな顔で大写しされた。

「……そりゃあびっくりしましたよ。はじめは文月先生ってこともわかりませんでした。超犬ドッグのお面というか、ぬいぐるみを、頭からかぶってるんでしょう。狼男だって驚くには、顔が間抜けすぎましたけどね」

はじめのうちはなんのことかわからなかったが、アナと兄貴の会話を聞いていると、どうやらみちやは、ぬいぐるみをかぶせられた上、下半身剝き出しというとんでもない恰好で殺されていたらしい。

「なんてこった!」

わき役で名の通った役者が、ふとい声を放った。

「あのええ恰好しいのみちやがなあ……そんな形で殺されるとは」

「嘘だ……」

鉄火肌の役がつくことの多い、熟女タレントが呻《うめ》いた。

「みっちゃんが殺されたなんて、信じない!」

全身から脱力したような顔と声だ。生前のみちやと、それなりの交流があったに違いない。

「冗談じゃないよ……」

唸ったのは、局のプロデューサーだ。

「俺、文月先生の原作ドラマを企画に出したところなのに」

「よっぽど恨まれていたんだな」

ひとり冷静な口調でつぶやいたのが、いた。キリコと顔を合わせると、わずかに肩をすくめてみせた。顔見知りの初老のガヤだった。ガヤというのは、その他大勢をつとめる役者で、仕出しともいう。たしか苗字は千早《ちはや》だった。古いキャリアの持ち主だが、不器用でいつになっても役がつかない。

「そうなんですか?」

キリコの質問に、千早は淡々と答えた。額にきざんだような深い皺が目立つ。

「デビューしたころはいい子だったがね。いったん有名になると、歯止めがきかない男だった。特に北海道の劇団には恨まれたはずだ」

「北海道の劇団?」

「そう。東京と違って地方の局では、全中《ぜんちゅう》の番組なんてめったに作れないだろう?」

全中――全国に中継される番組の意味である。

「どうかすると年に一度か二度しかチャンスがこない。だから地元の出演者は、シャカリキになる。その機会をあの先生は、簡単につぶしたんだ」

昨年の芸術祭参加作品の札幌ロケで、トラブルが起こった。文月みちや原作の文芸ドラマであったが、彼自身を特別出演させる約束でテレビ化を許可したのだ。ところが間際になって彼の体があかず、札幌に到着する時刻が大幅に遅れた。それも局になんの連絡もなく、である。困ったディレクターは、チョイ役で出ていた地元劇団シラカバのリーダーに、文月が演ずるはずだった役をやらせた。「文月みちゃよりずっとうまいじゃないか」という声が、ロケ現場のあちこちで起こった。間のわるいことに、その最中に文月がやってきたのだ。

役を横取りされたと激怒した文月は、約束を盾に原作をおりるといいだした。断固として抵抗すべきはずのディレクターが、長いものには巻かれろとばかり、あわてて撮りなおすことにした。怒りのおさまらない文月は、代役を演じた塙《はなわ》という劇団リーダーを、チョイ役からも下ろせと迫った。塙としては、同時に出ている劇団員みんなに迷惑がかかると思ったのだろう、おとなしく出演を辞退した。

「だが彼にしてみれば、劇団員の目の前で文月先生から面罵《めんば》されたわけだ。リーダーとして立場がない。繊細な神経の持ち主でもあったんだろうね。劇団の活動は途絶えがちになって、とうとうこの春解散寸前——というんだな」

「あの人なら、やりそうなことだわ」キリコがいった。

「だけどいちばんダメなのは、そのディレクターでしょ」

「そりゃそうだ」千早は苦笑した。

「だが札幌のテレビ局員に、おなじ札幌在住の劇団の者が憤懣《ふんまん》をぶつけることはできないよ」

「あ……だれも使ってもらえなくなりますね」

「だから恨みつらみは、すべて文月みちやに集中したはずだ」

「それにしても、フルチンとはね。ひどいことをする」

アシスタントのひとりがいった。もっとも言葉とは裏腹に、顔はにやにや笑っていた。「二枚目だいなしだもんな」

「待てよ。文月の旦那が自分でぬいだ場合も考えられるぜ。だとすると、犯人は女だ」

ヘンに自信をもって断定するスタッフがいた。

「どうして」

「文月は、ヤル直前だったのさ」

「あ、だからパンツを下ろしてた」

「女を膝に乗っけたら、とたんに背中をぐさりと刺された」

「椅子の背にもたれてたのに?」

「ばーか。揺り椅子にもいろいろあってよ。ウィンザーチェアがいちばん多いんじゃないか?」

そういったのが小道具の係だったから、みんな感心した。

「あ、それならもたれの間が透けてらあ」

「抱いた女に殺されるなんて、あのセンセらしいな」

「男の場合だってある。あの先生、守備範囲が広かったから」

殺された文月には気の毒だが、男どもはだれひとり同情していない。いい話題ができて喜んでいる気配だった。

ニュースはとっくに終わっていたが、休憩室ではスタッフキャストの推理談義が当分の間つづいた。

「フルチンの事情はわかっても、超犬ドッグを被ってたのがわからない」

ディレクターがいうと、アシスタントも首をかしげた。

「相手がブスならお面をつけさせるといってたけど、自分がかぶることはない……」

「デスクがあった、といいましたね」

千早が口をはさんだ。黙りこくったまま、キリコはその場にのこっていた。警察の尋問にはおいそれと本音を吐かないテレビ屋が、ここでは仲間同士の気安さで、いいたい放題の会話を交わしている。案外その中から、事件の真相がつかめるかもしれない……そう思ったからだ。

なんといっても文月みちやは、「ざ・みすてり」大賞選考委員のひとりだった。しかも西堀たちの話を聞けば、最終的にポテトの入賞を決めたひとりが、文月らしい。彼が死んだことで賞の発表に差し障りがあってはと、そこまで気を回していた。

「それがどうしたんだ？」

プロデューサーが顔をねじむけた。千早に比べると、親子ほど違う若々しい顔だが、使う者使われる者の差が如実に出て、横柄な口ぶりである。

「文月先生、仕事してたんじゃないんですかね」

「そりゃあしてたろうよ。あの人は、自分の忙しさを人にひけらかす癖があったから」

プロデューサーの言葉には毒がある。文月の原作を企画しているといいながら、個人的にはまったく好感を持たなかったようだ。

「だったら、超犬ドッグを被っていてもふしぎはないでしょう」

「ふうん？」

「いつか私は、あの人から聞きました。仕事で精神を集中するには、よけいなものを見たり聞いたりしないに限る……ことにいやなのが、目をあげると鏡があって、自分の顔が映ってるときだ。額に青筋を浮かべた俺とにらめっこして、仕事がはかどるものかと」

「あ、だから被っていたのか、超犬ドッグを」

アシスタントが声をあげた。

「あれを被れば、視野がせまくなるし、音も小さくなりますしね」

「だからって超犬ドッグをねえ。子供みたいじゃないか」

プロデューサーはいまいち賛成しかねる様子だが、小道具係はうなずいた。

「あの人が、超犬ドッグの首を持っていたことは確かだね。うちの倉庫にもひと揃いあるんだが、いつかのぞいた先生が、自分のぬいぐるみの方が、ずっと立派だって威張ってた」

「子供みたいとおっしゃいますがね」

アシスタントが、プロデューサーにむかっていった。

「作家の先生なんて、もともと子供みたいなもんですよ」

日頃、先生たちをもてなすのに苦労している彼らしい感想だ。

「文月さんが超犬ドッグの思い出を大切にしていたのは、本当だわ」

キリコがいいだすと、みんな彼女の方を見た。

「スーパーくん、そこにいたのか。あまりおとなしいんで気がつかなかった」

「すみません。文月みちやさんの霊に、そっとお経をあげていたんです」

プロデューサーにむかって妙ないなし方をしたが、歩く電子百科と呼ばれる彼女が、経文のひとつやふたつ記憶しているのは当然と、みんな納得したような顔つきだ。

「あの役にとても愛着があったらしいの。それに彼、ユノキプロのパーティに被ってきて、女の子たちをキャアキャアいわせたことがあったわ」

「ふうん。すると彼自身が北海道まで持ってきていたのか」

「それを被って仕事していた、と」

アシスタントがいう。

「そこへ女がやってきた、と」

小道具係がいう。

「超犬ドッグを被ったままで、女を抱いた、と」

プロデューサーがいう。

「ところがその女性は、彼に殺意を抱いていた……凶器をふりあげた犯人に、でも文月さんは気がつかなかった。超犬ドッグのおかげで視野が極端にせまくなっていたから」

と、スーパーが結んだ。

そのときは、けっこう筋が通っているような気になったが、事実はまったく違っていたことが、克郎の帰京によってわかったのである。

6

「ひどい出張だった……」

カウンター椅子に腰をおろした克郎が、ぼやいた。

「ご苦労さま」ねぎらいながら、『蟻巣』のママの視線が上を向いた。

「でも文月さんは、もっとひどい目に遭ったのよね」

「え……」

視線の先を見やると、棚に文月みちやの著書がなん冊かならんでいた。その前に置かれた徳《とっ》利《く》に、菊が一輪投げ込まれている。


「文月みちやのサイン入りよ。くれといったわけじゃないのに、あげるあげると押し売りしていったの。お高く止まっていたことは確かだけど、寂しがりやの裏返しだったと思うわ」

ぎゃおん、とチェシャが鳴いた。ママの意見に同意したようなペットにむかって、由布子がしみじみとした口調でいった。

「うちへくると、いつもあんたを探してたっけ、文月さん。人間よかお前の方がつきあいやすいっていいってた」

「超犬ドッグの役が気に入ってたのも、おなじ文脈かしらね」

顔をほてらせたキリコがいう。兄貴がくるのを待つ間に、けっこう召し上がっていたのである。

「文月さんてね、世の中はすかいに見ていたところがあるでしょう。若いころ、恩師に裏切られたのよ」

「恩師って、小説の方の？」

「ええ、もちろん。有名な作家だっていうけど、すすめられて小説を書いていたら、その先生に自分の作品を盗まれたの」

「まあ。先生が盗作したんですか」

「ずっと後になって、その先生から雀の涙ほどの原稿料が送られてきたそうよ。それ以来文月くんは、なにがなんでも有名になるんだと決心したって。無名では、どんないい仕事をしても認められない。その代わり、有名になればなにをやっても許される。だから俺は有名になったらわがままのしほうだいをすると、売り出す前からいってたわ」

「いった通りになったのね。……でも、そのつけがこんな形でくるとは、夢にも考えてなかったでしょうけど」

「スーパーよ」

「なあに」

「こんな形といったが、お前事件の状況がつかめてるのか」

「うん。といっても、ニュースで聞いた範囲だけど」

――で、キリコがしゃべった内容は前に記した通りである。

「ほほう」

克郎が感心したように首をふったので、キリコは意を強くした。

「どう。当たらずといえども遠からず」

「残念だが、当たらずといえどもまるで遠いぞ」

「あれま」キリコが口を尖らせた。

「どうして、どうして」

「超犬ドッグのぬいぐるみについては、お前のいったことが正しい。……警察の調べでも、あの頭を持ってきたのは、文月自身だった。だが肝心の致命傷が違う」

「え！　文月さんは背中を刺されたんでしょう」

「確かに刺されていた。俺が発見したときの血は、その傷から流れ落ちたものだ。だがそれは、死んだ後につけられたものとわかった」

「まあ……それじゃ彼は、どうして死んだわけ」

「後頭部が陥没するほど、強く打撃されていた。それが致命傷なんだ……凶器は部屋のアクセサリーになっていたガラスのヴィーナス像だった」

「だって彼は」いいかけてから、思いついたようだ。

「ぬいぐるみの上から殴られたの？」

「そうだ。あいにく超犬ドッグの毛色が濃い茶褐色なので、俺は気づかなかった。てっきり、背中を刺されて死んだとばかり思っていたが、文月の顔を確認するためぬいぐるみをぬがしたとき、やっとわかった」

「するとどうなるのかしら」

と、ママ——近江由布子が口をはさんだ。ミステリから縁遠く見えるが、推理好きなことでは人後に落ちない。

「犯人は文月さんを殴り殺した後で、背中を刺したってこと？」

「順序としてはそうなる」

「なぜパンツを下ろしたのよ」

混乱気味のキリコが質問する。

「犯人が背中を刺したのは、念をいれたつもりでしょうけど——彼の下半身を剥き出しにしたのは、やはり見せしめのため？」

「わからん」と、克郎はいった。

「道警でも、まだ結論が出ていない。お前がいったように、最初のうちは犯人女性説が有力だった。だが致命傷が殴打によるものとわかってから、女の犯行とは思えないという意見が強くなったらしい」

さすがベテラン記者だけあって、警察の取り調べを受けながら、あべこべに能率的に取材してきている。

「……ちょっと待って」キリコが手をあげた。「はじめから整理して話してくれる？　まず文月さんの死亡推定時刻はいつ」

まるで女刑事になったような台詞だが、克郎は慣れっこだから、北海道で仕込んだ情報を出し惜しみしなかった。

「俺が発見したのが、九時四十分か四十五分だった。警察が駆けつけたのが十時過ぎだ。文月みちやが死んだのは、その三時間から三時間半前らしい」

「というと、六時半から七時にかけて……ね？」

「そういうことになる」

「推定の根拠は、死体現象なの？」

「決め手は解剖の結果だ。文月先生は午前二時ごろ、ルームサービスでラーメンをとっている。その消化状態から、死亡推定時間が算出された」

「死体現象と矛盾しないのね？」

「ああ。外は冷えていたが、中は暖房と湯気でホカホカしている……その状況で、硬直は顎から手に広がっていた。三時間から三時間半という所見に一致する」

「そう」

キリコはいつしかため息をついていた。あの文月みちやを、たとえ会話の中であっても死体扱いするのは、奇妙な感覚だった。

「彼、ワープロを使ってたんでしょ。仕事は順調だったの？」

「あとがきがほとんど完成していた」

「へえ、脱稿したところなんだ」

「とんでもない」

克郎が苦笑した。

「たいていの読者は、あとがきから読む。それなら作者の俺も、あとがきから書く。そういばっていた」

「じゃあ、本文はこれからってこと！」

「そういうこと」

「まあ、まあ！」

由布子が肩をすくめた。

「青野さんの注文の原稿なんでしょ。可哀相に」

「編集者が犯人になって当然のケースね」

「あいにく青野氏は東京にいた」

と残念そうに克郎がいうと、キリコが思い出したように、

「いま私が話したでしょ。劇団シラカバの、塙っていうリーダーのこと」

「ああ」

「その人物も、警察の調べにひっかかってるの？」

「当然だ」

「あ、そう」

ちょっとがっかりした。さすがに警察の鼻はきく。

「アリバイはどうお」

「文月先生の死亡推定時刻に、塙なる人物がどこでどうしていたか……ということだな」

「うん」

「確実なやつがあった。銭函《ぜにばこ》の海岸で早朝からロケしていたんだ」

「銭函？」いったん問い返したが、そこはスーパーだけに、すぐ思い出した。

「あ、むかしの映画に出てたっけ、『駅』。札幌から小樽《おたる》寄りにあるのよね」

「オズマホテルの逆方向だ。証人はスタッフが大勢いる」

「必ずしも塙さんと限らないでしょ。劇団員で塙さんに同情した人とか。文月先生ぐらいになると、札幌へきたことが地元の新聞かなにかに載るんじゃなくて」

「ついで、といってはなんだが、どこかのホールで歌ってゆく予定と聞いた。むろん派手に宣伝してるだろう」

「文月みちやショー？　それなら北海道に住んでるだれでも、文月がきたってわかるわね。この機会に恨みを晴らそうと思った人が、いるかもしれない。そのホテル、出入りは厳重なの？」

「その点はアバウトなんだ。敷地が広すぎて柵だの塀だの作りきれない。仮に作ったところで、監視しきれない。もちろん要所要所にモニターカメラはあるし、境界もはっきりしているんだが、隣接してゴルフ場やテニスコートがあったりするから、だれでもその気になれば敷地にはいれるんじゃないか」

「なんだか物騒ね」

「実際に現地へ行ってみればわかるさ。伊豆《いず》あたりのちまちましたリゾートとは、桁が違う。物騒といっても、客室ひとつひとつが独立したコテージだからね。ロックさえ完全なら、おいそれと忍び込めるもんじゃない……文月みちやは神経質なほど用心深い男だった」

「いえてる」とキリコがうなずいた。

「ロケに出かけても、うるさいくらいタバコの始末を気にしていたもん。窓の戸締りはどうだった」

「すべて完璧にロックされている。一旦閉じれば自動的に施錠される窓なんだ。中からは開けられても、侵入することはできん……小径から二階のバルコニーへ移るのが関の山さ。従って犯人が『石狩』へはいるには、文月氏の手で玄関を開けてもらうほかない。もっとも凶行のあとは玄関は施錠されていなかったがね」

「警察は顔見知りの者の犯行と考えているのね?」

キリコは呑み込み顔だ。「あるいは、ルームサービスを装って押し込んだ?」

「その線はないと、ホテルでは主張している。玄関のポーチに照明とカメラが取り付けてある。だれがやってきたのか、室内ですぐわかるからな」

「すると、顔馴染みか、あらかじめ約束した者にしか、ドアを開けないわね」

「そういうことだ……当然ながら、近くのコテージに泊まっていた堂本さん、新谷さん、それにひと足違いで羽田行きのフライトに乗った猪崎社長たちが、捜査の対象になった」

「仕方ないでしょうね。でも、殺人の動機なんてあるの？　その三人に」

「常識的にいって、ないだろう」あっさりといい、克郎はつけくわえた。

「もっぱら警察は、劇団シラカバの線と、文月佐織《さおり》夫人の線を狙っている」

「ひえっ！」スーパーが派手な声をあげた。

「待って、兄貴。文月みちやって結婚してるの！　私、全然聞いてないよ」

「俺だって知らなかったんだ」

克郎は梅干しをしゃぶったような顔つきだ。

「ママ、知ってましたか？」

キリコが矛先《ほこさき》を由布子に向ける。ユノキプロの大先輩であるママさえ、首を左右にふった。

「知らなかったわ……でも、佐織っていう名を聞いて思い出した。ひょっとしたらあの子かもしれない」

「どんな女性なの」

「ちょうど文月くんがユノキプロにはいったころね。水沢《みずさわ》さおりって子役がいたの」

「子役……ですか」

「そのころ、十五六だったかしら。新潟の旧家のお嬢さんだから、コネではいったと思うの。フーテンぽい女の子で、芸能界の端っこにいるのが楽しくて仕方がない、そんな風だったから、長つづきしなかったわ。ある程度名前と顔を売ったら、あっさり足を洗ってパリへ行ったの」

「うん、それで?」

「それでって……それっきりよ。でも」

由布子ママは、自分で作ったカクテルをきゅっとあけた。

「いま思うと、しょっちゅう文月くんにくっついていたっけ。彼はまだ無名だったけど、お面がいいから遊ぶには適当だったのね」

「ところが本人たちにしてみれば、遊びではなかったんですね」

「デキちまったんだよ」

と、克郎が無遠慮にいった。「子供が」

「ふえ……子供が子供を生むわけ」

「もうそのとき、さおりは十七歳になっていた。女が子供を生むには十分な年齢よ。パリへ行ったというのは、出産するための口実だったのね……」

由布子がけらけらと笑った。

「ばっかみたい。私たち、さおりのために餞別《せんべつ》集めたりしたんだもの。それも御念が入ってるわ。何ヵ月かして忘れたころになって、ちゃんとパリから彼女のお礼状がきたんだから」

「へえ……つまり、赤ちゃんを生んだ後で、本当にヨーロッパへ行ったんだ」

「たぶん子供は新潟にいる自分の母親にまかせてね。その間も、父親だった文月くんは、知らん顔でタレント業をつづけてたのか」

「そういう場合って、ふつうは子供をおろすんじゃない? 母体に影響があるから出来なかったのかしら」

「さおりはなにがなんでも、文月くんを独占したかったのよ、きっと。子供ができれば、両親も結婚を許してくれるだろう、文月くんも諦めて結婚するだろう……」

「結婚て諦めてするもんじゃないと思うがなあ」

反発の声をあげる妹を、兄貴がなだめた。

「まあまあ……世の中にはいろんな考え方の人間が生息してるんだ」

「で、けっきょくふたりは内緒で華燭《かしょく》の典をあげていた？」

「そう。ちょうどそのころらしい、文月みちやが青春小説の書き手として、スポットを浴びるようになったのは」

「だから、いよいよ結婚は秘密にしなきゃならなくなった……か。生まれた子供はどうなったんですか」

指折り数えてしまった。「もう小学生なんでしょう」

「ところが三つになってすぐ、死んでしまった」

「まあ」

冷酷に告げる克郎を、まるで彼がその死に責任があるようににらみつけて、キリコがいった。

「病気なの、それとも」

「奥さんが息子をプールへ連れていった。ちょっと目を放した隙に、溺れ死んだ」

「可哀相に……」

「文月は奥さんのせいだと責めたてたらしい。奥さんは奥さんで、プールにさえいっしょに行ってくれなかった父親のせいだといいかえした。それっきり、ふたりの間の結婚はご破算になった……といっても、文月には思惑がある。彼女の両親はまだ新潟で健在だ。資産家だけに、佐織夫人に遺贈される金額はばかにならない。だから親が死ぬまで、どうあっても別れたくない……」

「結婚てなんなのよ」スーパーは耳をふさぎたい気持ちだったろう。

「それでも結婚していたことになるの」

「なるんだな。法律的にはまぎれもなく」

さすがに克郎も、妹が「結婚」の二文字にこだわる感情を理解した。

「砂糖と思って寄ってきたアリが、正体を塩と知ったときの気分だろうね。……まあ、とにかく佐織夫人は、夫みちや氏に慢性的な殺意を抱いていたとしても、ふしぎはない」

「いくら敵同士みたいにしていても、カメラが奥さんを写しだせば、玄関のドアを開けるでしょうしね」

うんざりした様子でスーパーはうなずいた。

「で、奥さんのアリバイは」

「家にいた、というんだが証明する方法がない。実質的に夫婦別居だから、ひとり暮らし同然のマンション生活なんだ」

「そんな結婚じゃあね。ええ恰好しいの文月くんが、嫁さんいますなんて打ち明けるわけがないわ」

由布子が匙を投げたようにいった。

ぎゃおおんと、チェシャ公が、なにもかも悟ったようなアンニュイ溢れる鳴き声をあげた。

そのとき電話のベルが鳴った。

「はい、『蟻巣』ですけど……あら、青ちゃん」

気軽に「ざ・みすてり」編集長の名を呼んだママが、いくらか顔をひきしめて答えた。

「ううん、文英社の人たちだれもきてないわよ。どうしたの、怖い声を出して……え！」

声の調子が急迫したので、克郎もキリコも、チェシャまでが由布子をみつめた。

「鮎鮫先生が事故で担ぎ込まれた？　どこで？　箱根《はこね》？　亡くなられたの？　意識不明……そう……わかりました、堂本さんでも新谷さんでも、いらしたらすぐ青ちゃんに連絡するよういっておく！」

電話を切ったママに、可能兄妹の質問が飛んだ。

「交通事故かい？」

「轢《ひ》き逃げ？」

まるで計ったみたいなタイミングだった。チェシャの声に迎えられて、けたたましく『蟻巣』のドアが軋《きし》んだ。つるんで現れたのは、堂本と新谷だった。たちまちママに大喝された。

「青ちゃんが探してましたよ！　鮎鮫先生が危ないの！」

面食らっているふたりに、キリコと克郎も怒鳴った。

「事故なんです！」

「場所は箱根……」いいかけたものの、克郎もまだ詳細を聞いていない。

「箱根の、えっと、どこだっけ」

「旧街道沿いの七曲《ななま》がりよ。樫《かし》の木坂の近くですって」

「ど、どういうことなんだ？　俺たちは今日の夕方、先生に会ったばかりだぜ」

堂本がおろおろした。

「鮎鮫先生に会ったんですか？」と、これは克郎。

「ああ。数寄屋橋《すきやばし》の『カフェ・トネール』ってえ店で」

「知ってます。朝日ソノラマの並びでしょう」

「夕刊サン」も曲がりなりに銀座が本社だから、地理にくわしい。

「そこで賞発表の細かい打ち合わせをしたんだが……そういや先生、これから自分の車で箱根へ行くといってたなあ」

新谷がため息をついた。「人間なんてわからんものだ」

「まだ殺しちゃいけないわ、新谷さん」

キリコにいわれて、新谷は急いで電話機を引き寄せた。

「おう青か……だいたいのことは、ママに聞いた。入院先は？　よしわかった。あんた校正があるんだろう。これから俺が見舞いに行く。容体は……命に別状ないのか……まだわからん？　だらしのない医者だ！」

八つ当たり気味に受話器をスーパーに預けた新谷が、そそくさと立ち上がった。

「これから箱根へ行ってきます。常務は例の話をママと……」

新谷を追いかけるようにして、克郎も立った。

「俺も行きますよ。鮎鮫先生は、いまうちの新聞でミステリ評を連載中なんだ。ほってはおけない。車代半額持ちますから……」

忙しげにセコイ話をしながら、ふたりは飛び出していった。

のこされた堂本が、まるまるした体が痩せるんじゃないかと思うほど、大きな吐息を漏らした。

「どうも、よくない知らせがつづくなあ」

「本当にそうね。文月くんといい、鮎鮫先生といい」

「ふたりとも、『ざ・みすてり』大賞の選考委員なんて、いやなめぐり合わせだわ」

スーパーも浮かない顔だ。その手の中で、蚊の鳴くような声が聞こえた。

「え？　アラまだ切れてないんだ」

受話器を持ち上げて青野に謝った。

「ごめんなさーい。でもちょうどいいわ、事件のこと、くわしく聞いたんですか」

「うん、まあ、ひと通りは」

「だったら教えて。どうせしばらくは校正も手につかないんじゃない？」

「まあね……」

キリコの言葉を聞きつけて、由布子と堂本も顔を近づけてきた。由布子はいい匂いの香水だが、堂本ときたらヤニ臭くてアルコール臭い。ここで嫌な顔を見せては、薩次の評判にかかわるだろうと、スーパーとしては涙ぐましい努力で、彼に愛想笑いしながら電話に話しかけた。

「事故が起きたのは、いつごろなんですか」

「連絡をうけたのは十分前だが……たしか八時半といっていた」

「撥ねられたの、轢かれたの」

即物的な聞き方をしてしまったが、青野はかまわず返事した。

「崖から落ちたんだ」

「え、ひとりで？」

自損事故かと思ったが、そうではなかった。

「その時刻、あたりは真っ暗で人けがないから、鮎鮫先生立ちションをしようと車をおりたんだ。そこへヘッドライトが突っ込んできた……仰天して、崖から仰向けに滑り落ちたのさ。あいにく途中に大きな石が出っ張っていて、そこへ頭をぶつけたらしい」

「ヘッドライトですか？」

「どう見ても故意の運転だというんだな。小型車だったとしかわからないそうだが」

「目撃者がいるんですか！」

「鮎鮫先生の車に奥さんが乗っていた」

「じゃあ先生、奥さんの目の前で崖から落ちたんだわ」

「そうなる。夫人としては旦那の行方に夢中で、旦那を追い落としたに等しい小型車が、その後どうなったか、見届ける暇がなかったというんだ。車の知識はまったくないそうだしね。奥さん、おいおい泣きながら電話をかけてきたよ。俺までもらい泣きしてしまった……」

夫人同伴だったから、即刻病院へ担ぎ込むことができたのだ。さもなかったら、ひと晩中崖下で失神したままでいたに違いない。

青野のもとに届いている情報は、そこまでだった。電話を切って考えこんだスーパーの頭上を、堂本とママの会話が交差した。

「気に入らんなあ。青の話を鵜呑みにすると、鮎鮫先生まで文月みちゃ同様だれかに狙われたことになるぞ」

「あんないい先生がねえ」

由布子も納得しかねるようだ。鮎鮫はこの店の客ではないが、文英社のパーティで見かけて、昔の彼女の演技を話題に話がはずんだことがある。彼女の印象では、とても人づきあいのいい、当たりの柔らかい先生だった。

その点について、堂本も太鼓判を押している。

「作品の批評も、辛辣《しんらつ》にはほど遠かった。原稿の上がりも早いから、編集者には重宝な人材だったはずだよ」

堂本ははっと気がついたように、腕時計を見た。

「お、いかん。青の奴、猪崎社長に連絡をいれているかな?」

いそいでプッシュホンのボタンを押しながら、堂本がため息まじりにいった。

「『ざ・みすてり』大賞は祟られているのかなあ……あ、もしもし、猪崎社長のお宅ですね？　堂本ですが、社長はおいででしょうか」

あれっと、キリコは考えた。

堂本がかけている相手は、だれだろう。たしか猪崎は独身と聞いたし、母堂は去年亡くなっている。父親が死んだから、後を継いで文英社の社長になったのだ。両親も夫人もいないのなら、堂本はいったいだれにむかって話しているのか。

（メイド？）

それにしては堂本の言葉遣いが丁重すぎる。兄弟が同居しているのだろうか。

「まだご帰宅になっておられない……さようですか」

堂本が思案したように見えたのは、鮎鮫の事故を伝言したものかどうか考えたのだろう。だがさいわい、話している間に当人が帰り着いた気配だった。

「あ、お帰りになられた。それはよかった、はい、はい。お待ちしておりますので……」

すぐに猪崎が電話口へ出た。堂本は恐縮しながら、鮎鮫の事故の話を縷々《るる》しゃべりはじめた。

その間にキリコは、カウンターに置かれていたメモ用紙に、ボールペンを走らせた。猪崎の耳にはいっては、まずいだろうからだ。

〝猪崎社長の家に、だれが住んでるんですか？〟

（あら）

というふうに口をまるく開けた由布子が、苦笑いしたあげくそのボールペンを取った。〝堂本さんに以前聞いたわ。内妻がいるって〟

（ありゃあ）

とばかり、オーバーに肩をすくめたキリコが、質問の第二弾を浴びせる。

〝どうして結婚しないんですか〟

うーん。このところケッコンという文字に敏感になっておるな。自分でも可笑《おか》しいと思うが、やっぱり聞いておきたい。

スーパーの気持ちがわかっているのかいないのか、小首をかしげた由布子は、それでもせっせとメモに書きつけた。

〝猪崎家は複雑なの。まともな弟妹が四人いる上に、腹違いの弟や妹までいて、相続がややこしいのね。奥さんの入籍にみんな反対〟

そんな馬鹿な、とキリコは目をまるくした。

〝大きなお世話じゃん！〟

〝社長自身、正式に結婚したくないらしい〟

さあわからない。いっしょに住んでて、なにが結婚したくない、なのか。

〝ドボジテ！〟思わず古いマンガのネームを使ってしまった。

〝どっかのキャバクラにいた女の子なのよ〟

ひゃぁ。スーパーものけぞった。

〝気性はいいし家事の才能もあるけど、よその国の人だからねえ〟

へ？　また驚かされた。

「日本人じゃないんですか」

うっかり声を出してしまった。堂本が睨んでいる。肩をすくめたキリコの前に由布子がすらすらとボールペンを走らせた。さすがに美女は水茎《みずくき》の跡も美しい文字を書く。そこへ行くとスーパーの筆跡は、男に間違えられるほど勇壮闊達である。

〝ベトナムの人〟

〝あ、いいな。アオザイが似合うでしょうね〟

のんきな反応をしたのは、キリコの場合、国籍なんざどこだっていいじゃないのという気分があるからだ。事件の説明を終えて電話を切った堂本常務に、あらためて疑問を投げかけた。

「社長さんは、その人好きなんでしょう？」

「当然だよ。馴れ初めにはずいぶん惚気《のろけ》を聞かされたもんだ」

作家志望というだけに、大人になってもロマンティックな性格の主らしい。

「じゃあ結婚すればよかった」

「そうはゆかない……」

堂本がむつかしい顔になった。肉のたっぷりした、どちらかといえば愛嬌のあるオジサン顔が、こんなときは取りつく島がないほど怖い表情になる。顔の輪郭まで丸から四角に変形したみたいだ。

「猪崎家は山形では知られた名門なんだ。社長も冷静になって、次の代のことを考えると、彼女を公式のパートナーにすることに躊躇《ためら》いが生じたらしい」

「馬っ鹿みたい」

スーパーがいってのけた。こういうときの彼女は、金輪際《こんりんざい》容赦がない。それでいままでも、スポンサーの機嫌を何度か損ねてきた。

「山形だろうがベトナムだろうが、百万年さかのぼればみんなお猿さんだったんですよう。冷静になるんなら、そこまで科学的に検証してほしいんだな」

堂本が嘆息した。「身も蓋もない人だね」

「はい、ありません」と、キリコはけろりとしている。

「あるのは中身だけなんです」

「スーパー」

由布子がたしなめた。

「社長さんともなると、浮世のしがらみがあるのよ。あなたのいうこと正論でしょうけど……」

「ぷう」キリコは頬をふくらませた。

「結婚てなんなんだろ。自分がしたいからじゃなくて、世間の手前やってみせるの?」

ガブリとグラスをあおいで、なおもしゃべった。

「男と女が正面に座ってさ、にぎにぎしく披露宴をやるじゃない? アレつまり今夜はこの秀才と才媛がサカりますって、宣伝してるわけ?」

「こらこら」ママが苦笑いした。

「これから結婚しようって女の子が、そういう白けることをいっちゃダメ。……だって堂本さん、スーパーたちの披露宴の話をしにいらしたんでしょう」

「ああ……実はそうなんだ」

「わっ、ごめんなさい」

キリコはいっぺんに恐縮した。そういえば、『蟻巣』の常連が、お馴染みポテトとスーパーの結婚を祝して、趣向を凝らしているはずであった。

「堂本常務、失礼しました。どうぞ、遠慮なく私どもを祝福してやってくださいね」

「大丈夫かねえ」

にやにやしながら、辛辣なことをいった。

「お膳立てしてみても、土壇場になると結婚の意義が納得できない、私おります、なんていうんじゃないのかね、この人は」

「とととんでもない。前言撤回します。私、幼稚園のころから結婚に憧れていたんです」

「よくわからないんだな……」

キーンと冷やしたグラスを冷蔵庫から取り出しながら、由布子が考えあぐねたようにいいだした。

「スーパーちゃんが牧先生を好きになった理由は?」

「そんなものないわ」

「ほう。あんたでも照れることがあるのかね」

嘴《くちばし》を突っ込んだ堂本を、キリコが睨み返した。

「照れてやしません。本音なんです。理由がなかったら、人を好きになれないの？　常務さん、若いころミスター・ジャイアンツに痺れたっていうけど、その理由をちゃんと説明できますか？　ひょっとして胸毛がよかったのかしら」

「わかりましたよ。好きになった理由はない。それでけっこう。だったらなぜ結婚したくなったのかね」

「いっしょにいられる時間が長くなるでしょ」

「それなら同棲だけでいい」

「うーん。なんていうかな、公認の仲になりたいのよ」

「それだったら、私たちみんな公認してるわよ。あなたと牧先生の仲」

ズブロッカをすすめながら由布子が堂本に加勢する。

「だからあ、晴れて結ばれたいんだ」

「きみたちの仲は、ずっと晴れっ放しだと思うがねえ」

「スーパーのいうこと聞いてると、結婚しますと宣言して、みんなに祝ってほしいみたい。つまり披露宴を盛大にやりたいのよ。……違ってる？」

「……違ってない」

突っ込まれたキリコは、不貞腐《ふてくさ》れたようにカウンターに頬杖を突いた。

「そっか。偉そうなこといってるけど、要するに私もフツーの女の子なんだ」

「わかればよろしい、わかれば」

由布子がにこりとした。

「そうときまれば、私たちが凝らすお祝いの趣向に、あれこれ文句をつけないように。当事者は黙って喉を鳴らして喜んでいればいいの」

「へえい……」

仕方なさそうに、キリコはチェシャの顎を撫でた。

「いっしょに喉を鳴らしていようよ」

「――ではそういうことで」

堂本がメモ用紙を引っ張りだすと、物見高いキリコが首をのばした。

「なんですか、それ」

「あっち向いてて」ママが叱った。

「せっかくのアイデアだもの、事前にわかってちゃ詰まらないでしょうに」

「さよか」

スーパーがそっぽを向いたのを見計らって、堂本はママにささやいた。

「……社長がこの話を聞きつけて、ぜひ俺も一枚嚙ませろというんだ」

「あら。足手纏いにならない？」

「それはないと思うがね。乗り気なんだから、入れてやってよ」

そこまでは辛うじて、スーパーも聞き取ることができた。だがその後は、どんなに耳をすましても、内容を摑むことができなくなった。酒に強いスーパーも、ぼつぼつアルコールが効いてきたのかも知れない。

7

その明くる朝の話である。

ポテトの枕元で電話のベルが鳴った。

「ふわ……」

どうにも起き上がる気にならなかった。朝までかかって原稿の整理をした薩次は、ほんの一時間前ベッドにもぐったばかりなのだ。彼は起きるつもりでも、枕が彼を放してくれない。霞のかかった頭の中で脳味噌を攪拌《かくはん》した。あいにく発酵して糠《ぬか》になっていた。

応答は留守電機能にまかせることにして、せめてあと五分、ささやかな幸せに浸ろうとした。

「はい、牧薩次です。ただいま留守にしております。おそれいりますが、ピーと鳴ったらご用件を録音してください」ピー。

戸惑った相手は、すぐ立ち直って吹き込みはじめた。声の調子でわかった。西堀小波だ。いつもの自信満々な口ぶりは薬にしたくもない。なにやら哀願するような雰囲気に思われた。

「牧さん頼む、助けてくれ……今度は俺が殺される」

なんだって！

たしかいま、西堀さんは「殺される」といったぞ。

瞬時に眠気が吹っ飛んだ。あわてて電話を取り上げたときは、もう西堀は吹き込み終えて切ったあとだ。至急彼の家にプッシュしてみた。

話し中だった。

めったにあわてることのないポテトが、焦った。いったん切って、すぐリダイヤルした。

依然として話し中だ。

西堀さんは「殺される」といったが、いまどこにいるとはいわなかった。ということは、自宅にいると解釈するのが妥当だろう。たったいま電話を切ったばかりなのに、なぜ話し中なのか。想像をめぐらせてぞっとした。電話線のむこうで、受話器を手にしたまま血まみれになっているベテラン評論家の姿が、目に浮かんだのだ。

いそいで服を着た薩次は、未練がましくもう一度西堀家の番号をプッシュしてみた。話し中であることに変わりない。

薩次は時計を見た。

八時二十分。

西堀の家は経堂《きょうどう》にあり、ポテトが住むワンルームマンションは下北沢《しもきたざわ》にある。目と鼻の先といっていい。行動的とはお世辞にもいえないポテトだが、今日ばかりは素早い動きを見せた。

地階に下りて、買ったばかりの愛車――といっても中古のトゥディ・ポシェットで、ラベンダーカラーがいいとスーパーがきめた――に飛び乗る。そこまでは調子がよかったが道はいつもの渋滞ぶり、ポテトは模範的ドライバーなので、西堀家に到着するまでたっぷり二十分はかかった。これがスーパーなら、胃を痛くしたことだろう。

西堀家は石垣に囲まれた高台の豪勢な家だった。親が世田谷《せたがや》の資産家でその次男坊だから、筆一本にしては優雅な暮らしぶりだ。門柱にとりつけられたインターフォンを押したが、ウンともスンともいわない。

西堀には家族はなかったのかしらん。半年前に訪ねたときは美人の奥さんがいたのだが、朝っぱらから、もう買物に出かけているんだろうか。

門の鉄扉に手をかけたが、ビクともしなかった。せめて家の様子だけでもと思ったが、高台なので扉の間から見えるのは、ゆるやかにカーブした石段だけだ。

そのとき薩次の背後で、車の警笛が鳴った。

ふりむくと、猪崎金人が漆黒のジャガーの運転席から、顔を出していた。

「牧先生じゃありませんか。どうしました」

「西堀さんの様子がおかしいんです」

口早に報告をうけた猪崎が、眉をひそめた。

「二十分前ですって？　そりゃあおかしい……実は泊まりがけでゴルフに誘う約束で、ちょうどそのころお訪ねしているんですよ。ところがいくらベルを鳴らしても返答がない。仕方なく、近くのコンビニへ足をのばして電話をかけたんですが……」

やはり誰も出なかったという。不安げに猪崎がいった。

「勝手口へは行かれましたか」

「あ、いえ。どこにあるんでしょう」

「この右側です。ごいっしょします」

ここまできていれば歩いた方が早い。車を門前に停めたふたりが小走りに石垣を曲がると、むこうからきた女性にあわや鉢合わせするところだった。

「ごめんなさい……」

腰をかがめたのは豊満な中年の女性で、衝突したら間違いなく薩次が尻餅をついたことだろう。ハイネックのシャツに枯れ葉色のロングベスト、コーデュロイのスカートだから、秋の遊び着というところか。惜しいことに、似合うというには少々肉の分量が多すぎた。愛嬌たっぷりな容貌は、どこかで見たような気もしたが、いまは思い出している暇がない。

「こちらこそ」

挨拶もそこそこに勝手口とやらへ走ってゆこうとしたら、後ろで猪崎の「おや!」という声が聞こえた。

「奥さんじゃありませんか。猪崎です」

「あら、文英社の社長さん」

薩次がふりかえると、猪崎があわただしく紹介してくれた。

「こちら、作家の牧先生です。……西堀先生の奥さんの定子《さだこ》さんですよ」

「あ、失礼しました」

この家で会っているのに、すっかり忘れていた。コーヒーを応接室に運んできてくれただけだし、だいたい薩次は女性の顔を覚えるのが得手ではない。

「実はご主人をお訪ねしてきたんですが、門が締まっていまして、それで勝手口に回るつもりでした」と、猪崎があわただしく話した。

「まあ……でも勝手口も、鍵がかかっておりましたのよ」

「え、そうなんですか」

それにしても奥さんなんだから、鍵ぐらい持って外出したのではないか。ふしぎそうな男たちに、夫人が弁明した。

「うっかりして、鍵を忘れて出てしまって……友人が上京してきたので、泊まり先のホテルへ、昨日から遊びに出ていましたの。これからいっしょに伊豆へ行くことになって、着替えをとりにきたんですけど……」

夫人の語尾が揺れて消えた。男たち、特に薩次の不安げな表情が目にとまったのだ。

「あの、なにか家であったんでしょうか」

「西堀先生が、電話でぼくに助けを求めていらしたので」

「まあ！」

派手な造作だけに、びっくりした顔も華やかだった。

「それなのに、門を閉じたままなんですか」

「ええ。インターフォンのご返事もありません」

「それでいて、勝手口が施錠されたきりというのは……」猪崎も心配そうだ。

定子が懸命な声になった。

「お願いします、どうかいっしょに……いま門を開けますから」

「しかし、鍵をお持ちにならないんでしょう」

「いいえ、表に回ればなんとかなりますわ」

どういう意味かと思ったが、夫人について行くとすぐわかった。門柱のすぐ裏側にころがっていた石が、実は鍵の隠し場所だったのだ。石そっくりの形をしたプラスティック製品で、ひっくり返すとポケットがあり門と玄関の鍵が収納されている。そういえば薩次も、どこかの通信販売でこのアイデア商品を見たことがあった。

「夫婦そろって忘れっぽいものですから」

言い訳しながら夫人はまず門を開き、石段を駆け上がって玄関を開いた。

「あなた……あなた！」

よく通る声だ。体格といい容貌といい、オペラの歌手にうってつけだろう。つづいて薩次と猪崎が、一団となって玄関に飛び込んだ。純洋風の居宅なので靴を脱ぐ必要もない。上がり框《がまち》もない。足拭きマットが客の前に敷かれているだけだ。

「あなた！　小波さん！」

夫人の声に、答える者はない。奥へ通じるドアに手をかけたので、薩次が止めた。

「われわれも行きます。用心してはいりましょう」

「でも主人は出かけたのかもしれませんわ」

夫人としては、最悪の事態は考えたくないに違いない。すると薩次が、玄関の一隅に飾られた花台を指さした。そこに載っているのは、鍵束だ。ミニチュアのパイプがキータッグになっていた。

「あれはご主人のものですね」

「え……ええ」

鍵がそこにあるのだから、西堀は家にいるのではないか、という意味だった。それでも夫人は抵抗した。

「主人は、私の鍵を持って出たんですわ、きっと」

「そうかもしれませんが、そうでないかもしれません」

こんなときの薩次は、非情なほど淡々としている。本人にいわせると、死に物狂いで胸の動悸を押さえているのだそうだが。

「とにかくひと回りしてみましょう。あ、ぼくが先頭に立ちますから、どっちへ行けばなにがあるか教えてください。猪崎社長、殿《しんがり》をお願いします」

「わかった」

緊張した返事がもどってきた。

薩次の指示は的確だったが、運動神経の鈍いことに変わりはないので、絨毯の端に爪先をひっかけて、あわやつんのめるところだった。本人も照れ臭かったようで、あわて気味に夫人にいった。

「このドアの向こうが、廊下でしたね……では行きましょう」

ノブをひねって廊下に出る。少し進むと左右にドアがあった。

「左が主人の書斎ですわ。右はリビングですの」

薩次はまず左手のドアを開けた。ここまでは彼も一度通されている。そのときは部屋の周囲にそびえる書棚に圧倒されたものだ。隣の部屋をまるまるつぶして、もうひとつの書庫がある。

書斎も書庫も人けはなかった。

「いない……」

猪崎がため息をつくのが聞こえた。

「リビングにもどりましょう」

いったん廊下へ出て、右側のドアを開ける。二十畳以上はありそうなリビングルームだった。

一瞥《いちべつ》した薩次が「あ」と声を出した。

ソファに置かれたクッションが、たったいままで誰かそこに座っていたように、大きく凹んでいた。そのそばにサイドテーブルがあり、電話機が載っていた。親子式だが子電話は見当たらない。本来置いてあるはずの窪みが、ぽっかり空いたままになっている。

「コーヒーだわ……」

夫人はかすれ声になっていた。電話機の隣にコーヒーカップがあった。七分目まで飲まれたコーヒーは、カップの底にどす黒く淀んでいる。薩次がそっとカップに触れてみた。

「まだ、あたたかいですね……西堀さんが飲んだんでしょうか」

「たぶん……」夫人がうなずいた。

「あの人は、朝の食事を抜いてもコーヒーを欲しがる人でしたから」

「牧先生」

猪崎がうなるようにいった。その視線を追った薩次が、眉を八の字にした。ガラストップのセンターテーブルの下に、もうひとつの鍵束が落ちていたのだ。やはりミニチュアの人形がキータッグになっている。

「奥さんの鍵じゃありませんか」

「まあ、そうだわ」

夫人が拾い上げた。

「私のものです」断言してから、不審げに漏らした。

「それじゃ主人は、まだいるのかしら……」

「玄関は戸締りされていた。勝手口もですね?」

「はい」

「確認されたんですか」

「はい……ノブをがちゃつかせたのですが……開きませんでした」

夫人はしだいに返事をするのが、辛そうになってきた。否応《いやおう》なく最悪の事態を予想しないわけにゆかないのだ。

「鍵はオートロックでもセミオートでもなかった。戸締りをするためには、内からでも外からでも、鍵が必要なわけですね」

「……」

「勝手口もおなじ方式ですか」

夫人は黙ってうなずくばかりだ。

「出入口はこの二箇所だけ?」

「……まだ窓がありますわ」

「それは後で調べましょう。いまはご主人をみつけるのが先決です」

ふたたび薩次が先に立った。リビングに隣り合ってダイニングルームがあり、カウンター形式のキッチンがあった。一瞬だが油に汚れたレンジ回りが目について、定子夫人の家事能力を判断する機会が得られた。

(スーパーの方がずっとましだ)

こんな場面だというのに、なんだか安心した気分になった。

キッチンの先にみじかい廊下があった。廊下の一方は例の勝手口につながっており、もう一方はバスルームやトイレ、洗面所にのびている。薩次と夫人がユーティリティを検分する間に、猪崎が勝手口をのぞいた。どちらも収穫はなかった。

「どこにもいませんわ」

「勝手口はやはり施錠されてましたか」

「間違いなくロックされています」猪崎が請け合う。

のこされたコーヒーはまだあたたかく、クッションは主のお尻の形にへこんだままだ。それでいて本人は影も形もない……まるでマリーセレスト号の怪ではないか。薩次が念を押した。

「二階はありませんね」

「はい。平屋建てですわ……あとは寝室だけ」

「かまわなければ、お願いします」

「主人が散らかしていなければよろしいけど」

はっきりいって寝室は、相当以上に散らかっていたので、定子夫人は赤面した。

「いやあねえ、小波ったら」

夫人は誤魔化したが、部屋を汚した張本人は夫人らしい。薩次には見当もつかない女性の下着類がツインベッドのひとつを占領していた。外泊するというのに、亭主の目に触れる場所へ投げ出しておくとは、夫人の神経もロープなみにふといが、それを気にしない西堀も粗雑な神経の持ち主である。

もしかしたら、夫婦関係は冷えているのかしらん。

と、そんなことを考えた薩次は、自己嫌悪におちいった。キリコと結婚しようというのに、どうしてこう幻滅させるような夫婦が、つぎつぎと姿をあらわすのか。

「みつからないねえ」

猪崎のため息に答えるように、薩次は定子に尋ねた。

「もうほかに、探すところはありませんか」

これ以外の部屋というつもりの質問だったのに、夫人は先回りした。

「冷蔵庫の中とか、クロゼットとか……そんな場所ですか」

「いや、それは……まあ」

「主人が死んでいれば、冷蔵庫にでも洋服ダンスにでもはいりますでしょ」

最悪の事態を軽々と口にするようになってしまった。一度封印を切ると、あとは開き直ってしまうらしい。夫人はむしろ積極的にそんな場所から夫を発見しようとこまかくチェックを開始したが、収穫はゼロだった。

「どういうことですかね、牧先生」

とうとう猪崎がいいだした。

「犯人が閉ざされた部屋から消えるのも密室だが、これでは西堀先生が、密室から消えたようなものだ。被害者を名乗った先生が……」

薩次は茫洋《ぼうよう》とした顔に困惑の色を浮かべた。

「簡単に複製できる鍵でしょうか」

「いいえ、とんでもない」定子は言下に否定した。

「私も小波も戸締りについては神経質でございまして。一見したところなんの変哲もないシリンダー錠ですが、実際は複製不可能なスイス製の鍵でございますの」

「その鍵を使わない限り、施錠も解錠もできないというのでは、たしかにこの家は密室状態だったことになりますね」

「あの……やはり110番した方がよろしいでしょうか」

夫人がおずおずと尋ねたが、薩次は慎重だった。

「行方不明といっても、姿を消されて三十分しかたっていないのでは警察がきてくれないでしょう」

「せめて血痕でもあれば別ですが。いや、失礼」

ミステリ愛好家だけあって、猪崎は物騒なことを口走った。

「それにしても信じられん。たしかに聞いたんですね、西堀先生が『殺される』とおっしゃったのを」

社長の矛先が薩次に向いた。

「間違いなく聞きました」

ふだんのんびりした口調の薩次が、このときばかりはきっぱりと答えた。

「まだ話の途中だというのに、あわてて電話を切っておられます。急迫した様子がうかがえたので飛んできたんですから」

「わからんなあ」猪崎はしきりに首をひねっている。

「いったいだれが、どんな理由で先生を殺すというのか……お心当たりありませんか、奥さん」

「ございませんわ」

あまり簡単にいってのけたので、愛想がなさすぎると思ったか、定子夫人はあわて気味にいいそえた。

「主人は見かけ倒しの臆病者でございまして……尾花を幽霊に間違えるタイプですの。だれかに脅されるかどうかして、勝手に殺されると思ったんじゃないでしょうか」

「それにしても、突然いなくなられた理由がわからん」

「靴は揃っていますか？」

薩次の質問をうけて、夫人がいそいで玄関の靴棚を点検した。

「なくなっている靴はないように思いますが」

定子の答えを聞いて、薩次も猪崎も当惑した。

「裸足で出て行くというのは、おかしいですね」

「おかしいといえば、おかしいことだらけですな」

猪崎は納得のゆかない点を即座に数えあげた。

「なぜ先生は、自分が殺されると思ったのか。

なぜ先生は、それを牧先生に伝えている最中に電話を切ったのか。

なぜ先生は、密室状態の家から消えることができたのか」

「……あの、どうぞお掛けくださいな」

いまさらふたりにお引き取りくださいとはいえず、定子夫人はふたりを応接室に案内して、お茶を入れてくれた。友人は当分ほうっておくそうな。亭主が消えてしまったのだから、それも仕方のないことだろう。

西堀が座っていたクッションの窪み具合を横目で見ながら、薩次と猪崎はお茶をすすったが、味も香りもろくにわからなかった。もっとも薩次は、煎茶とほうじ茶の区別さえつく男ではない。

「……うーん」

黙っていると思ったら、やおら猪崎がうなりはじめた。お茶を飲む間も、西堀の消滅問題に頭をひねりつづけていたらしい。

「電話。手紙。訪問客」

「え、なんでしょう」びっくりしたように、薩次は社長を見た。

「最初の設問ですよ。なぜ殺されると思ったのか……外から電話がかかってきた。あるいは手紙に書かれていた。いや、来客が脅迫したのかもしれない」

「なるほど」

「牧先生のお考えはいかがです」

しきりに猪崎は水をむけた。当然彼は、新谷たちから薩次の名探偵ぶりを聞かされているに違いない。その快刀乱麻《かいとうらんま》ぶりをまのあたりにしたいのは、ミステリファンとして当然だろう。

だが薩次は誘いに乗らなかった。

「ぼくにはわかりませんよ。社長さんこそ、どうなんです？」

ボールを返されると、猪崎はたちまち乗った。

「どれにも可能性はありますが、もうひとつの疑問とセットにして考えると、第三のケースがよりありそうに思われますな」

来客が脅した──というのである。

定子が反論した。

「そんなやくざみたいな者が前にいたのでは、小波も牧先生に電話できなかったんじゃないでしょうか」

「ですから、そいつがたまたま中座した、トイレでも借りた隙に電話なすったんですよ。話半ばで切らざるを得なかったのは、そいつが戻ってくる気配に気がついたんだ」

「あら、それでしたら理屈があいますわねえ」うなずこうとした定子の顔がこわばった。

「そのやくざは素直に帰ったんでしょうか。もしかしたら主人を……連れだして」

もしかしたら主人を殺したのでは？

たぶん夫人は、そういいたかったのだろう。

薩次がやんわりと否定した。

「……それですと、三つ目の疑問が解けないような気がします」

「ほう？　とおっしゃると」

「西堀先生を連れだすのに、この家を密室状態にする必要がまったくないからです」

「うん、いかにもそうですね」

自分の意見を薩次に否定されて、猪崎はむしろ嬉しそうだ。たぶん彼は、自分の推理を呼び水にして、薩次をおなじ土俵にひっぱり込みたいのだろう。

「すると牧先生のお考えは」

「ぼくですか」薩次が困ったような顔でいった。

「まだなにひとつ纏まっていないんです」

電話のベルが鳴ったので、三人いっせいにそちらを見た。

「ファックスですわ！」

夫人が声をあげたのにつづいて、シャシャシャ……シャシャシャ……と受信紙が吐き出されてきた。

三人ともに息を呑んでみつめている。

送られてきたのはわずか一ページでしかなかった。その文面には、マジックインキで殴り書きしたらしい大きな文字がのたくっていた。

〝さがさないでくれ　にしほり〟

8

「ふうん。それで？」

「それでおしまいだよ」

ポテトにあっさりいわれて、スーパーはこけそうになった。

ふたりが会っている場所は、MHKの渋谷局舎である。

東京の者ならだれでも知っている、代々木《よよぎ》公園隣にそびえるタワービルだ。これが民間放送のTBRやヤマトテレビなら本社というところだが、MHKは公共放送であって会社ではなく、古めかしい言葉だが局舎と書かなくてはならない。

なみのビジネスビルと違って、テレビだけでも二十にあまるスタジオを含むので、内部はちょっとしたラビリンスだ。カンのにぶい薩次は一階奥の喫茶室へ辿り着くのに、二度道を聞かねばならなかった。

今日のキリコはテレビのドラマ番組とラジオのトーク番組、ふたつの録画・録音をかけもちしている。というとべらぼうな売れっ子みたいだが、出演料は雀の涙で拘束時間だけ長い。うまい具合に今日は薩次も、MHKに用があった。子供むけのミステリークイズ番組を研究したいというので、声がかかったのだ。

午後七時、薩次の体はあいたがキリコはまだ録画がのこっている。MHK特製のハムサンドとコーヒーで、庶民的なデートの最中であった。

そこでスーパーは、ポテトから西堀氏失踪の話を聞かされたのだ。

「すると密室の謎はどうなった」

「どうもならない」

「あのねえ」

と、キリコが膝をすすめた。秋にふさわしくないミニスカ姿だが、出演中のテレビドラマが夏のシーンなのでやむを得なかった。

「仮にもポテトは、探偵でしょうが」

「免許をもらって営業してるわけじゃなし。ぼくは物書きのつもりなんだが」

「まあまあ。……それにしたって、いくつも事件を解決したキャリアがあるわ。素人《しろうと》探偵としては、『名』がついてもいい人なのよ。そのキミが奇怪な事件に出くわしながら、謎を解こうという気にならない？」

「うん、ならない」

サンドイッチの皿にのこっていたパセリを口にいれる薩次を見て、キリコが両手をひろげた。

「やる気のない名探偵だね」

「被害者が出たわけじゃないんだから」

「そこなのよ！」

ぐいと指さされて、薩次はきょとんとなった。

「そこってどこ」

「漫才やってンじゃないんだから――短編ミステリに登場する探偵は名探偵だが、長編の探偵はへっぽこであるという法則、知ってる？」

薩次が目をまるくした。というのは言葉の綾で、もともと細い目が簡単にまるくなるはずがない。細線が太線になった程度の違いだ。

「なぜそんなことがいえるんだ？」

「長編ミステリは原則として連続殺人事件になるでしょうが。神のごとき推理を働かせる本物の名探偵なら、被害者が続出するのを未然に防ぐべきだわ。ところが最初の犠牲が出た時点で真相を見抜くのでは、そもそも長編は成立しないもの」

「だから、名探偵は短編にしかいないのか。なるほど」

「ひとごとみたいにいわないで。いますぐあなたの灰色の脳細胞を賦活しなくては、被害者がひとりふえるんじゃなくて？」

「いや……そんなことはないと思うよ」

コーヒーカップに口をつけながら、薩次がいう。

「いいきれるの？」

「うん。あのファックスは、間違いなく西堀さんの筆跡だった。奥さんがそういってるんだ」

「誘拐犯が無理に書かせたことも考えられるでしょう」

「もちろん。だが営利誘拐だったとしたら、犯人側から接触がなけりゃならない。西堀さんが姿を消して、もう四日目なんだ」

「奥さんにたしかめたの？」

「もちろん。……意外と気楽な返答だったよ」

「どんな風に」

「殺されると騒ぎたてておいて、若い女を連れて旅に出たんじゃないか……やりかねない人だって」

「シビアな奥さん。全然心配してないのか、亭主の安否を……誘拐しておいて、殺した可能性もあるでしょうに」

「なぜそんな面倒なことをする必要がある？　大の男をさらってから殺すのなら、その場で殺した方がずっと簡単だろう」

「……はじめ犯人は、西堀先生を騙して連れ去ったの。先生だってアホじゃないから、そのうち騙されたって気がつくわけ。逃げようとして、殺されちゃう。犯人はしまったと思うけど、もう手遅れだからあとはシカトする。そんなプログラムだってあり得るわよ」

「あはは」薩次が笑いだした。

「どうしてもきみは、西堀先生を殺したいんだな」

からかわれて、キリコがふくれた。

「あの先生に恨みはないけど、でもせっかくのポテトの受賞なんだから、並行して名探偵ぶりを発揮できたら、派手な演出になるんだけどな」

「派手にするため殺されるんじゃあ、西堀先生もたまらない。……ぼくは素直に、なにかの事情で顔を出せなくなったと、解釈しておくよ」

「事なかれ主義なんだから」

不満げなスーパーに、ポテトは苦笑してみせた。

「平地に波瀾を起こすよりいいだろう」

「ポテト、本当に気にならないの？」

「うん？」

キリコの語気が妙に真剣だったので、薩次が顔をあげた。

「なんのこと」

「西堀先生失踪事件が明るみに出てないから、どこも取り上げてないけど、これで『ざ・みすてり』大賞の選考委員が全滅したことになるわね」

「ああ」

薩次の顔から笑いが消えた。

「それはその通りだ」

「単なる偶然かしら、これが」

「……………」

沈黙した薩次は、コーヒーを飲み干した。

バラエティ番組の関係者でひとしきり騒がしかった喫茶室が、いまは嘘のように静まりかえっている。ビデオ録《ど》りがはじまったからだろう。

「スーパーに頼めるかな」

不意にそんなことをいわれたから、キリコもびっくりした。

「私に頼めるかって？　なんつー水臭いことをいうか！　……それともポテトが、そんなに頼みにくいこと？　たとえば、えっと、きみと結婚するについていままでの女と縁切りする必要がある。いっしょに女たちの家を回ってくれないか、とか」

「よせよ」

どういうものか、薩次は笑わない。真面目な顔つきのまま、手帳から一枚のメモを取り出した。

「本来ならぼくが調べるつもりでいた。それで無理に聞き出したんだが、あいにく明日からぼくは缶詰になる。文英社の仕事が大詰めだもんでね」

「あ、『ざ・みすてり』大賞の直しね！　そういうことなら、むろん手伝うわ。で、なにを調べればいいの」

手を出したが、薩次はまだメモを放さない。

「その前に、約束してほしいんだ」

「いいよ、どんな約束なの」

「この件について、一切質問しないこと」

「へ？」

「きみにはできないかなあ……好奇心がミニスカ穿いてるようなスーパーには」

そういわれると、キリコも女だ、後へ引けない。

「できますって。なんにも聞かなきゃいいんでしょう。こんな簡単なことないわよ」

「それならいいんだ……万一、きみのいうようになにもしないでいて、手遅れになったら気分悪いからね」

ぐずぐずいいながら、ようやくメモを渡してくれた。三人のアドレスが記されている。一度も聞いたことのない名前の羅列だった。

御子神《みこがみ》 伸《しん》　東京都世田谷区中多賀33－42
桂木《かつらぎ》 頼子《よりこ》　名古屋市昭和区瑞穂通13の9の49の89
中末《なかすえ》 透馬《とうま》　長野県北佐久郡軽井沢町貸宿69

「……それで、この人たちのどういう点について調べればいいの？　あ、これもしてはいけない質問かな」

「いや、それは聞かないわけにゆかないだろう」

いつもの笑顔にもどった薩次が、ごく軽い調子でいった。

「その三人について、なんだっていいから調べてくれ」

大雑把《おおざっぱ》なことをいうので、キリコはまたびっくりした。

「身長とか体重とか？」

「それもある」

「納税額だのサラ金をどれくらいつまんでいるか？」

「うん」

「顔のよしあしだの、足の長さだの」

「それも含めていい」

けろりとしていわれていささか頭にきたキリコは、もう約束を忘れた。

「いったいどうしてこんな連中を調べなきゃならないのよ！」

「それは禁じられた質問だぜ」

「あ……さよか」

恨めしそうな顔になってしまった。こりゃあ欲求不満になりますよ。その顔を覗き込んで薩次がいった。

「やめる？　無理には頼まないけど」

「どういたしまして。ほかならぬ背の君の依頼ではありませぬか。調べたげる、死んでも調べたげるからね、きみはワープロにむかうこと」

薩次は嬉しそうだ。

「ありがとう」

「『ざ・みすてり』大賞の第一回受賞作なんだから、業界注目の的だもん。全部書き直すつもりで傑作を仕上げてよ」

「ああ」

「明日からとりかかるわ。三日ばかりスケジュールがぽっかり空いてるの。その間に目鼻をつけられると思う」

「待っているよ」

薩次がにこりとした。ほかの女にはわからんだろうが、この男の笑顔っての、好きなんだな。大きな声ではいえないけれど、かわいいって気がするもんね。ふっとキリコも笑顔になった。滅多にないことだけに、彼の依頼でなにかする気分もまんざらではない。これで人けがなければ、テーブル越しに体をのばして、ブチュッとゆくところなんだけど。

キリコがそっとあたりを見回したとき、喫茶室に新しい客があらわれた。関マネージャーと斑鳩毬だ。

「おや、お揃いで」

「先輩、おはようございます！」

「あらら、賑やかな人とおしとやかな人がきたわね」

「どっちがしとやかなの、念のため確認しておこう」

どすんとスーパーの隣に腰をおろした関女史が、とまどっている毬に気がついた。

「そうだ、この子、牧先生とははじめてなんだ。ご紹介するわね、先生」

斑鳩毬の名を聞いて、薩次がにこにこした。

「文英社の記念パーティで司会をしていた人ですね」

「わあ、覚えていてくださったんですか。嬉しい」

無邪気に喜ぶ毬を見て、キリコは複雑な気持ちになった。毬がなぜあのとき気分をわるくしたのか、その原因らしいものを、関に教えられていたからだ。

情報に目のない女史が、早々に話題をもちだした。

「みちやの事件はどうなったんでしょうね」

「さあ。ぼくもその後の経過をよく知らないんですが……スーパー、なにか聞いてるかい、兄さんから」

「関係者のアリバイを一通り当たってるけど、進展はないって」

「関係者というと、新谷さんたちもはいるのか」

「ええ。新谷さん、堂本さん、猪崎社長も含まれるわ。それに現地の劇団リーダーの塙って人もね。おなじ劇団にいた者で、塙さんが下ろされたとき憤慨していた人たち三人、文月みちやショーのプロデューサー、ディレクター……」

「あら、大変なんですね」

犯罪に興味があるのか、毬もけっこう身を入れている。

「ショーのスタッフまで動機があるのかい」と、関女史も熱心だ。

「ミーティングでみちやと揉めたらしいよ。構成もセットも田舎っぽいと、例によってケチをつけたんだって」

「悪い癖だよ」女史がため息をついた。ユノキプロでわがままなみちやにもっとも苦労させられたのが、彼女なのだ。

「東京にいた人では、連載担当の編集者や、雑誌でみちやに喧嘩を売られたミステリ作家。ファンクラブの元会長……あの人、敵が多かったのねえ」

「ファンクラブまで敵に回していたのか」

薩次が信じられないという顔になった。

「みちやと寝たらしいわ、元会長さん」

「ああ、そうか。女なんだね」

「ユノキプロへきたこともある。可愛い子だったけどねえ。会長をやめるとすぐみちやにふられたんだって」

女史も詳しい。

「……で、その人たちのアリバイをみんな調べたのか」

「調べたけど、怪しい者がみつからないそうよ」

「全員アリバイが立証されたの？　そうはゆかないだろう。いくら北海道でも時間が時間だもの」

薩次が眉をひそめる。たしかに、みちやの死亡推定時刻は朝六時半から七時にかけて……となっている。そんな時刻に不在証明をいいたてられる者は少ないに違いない。キリコが説明した。

「たしかにアリバイを確認できた人は多くないけど、でもそれ以前に、ホテルの彼を殺害するための条件がいくつかあるのよ。それをすべてクリアできた者がゼロってこと」

「条件というと、たとえば文月先生があのホテルにいることを知っていたとか……？」

毬の質問に、キリコがうなずいた。

「ええそう。ひとつずつ挙げてみるわね。
①文月みちやがオズマホテルに滞在していることを知る者。
②そんな朝早くに訪ねても玄関払いされない程度に、みちやと親しい者。あるいはなんらかの事情があって、その時間に面会の約束をとりつけられた者。
どう調べても、ドアや窓から無理に押し入った形跡がないの。しかも文月先生は無類に用心深い――というか、臆病な人だった。いつも戸締りをチェックするタイプだった。犯人は正々堂々と文月先生自身に招き入れられたとしか考えられない。
③車を運転できる者。
これについては注釈がいるわね。

オズマホテルの敷地はとても広いし、空港や駅からホテルへ行くにしても、公共交通機関はないの。タクシーやレンタカー会社を調べた警察では、犯人は現場まで自分の車で行ったという結論を出したわ」

「待ってくれ」

薩次が手をあげた。

「ホテルの中に泊まっていたとすれば、その必要はないだろう。いくら敷地が広くても、歩いてゆけるんじゃないか」

「ええ。警察では結論を出す前に泊まり客のリストをチェックしたわ。だれひとり文月先生にかかわりのある客はなかった……」

「堂本さんたちがいるよ」

「ちょっと待ってね。……ええと、そこで四番目の条件になるの。
④殺人の動機がある者。堂本さんも新谷さんも猪崎さんも、文英社の人たちは全員、文月先生がいないと困ってしまう。なぜって、『ざ・みすてり』大賞の選考委員じゃない。大賞の発表を前にして選考したひとりが殺されたんじゃ、洒落《しゃれ》にならないわよ。それで警察では早い時期からこの三人を外していたらしいの」
「動機で思い出したけどね」女史が口をはさんだ。

「文月佐織夫人はどうしたの。たしかアリバイがなかったんじゃない?」

「あ、そうでしたね」

毬がうなずいた。みちやに奥さんがいたことを、彼女も聞かされていたとみえる。

「奥さんなら、先輩が挙げたいままでの条件——①から④まですべてクリアするんじゃないかしら」

「たしかに殺人の動機がぷんぷん匂うわ。彼女は別れたい、彼は別れたくない……このままずるずる結婚していたのでは、近い将来親からもらう遺産の分け前をとられるんだもの。……いやあね、恰好ばかりの結婚なんて!」

個人的感想を漏らした上で、いった。

「ところが困ったことに、佐織夫人にアリバイができてしまったのよ」

「あらま」いったん驚いた関女史だったが、すぐさま独特の推断を下した。

「わかった。佐織さんは男と出かけていた——そうでしょう」

「あたり」キリコが笑った。

「仮にも人妻なんだから、オトコと外泊していたとはいいにくかったのね。でも警察が本腰いれて容疑者あつかいしたものだから、白状したらしいわ。兄貴から仕込んだばかりのホットニュース。熱海《あたみ》の旅館に仲良く泊まったんだって」

「それなら旅館が証明してくれるわ。佐織、助かったじゃない」

「だけど男の方が、少しばかり名の売れたキャスターでおまけに妻子もちだったの。明日のスポーツ紙の三面は決まりね」

「あちゃー、かわいそ。といいたいけど、あの子、自分の名が売れさえすれは喜んでいたから、のほほんとしてるんじゃないかしらん」

「……とにかく文月夫人の線はなくなったんだな」

薩次が妙に浮かない顔でいった。キリコには彼の気持ちが読めた。みちやを殺した犯人が、劇団シラカバや佐織夫人といった彼だけに動機のある者ならべつだが、そうでなければ、鮎や西堀たちの事件まで視野にいれる必要が生ずるからだ。

すでに「ざ・みすてり」大賞受賞が決まっている薩次としては、まことに落ちつかない気分だろう。

ポテトに代わって、スーパーが代弁してやった。

「文英社の三人に本当に動機がないかどうか、洗い直す必要があるかもね。この人たちにとって、条件の③は意味がないわ。それに①も②もクリアできるでしょう。文月さんを抹殺する動機さえあれば、容疑者の資格は完璧だもの」

「待ってくれよ、スーパー」あわてて薩次が止めた。

「たとえば文月さんが、表沙汰になれば文英社が潰れるほどの秘密を握って、会社を脅迫していたというのか」

薩次に聞かれて、キリコは頭に手をやった。

「うーん、荒唐無稽にしか聞こえないかな」

「みちゃみたいに荒稼ぎしてる男が、文英社を脅迫してどんな利点があるかねえ」と、女史も懐疑的だ。

「ひとりずつ考えてゆこうよ。まず堂本常務は……と」

キリコがいい、自分ですぐに否定した。

「おなじコテージで寝ているのでは、朝方に抜け出したら新谷さんにすぐばれるわね」

「ということは、新谷さんの場合もおなじか」

「猪崎社長さんはどう? ひとりで一軒のコテージに泊まっていたんですわね。だったら殺しにゆけるんじゃありませんか」

毬も探偵ゲームにすっかりいれこんでしまった。文月は「石狩」に、猪崎は「天塩」に、堂本と新谷は「大雪《だいせつ》」に泊まっている。三戸のコテージが人工湖をのぞむ斜面にほぼ三角形にならび、「石狩」はもっとも湖畔に近く低い場所にあった。コテージ同士はいずれも歩いて三四分の距離にある。地図上では「天塩」は「石狩」に近接しているけれど、実際には足もとのあやうい石段を伝って、大回りしなくてはならないのだ。

関がかぶりをふった。

「ダメだよ。猪崎さんはその日の朝の新千歳空港から、羽田へむかっているんだもの」

「それ、なん時のフライトだったんですか」

「八時発の一番よ。タクシーが六時三十分に道まで迎えに行ったんですって」

克郎から詳しく聞いているキリコが、バトンを受けて説明した。

「運転手が目撃してるんですって。猪崎さんが「天塩」からバッグを下げて出てくるのを……もし社長が犯人だとしたら、彼はいつ「石狩」へ行ったことになる？」

文月みちやが殺害されたとおぼしいのは、解剖の結果によれば六時三十分から七時の間である。

それでも毬はへこたれなかった。

「死亡推定時刻というのは、あくまで推定なんでしょう？　五分や十分のずれはあって当然じゃないんですか」

「まあ、それはそうだけどね――」

キリコはつくづくこの世にも純情――としか見えない美少女を見た。

「見てくれよかずっと強情なんだ、毬ちゃんて」

「あらっ、ごめんなさい」

毬はころころと笑った。朗らかそのものの彼女だが、キリコは知っている。あのパーティの前日、毬はひっそりと母の葬式をすませていた。聞くところによると、その三日前の夜、母親は酔っ払い運転の車にはねられて瀕死の重傷を負い、手当ての甲斐もなく息を引き取ったのだ。だからこそ、関女史があれほど神経質になったのだと、後日聞かされたキリコは思い当たった。それでも彼女は、歯を食い縛ってスケジュールをこなした。顔と姿からは想像もできない気丈さであった。

(私が男なら、ほっとかないわね)

ひそかにキリコが舌を巻くほどだが、外見の彼女は底ぬけに陽気だ。

「それ以上追及すると、あんたが犯人じゃないかと疑われるぞ」

関女史にぎろりと睨まれて、少女は首をすくめた。

「はあい。でも大丈夫、私にはアリバイがありますもの」

「ああ、そうだったね。あんた、その日は沖縄へ行ってるんだ」

「ダイビングに行ったんです」

「へえ、いいんだ!」

スーパーが目を輝かせた。スポーツ万能の彼女だから、もちろんとっくの昔にライセンスをとっているが、ここしばらく海へ行く暇がない。はっきりいって金もないので羨《うらや》ましがった。

「シュノーケルならもっと自信があるけど、あれでは深いところへ潜れませんし」

「うん、そりゃあやっぱりスキューバですよ。スポットはどこ。石垣《いしがき》とか宮古《みやこ》とか」

「いいえ、本島のまわりをちょろちょろと」

ミステリの話がダイビングに様変わりしてしまった。関女史と薩次は憮然《ぶぜん》としている。ふたりとも金槌《かなづち》同然だからだ。ちょうどそこへ、キリコの番組のディレクターが、出演者に招集をかけにきたので、今夜の推理談義は自然解散となった。もちろんキリコは、薩次の頼みを忘れていない。

「じゃあね。缶詰頑張って」

「ああ。例の件をよろしく」

「まかせといて」

9

明くる日は秋晴れだった。窓を開けると空に羊雲がうようよしていた。幻想の青空牧場だ。ただし視線をまっすぐのばすと、北新宿《きたしんじゅく》の雑然とした家並みが無限にひろがって、あえなく現実にひきもどされる。部屋代の安さだけを追求した結果こうなったのだが、結婚すればこのアパートともお別れだ。といってポテトが住んでいる下北沢のマンションに転がりこむのは、いくらスーパーがお気楽な女性でも物理的に無理だ。仕事部屋兼寝床なら辛うじて我慢できる、ワンルームマンションだったからだ。

「まず世田谷からはじめるか！」

御子神家を探すついでに、新婚夫婦——自分たちのことだ——の住まいも探そうというのが、キリコの下心なのだ。

張り切っていた彼女には気の毒であったが、その目論見《もくろみ》はたちまちついえた。メモにのこされたアドレスをもう一度読んだスーパーは、首をひねった。

世田谷区に中多賀なんて町があったかしらん。

しかもよくよく見ると、33—42ときた。厄年じゃないの！

こりゃあおかしい。絶対、おかしい。

乱雑きわまりない書棚から、やっとのことで東京都市街地図を発掘した。ひろげてみると、やはり世田谷に中多賀なんて町は存在しなかった。

ポテト、なにか勘違いしてるんじゃないのかしら。

あらためて、のこるふたりの住所を吟味したら呆れた。

桂木 某《なにがし》さんが、瑞穂通りはいいとして13の苦の死苦の厄ですって。

中末さんときたら、まるで淫猥。

いったんは薩次のわるい冗談と考えたが、キリコに依頼したときの真剣さを思うと、そんなはずはない。それにあの男が、42や13はともかく、69で笑いをとろうとするものか。実戦のベッドの中でも、ポテトはやっぱりポテトである。情熱をこめてくれることは確かだが、高校生なみのストレートな直球しか投げてこない。それはそれで素晴らしいし十分満足しているのだが、余裕をもって69を楽しむ境地にはまだまだ……

ベッドに腰をおろしていたキリコが、顔を赤くした。

私ゃなにを考えているんだろうね。

「えいや」

気合もろとも立ち上がって、朝の屈伸運動を開始した。ピンク色の妄想をぶっ飛ばして、ポテトの依頼に応えねばならぬ。

トイレの前につくられた最小限の設備で顔を洗った。鏡の中の私を見る。

うむ、今日も可愛い。

健康と美容のために、朝食は欠かせなかった。焦げかかったトーストに好物の杏《あんず》ジャムをたっぷりと塗って、がりがり齧りながら思い出そうとした。いくらスーパーがスーパーでも、日本中の町名を暗記してはいない。それでも名古屋に瑞穂通りがあったことはたしかだ。軽井沢町には……待てよ。

トーストを口にくわえたまま、軽井沢のガイドブックを探すのがひと苦労だった。この夏ポテトとドライブしたときに買ったものだ。

「やっぱり!」思わず声が出た。

軽井沢にあるのは、借宿《かりやど》であって貸宿なんて、ない。

なんつーでたらめ。

こうなれば、のこる頼みは名古屋だけだ。いくら薩次の頼みだからって、みすみす無駄足はしたくない。それに名古屋へ行くならふつう新幹線を使うことになる。決して懐が豊かではないキリコとしては、無意味な出血を避けたかった。

予防策として、名古屋市昭和区に電話をかけてみる。このごろはお役人サービスも少しは改善されたんじゃないかな。

「あのう……瑞穂通りってどのあたりにあるんでしょうか」

「え、瑞穂通りですか？　それなら昭和区じゃありませんよ。南隣の瑞穂区にあるんですが」

「あら……」あわてて、もうひとつ聞いた。

「ついでに教えてください。瑞穂通りに十三丁目ってありました？」

「十三丁目エ？」

びっくりしたような声が遠のくと、電話の奥で、同僚らしい男と話し合っているのが聞こえた。そんなに驚くほどのことはないでしょう、と考えていたのだが、ふたりの会話が耳にはいった。

「また瑞穂通りの問い合わせだぜ」

「え、十三丁目のか？」

これにはキリコの方が驚かされた。昭和区瑞穂通り十三丁目を探しているのは、私だけではないのだ。やおら電話口から声が返ってきた。

「もしもし。瑞穂通りは八丁目までですがね」

「あの、ちょっと待ってください。おなじ質問をした人がいるんですか」

「いましたねえ」

「それ、どんな人でしたか」

「どんなって、男の声としかいいようがないなあ」

「いつごろでしょう」

「……四日か五日前。そんなもんですね。じゃあ」

切れた電話の前で、キリコはぽかんとしていた。管轄外のことに応答してくれたのだから、お役人としてはサービスしてくれた部類だ。それにしても、私の他にだれが？　なぜ？　あらかじめ質問を封じられているキリコに、推理に要するデータは与えられていない。

彼女はのこるもうひとり、中末透馬の住所をにらみつけた。

軽井沢町貸宿69。

なんともうさん臭い住所である。だが、もしかしたらという思いはあった。ポテトがこんなミスをするとは考えにくいが、第三者が彼に教えたアドレスであれば、その人物が借宿を貸宿と書き間違えた可能性があるからだ。

「行ってみよう」

どうせ今日一日で世田谷と名古屋と軽井沢を回る覚悟でいたのだ。それが軽井沢だけになったのだから、楽なものだ。薩次の頼みを、電話だけで済ませて「わからなかったよオ」というのも不誠実な気がした。時は秋、日帰りの列車旅行もわるくはない。

そうと決めると、後は手早かった。今年の秋は足早だから一〇〇〇メートルの高地はそろそろ肌寒いだろう。温かいパンツルックに身を固めたキリコは、北陸新幹線の発車時刻をたしかめてから、東京駅に出た。

錦繍《きんしゅう》の秋というにはちょっぴり早く、赤い帯をしめたツートンカラーの列車はすいていた。高崎《たかさき》・長野《ながの》間一一七・四キロを走る新幹線が開通してから三年たつ。ふたりがけの自由席をひとりで占領して、秋空の下にひろがる関東平野をひた走った。あちこちで稲の刈り入れがはじまっているが、風景の主役とはいい難い。首都圏に増殖する人口の圧力が、広大だった農耕地をいたるところ新興住宅地に変身させていた。それでも今年は豊作だそうだ――こんもりした鎮守の森を望見して、村祭りの太鼓の音を聞いたような気がしたが、むろんそれはキリコの幻聴であったろう。

列車の前方に、むくむくと山なみが起き上がって、関東平野はようやく尽きた。

高崎を過ぎると車両は左へ大きく傾く。このあたりに日本一大きな分岐器が使われているはずだ。列車ファンに女性は少ないというが、キリコの鉄道知識は女性離れしていた。在来の信《しん》越《えつ》本線なら妙義《みょうぎ》の奇峰が見えるころだが、こちらは山間の安中榛名《あんなかはるな》駅を通過して、一気にトンネルへ突入してしまう。最大上り勾配三〇パーミルのトンネルが、秋間《あきま》・一ノ瀬《いちのせ》・碓氷峠《うすいとうげ》と連続して、高崎・軽井沢間の標高差八五〇メートルを、あっさりクリアしてしまう。旅情もへったくれもない、というのが率直なキリコの感想だ。

国鉄時代の大幹線信越本線が、わずかな期間のオリンピックのために、ずたずたにされてしまった。万一新幹線が事故ったら、代替交通機関をどうするつもりだろう？　青春18キップを使って、長野へ行くこともできなくなった。むりに行こうとすれば、松本《まつもと》まわりで大迂回を余儀なくされる。JRの責任者、コラ出てこい！

スーパーの感傷と私憤をよそに、暗黒の窓が一転して輝くような青空になった。まだ色浅い紅葉がシルエット気味になってけっこう美しいが、風景が見えたと思うともう軽井沢駅で、肩透かしを食わされた気分になる。

橋上駅となった軽井沢駅は二面四線の地平ホームになっている。三階まで吹き抜けのコンコースから北口に出ると、すぐタクシーを拾った。借宿は中軽井沢駅の近くだったはずなので、ひとまずそこへ行ってみることにしたのだ。在来線をひきついだ第三セクターしなの鉄道に乗りたかったが、あいにく発車時刻が合わなかった。車を走らせていると、すぐ左手を、上り新幹線が突風とともに駆け去っていった。白くてぶっとい矢が飛んでゆくみたいだ。このあたり四年にわたって新幹線反対の運動がつづいたはずだが――まこと有為転変は世の習いである。

軽井沢駅付近の変化に比較すると、中軽井沢は静かだった。もっともここも、その昔沓掛《くつかけ》駅と呼ばれていたものを、観光用に改名したのだ。

時代と共にどしどし無風流になるわね。とオバン的感想を抱きながら、駅の案内図を見やる。借宿の地名はあったが番地まではいっていないので、69が果たしてあるかないか、これだけでは判定のかぎりでなかった。

仕方がない。近くの郵便局をみつけて聞いてみよう。

背負ったザックを揺すりあげて、スーパーはさっさと歩きだした。

駅前の通りを出て、国道を左折する。しばらく行くと大型のスーパーがあり、バイパス状に旧道が斜めにわかれていた。スーパーがスーパーの前を歩いても洒落にならんとばかり、その道をどしどし進むと、別荘地というより鄙《ひな》びた田舎道になった。左右の路傍にコスモスがいまを盛りと咲き誇っている。

うまい具合にむこうから、赤いスクーターに乗った配達員がきた。

「すみませーん」

手をあげたら、相手はびっくりしたように急停車した。

「なんです」

「このへん、借宿ですね」

「そうですよ」

「六九番地の中末さんち、ご存じありませんか」

配達員の目が飛び出しそうになったので、今度はキリコがびっくりする番だ。へえ、そんな驚かれるほど私は美人なんでせうか。

もちろんそうではなかった。

「参ったな」と、彼はいった。

「五分とたたないうちに、おなじことを聞かれるなんて」

「五分と――?」

「そうだよ。借宿に六九番地なんてないけど、ない番地を二度つづけて質問されたんじゃあ、私だって」

「ちょっと！」

キリコの声がカン高く走った。

「な、なんだ」

「それ、どんな人でしたか」

「どんなって……男だよ。年は五十くらいだったかな」

「太ってる、痩せてる」

「太った人だよ。貫禄《かんろく》といっていいね。社長とか教授とかそんな感じの」

「服装は？」

「黒っぽいスーツ。ネクタイは渋い好みだった。ポケットにふとい万年筆をさしていたね」

観察力優秀な配達員だ。

「その人、どっちへ行きましたか」

「いそいで国道の方へ歩いていったよ」

「ありがと！」

マナーに反するがろくに頭を下げるひまもない。キリコは猛然と走りだした。国道なら広く見通しがきく。あわよくばその社長だか教授だかをとっ捕まえてやりたかったからだ。

おそらくそいつは、名古屋の区役所に問い合わせた者とおなじだろう。ふざけてる！　取り押さえてなぜその人物を探しているのか、理由を突き止めてやるわ。じかにポテトに聞くのはいけなくても、第三者に聞くのはかまわないでしょう？　かまわないわね、うんわかった、そうする！

その場にいない薩次に勝手に聞いて、勝手に決めた。

斜面を駆け上がって国道18号線に出る。たちまち行き交うトラックやマイカーの疾走音が、嵐のようにキリコを包んだ。貫禄紳士はどこにいる？　視力には自信があるつもりだが、往来の車が多くて見通しがきかない。

えいままよ。追分《おいわけ》方面にむかって歩きだした。西からきた配達員が五分前に接触したのだから、方角としては間違っていない。

歩きながら考えた。いったいその男は、これからどうするつもりだろう？　彼は自分の車できたのか。それにしては国道へ出たのがおかしい。車を停めておくなら、国道より旧道の方がずっとすいている。

それともここの別荘の人間かな。

いや、配達員は急ぎ足だった、といっている。六九番地を探すのが無駄足と知って、さっさと帰る気になったのだろう。とすると、駅まで車を拾うつもりか。

それだ、と思った。都会ではないから流しを捕まえるのはむつかしい。公衆電話でタクシーを呼んだのかもしれない。

駅——といっても、ここは信濃《しなの》追分駅と中軽井沢駅の中間にあたる。だが、そいつが東京の人間なら、新幹線駅の軽井沢にむかったと考えるのがふつうだ。

それならそいつが乗った車は、18号線の反対車線を走るはずだ。

向こう側に渡ろう。

思いついた鼻先を、すーっと一台のタクシーが西から東へ流れていった。客をひとり乗せていた。動体視力が優秀なスーパーだからこそ、客の横顔をキャッチすることができた。その客は――

(西堀先生!)

10

我慢するつもりだったが、我慢できなくなった。帰京したスーパーは、すぐさまポテトに電話をかけた。

あいにく留守番電話になっていた。

「えー、こちら牧薩次です。いま留守にしています、すみません。ご用件は……」

「そうだった」

がっかりして、受話器を置いた。缶詰になってるんだ、あの男は。

一度はあきらめかけたキリコだったが、失踪したはずの西堀が軽井沢をうろちょろしている事実ぐらい、彼に教えてやるべきではないか。考えなおしたスーパーは、文英社に連絡をつけることにした。

「もしもし、『ざ・みすてり』の編集部ですか。可能キリコといいますが、青野さんお願いします」

大して広い編集部ではなさそうで、青野編集長はすぐに出た。いつも会うのは『蟻巣』で彼が飲んでいるときだけだから、社内でこれほど改まった口をきくとは思わなかった。

「ああ、もしもし。私、青野です。可能さんでしたね。なにか急な御用でしょうか」

「大至急ポテトに連絡をとりたいんです。彼、缶詰だって聞きました。どこのホテルでしょうか」

「牧先生にですか。「ええと……少々待ってください。そうだ、調べて私から掛けなおしましょう。」いまどちらにおいでです？」

ずいぶんよそよそしい話し方をすると呆れながら、アパートの電話番号を知らせると、青野は丁重にその数字をくりかえしてから切った。

五分後、彼から電話がかかってきた。

「わるい、スーパーくん」

といったときの彼は、もういつもの調子だ。

「どうしたんですか。私からかかってきては具合のわるい人がいたんですか」

青野さんは奥さんに弱いんですってね。からかおうとしたら、すぐ白状された。

「なにね、社長がきていたもんで」

「あ、そうなの」

スーパーとしたことが、そのときはなんとなく納得してしまったが、後で考えるとまるでおかしい。私がポテトの行方を探していることを、なぜ内緒にしなくてはならないのか、意味がないではないか。

だがそのときのスーパーは、ポテトの所在をたしかめることで頭が一杯だった。

「新宿プラザホテルの、1201号室だよ」

「ありがとう！」

すぐにも電話を切ろうとしたら、青野に止められた。

「教えてくれないかな。牧先生になにを注進するつもりなの？」

一瞬迷ったが、西堀小波が失踪中では「ざ・みすてり」も困るだろう。そう思ったので、情報を出し惜しみしないことにした。もっとも自分がなぜ軽井沢に行ったかは、しゃべらない。薩次の許可が下りるまで沈黙するつもりでいた。

「西堀先生が軽井沢に！」

スーパーの話を聞いた青野は、呆気にとられていた。

「たしかなの、それ」

「目には自信あるんです。動体視力がイチローなみ」

「ふうん……いったい先生、なんの用があって軽井沢へなんか行ったんだろうなあ」

思い出したように、青野が質問した。

「軽井沢のどのへんなのさ」

「借宿……あ、中軽井沢の近くです」

いいなおしたのは、借宿といっても青野は知らないだろうと思ったからだ。だが彼は、その地名にはっきりと反応した。

「借宿だって？」

そこで、みじかい間があいた。

注意深いキリコだから気づいたことなのだが、「えっ」とか「あっ」とか、青野の発した意味不明の間投詞がかすかに聞こえたので、すぐさま問いかけてみた。

「あの、なにか？」

「いや……なんでもないよ。なんでもない！」

あまり強調するものだから、かえってなんでも「ある」ことがはっきりした。といって、なにが青野を愕然とさせたのか、その内容までは察しようがなかったが。

「あの、じゃあ私、プラザホテルに電話してみますから」

「……ああ」という妙に気が抜けたような声がもどってきた。

「そうだったね。牧先生によろしく」

青野の電話が切れるとすぐ、キリコは薩次に連絡をとった。まだ日が暮れたばかりだというのに、けしからんことに相手はもうベッドにもぐっていた。

「なによ。原稿はどうなったの！」

「今夜書くんだよ……」

「情けない声、出すんじゃないっ」

つい怒鳴ってしまってからあわてた。

「ごめんごめん。私が催促したって仕方がないわ。それよか、頼まれていた三人だけどね。あれいったいなんの冗談？　ひとりも実在してなかったわよ」

「やはりそうか」

受話器の穴から流れ出る声を聞いて、キリコは自分の耳を疑った。ついいましがたの、半分眠っていたような薩次が、だしぬけに別人格に化けたみたいだ。

思わずキリコはいった。「なにがそうかなの？」

「……質問はナシといったぜ」

その突き放した口調に、キリコはびっくりした。

たしかにこの件に関して、薩次はひどく神経質だった。なにも聞かないのなら、頼む。そういわれたことは間違いない。だからといって、いまの口のきき方はあまりではないか。正直なところスーパーは、自分の知らなかったポテトの一面を、ひょいと目の前に突きつけられたような気がした。

「ねえ、それ、どういうこと！」

思わずキリコの言葉もとがっていた。

「あんまし冷たいと思わない？　ポテトと私の仲だってのに」

「……」

さすがに彼も、語気が強くなったことに気づいたらしい。受話器のむこうに、沈黙が落ちた。

ややあってから、声が返ってきた。

「ごめん」

「謝るならよろしい」

と、スーパーは鷹揚《おうよう》に返事してやった。彼と喧嘩するつもりなんか、はじめからないのだ。

いつものポテトらしくしてくれれば、文句はなかった。

「それで、つまり、なんなのよ」と、キリコは再度尋ねた。むろん今度は薩次も折れて、気持ちよく事情を説明してくれるものと期待したのだ。その期待は、また裏切られた。薩次はおずおずと、しかし断固としていった。

「すまないけど、答えるわけにゆかない」

「あれま！」

スーパーの声が跳ね上がった。

「そうなの、そこまで私ゃ信じられていないの！　今日一日かかって、いもしない男ふたり女ひとりを調べて、無駄足踏んだ私がアホなの。ああ、そうなんですか、よっくわかりました」

「スーパー、ちょっと」

あわてた薩次が制止しようとしたが、たとえ受話器の穴から手をのばしたところで、キリコの憤慨は止まるはずがなかった。

「ちょっともひょっとこもあるもんか。さっさと仕事をしなさいよ。キミのフィアンセは可哀相に、たったひとりでメシ食って糞して寝るんだから！」

ガチャンと受話器をたたきつけた後の虚しさったら、ない。

ああ、もう。

こんなむしゃくしゃした気持ちで、宵のうちから眠ったところで、ろくな夢を見ないだろう。窓を開けると秋らしい冷え冷えとした風が吹き込んできた。窓の向きは西南である。ついこの間まで西日がうっとうしかったのに、今はあの暖かさが懐かしい。朝は見事な秋晴れだったが、東京へ帰ってみると鉛色の曇り空に一変していた。アパートにもどっても、一度も日はさし込んでくれなかった。

机に肘をついて、キリコはしばらくぼんやりと空をみつめていた。灰色に暮れなずむ空を、鳥の黒い影が横切ってゆく。メスかしら、オスかしら。もう結婚してるのかしらん。勤め帰りに一杯やりにゆくところなのか、それともカルチャースクールの帰路だろうか。われながら阿呆らしいことを、ぐちゃぐちゃになった頭の中で考えていた。

ふと右を向く。

むろん、そこには壁があるだけだ。カレンダーは、去年薩次と出かけた信州のリゾートホテルから送ってきた。シラカバ林に霧が湧いているイラストは幻想的な構図だが、絵空事でないことをキリコは知っている。まったくおなじ風景を、薩次と肩をならべて見たからだ。

「絵はがきみたい」

スーパーがいうと、

「こっちがオリジナルで、絵はがきはコピーなんだ」と、ポテトが笑った。

たわいもない会話がつづいたが、ふしぎとあのときのやりとりが印象にのこっている。ふたりでいることの楽しさ。充実感。おなかの底から滲み出る温かみ。それ以来スーパーは、仕事で疲れて帰ったときなどに、ひとり言が出るようになった。ひとり言というより、仮想の会話だ。机を前にして、右を向く。カレンダーのかかった壁を背に、ポテトがつくねんと立っている。いもしない彼を相手に、スーパーがぶつぶつという。

「今日のヤマトテレビのディレクターの粘ること粘ること。前衛劇に凝ってるらしいけど、あんなドラマ演出では、スポンサーをしくじるんじゃないかな」

「関さんに頼まれて、朝川電機宣伝部の飲み会につきあったの。部長って人が酒癖わるくてね。なにかというと私にさわるんだよな。きみは若いねって、あれ褒めたつもりかしら。エンジョしてくださるのオジサマといってやったけど、いけなかった?」

どうでもいい話をしゃべくっても、カレンダーにだぶったポテトは苦笑いするだけだ。

「牧薩次……牧キリコ」

スーパーは口の中でそっとふたりの名をならべた。

「スタジオを歩いてて、ディレクターに可能さんと呼ばれるでしょ。ときどき発作的に思うんだ。いつか牧さんと呼ばれるときがくるかなあって。あは、おかしいよね。私は本来夫婦別姓論者なのに」

窓ガラスが鳴った。吹き込む風の強さに、ぶるっとキリコは体を震わせた。

窓を閉じながら、見る影もなく黒ずんだ空を一瞥する。新宿の外れの明かりが夜の底を彩っていて、漆黒の夜空とはお世辞にもいえない。中途半端に濁った薄墨色の世界である。カーテンを引くと、自分ひとりの世界になった。

「ああ、一日が終わったんだ」

感傷的な台詞に自分で照れて、キリコはまたポテトを見た。

依然として薩次はそこにいた。

よれよれのジャケット、肩にフケが落ちている。なんなのよ、またなん日も風呂にはいってないんでしょう。せっかくプラザホテルへ缶詰になりながら、勿体ない。それくらいなら、私がはいったげる。

椅子が軋んだ。

のびのびとしたキリコの肢体を受け止めるには、この椅子も少々年季がはいりすぎたようだ。立ち上がった彼女は、大股に歩いて洗面所の鏡をのぞいた。今朝よりずっと老けていた。原因はわかっている。彼と喧嘩したせいだ。ポテトの方では喧嘩したなんて思ってもいないだろう。いつだってスーパーのひとり芝居に始まり、終わってしまう。それがひどく嫌だった。喧嘩も仲良くするのも、ひとりじゃできないんだもん。

キリコは鏡にむかって、化粧をはじめた。

プラザホテルは歩いて行ける範囲にある。

私ひとりで寂しがることなんか、ないんだ。手を伸ばせば届くところに、ちゃんと薩次がいるじゃないか。シングルとはいえ、あそこのベッドはセミダブルサイズだ。スリムな私がわりこめないはずはない！

11

歩いて行ける範囲とはいえ、スーパーの長い足だって二十分はたっぷりかかる。アパートは北新宿にあり、プラザホテルは西新宿の高層ビル街の一角だからだ。

焼肉屋の煙にいぶされ、ラーメン屋の湯気にさそわれたが、彼女は見向きもせずに颯爽《さっそう》と歩いた。

今宵のとまり木を物色中のビジネスマンの群れが、キリコにむかって目を光らせる。その視線を十分に意識して、彼女は歩いた。へへ……おいしそうでしょう。でもあんたたちにはあげないもん。

軽井沢に着ていった服装とがらりと違って、シルクのブラウスに長めのフレアスカートで、フェミニンにまとめたつもりだ。デパートの紙袋を下げていたが、実は世をしのぶ仮の姿で、中身はスーパー特製のロールキャベツだ。はじめて食べさせたとき、薩次は泣いて感動した。それ以後、ふた月に一度は作って慰問《いもん》してやっていた。

「好物を食べて、パワーをつけて、一気に書き上げなさいよ。脱稿するまで、私は寝て待ってますからね」

そういってあげるのだ。

彼の子供っぽいところは嫌になるほど見聞きしている。テストを明日に控えた子供に、効率よく机にむかわせる手は、ただひとつだ。

「このページまでお勉強したら、チョコレートケーキをあげますからね」

――ヤだ、私ったら。

ガード前の交差点を南にむかって渡りながら、スーパーはひそかに顔を赤らめた。

ポテトを励ますためとかなんとか理屈をつけているけれど、本心は彼と仲直りしてベッドインしたいってことじゃないの。

信号が青になり、スーパーは速歩で横断した。

ンなこと、かまわない。だって私は、彼が好きなんだから。彼のそばに一分でも一秒でも、長くいたいんだから。あの凸凹した顔のどこがいいのかという奴には、私がいいんだからほっとけといってやる。

信号を渡ったところで、袋に手をあてた。発泡スチロールの箱にいれてあるから、まだ十分温かい。

顔をあげると、それまでハルクの陰に隠れて見えなかったプラザホテルのシルエットが、ぬっと夜空に突き刺さっていた。ものの五分もあれば着けるだろう。ポテト、待っててね。私の愛情キャベツを食べさせてあげる。——あまり語呂がよくないな。

新宿プラザホテルは、この界隈の超高層ビルでも古顔になる。四十七階建ての白亜のホテルが竣工したときは、ちょっとした東京名所になったものだが、いまや周囲をコンクリートの竹の子に囲まれて、いじけているように見えた。

それでも新宿のホテルで一番の老舗《しにせ》であることに変わりはない。駅寄りのエントランスからはいってゆくと、堂々たるロビーが正面にひろがる。

ロビーに用のないスーパーは、ゴージャスな空間を無視して、さっさとエレベーターホールに向かった。

ちょうどエレベーターが下りてきたところだ。乗り込もうとして、スーパーはびっくりした。中から出てきたのがポテトだったからだ。

「あれっ」

「おやあ」

乗り込もうとする流れに逆らって、キリコが立ち止まったものだから、聞こえよがしに舌打ちした派手な服装の男と女が、ケージに吸い込まれた。ドアが閉まると、てきめんにあたりに人けがなくなった。

おもむろに薩次が笑顔をひろげた。

「奇遇だなあ。どこへ行くところだったの」

「決まってるでしょ。1201号室!」

「12……」

自分のルームナンバーを覚えていなかったとみえ、手にしたキータッグを持ち上げて、やっと確認した。

「なんだ。ぼくのところへくるつもりだったの」

なんだという言い草があるか。そういってやりたかったが、無邪気な彼の笑顔を見ると、腹を立てる気にならない。

「陣中見舞いにきてあげたのよ。脱走するつもりだったの？」

「とんでもない。お客さんがきたからさ」

いいながらロビーラウンジに足を向けた。

「だれなの、それ。男？　女？　私より美人？」

「美人といえるかどうか。でもきみによく似てる人だ」

「私に——？」

「ここ、ここ」

耳慣れた声がかかった。だだっ広いラウンジの一隅で、克郎が手をあげていた。

「兄貴だったのかあ」

ポテトについてボックス席へ行くと、克郎がじろりと妹を見た。ドレッシーにまとめたキリコの心理状態を、とっさに推察したようだ。

「デートの出端をくじいてすまんな」

「謝るより用件をさっさとすませてね。彼、原稿に追われてるのよ」

「そうじゃない……」と、薩次が手をふった。

「お兄さんに、ぼくが用があるんだ」

「え、兄貴を呼んだのはポテトだったの」

「ああ。ぼくの方から行くといったんだけど、お兄さんたまたま新宿に出る用件があるからって」

「どうせまた『蟻巣』へ行こうっていうんでしょ。智佐子《ちさこ》さんにいいつけてやる」

智佐子というのは、克郎の奥さんである。にらみつけたが兄貴はどこ吹く風だ。やや寂しくなった後頭部を撫でまわして、

「心配ない。奥様公認酒場だからな、あそこは」

そのときだった、カンのいいスーパーが、なにやら妙な気配を嗅ぎとったのは。

(あれ?)

反射的に彼女はラウンジを見回した。

二方向にそびえるワイドなパノラマウィンドーに、漁火《いさりび》のような店内の明かりが映っている。

ラウンジは極度に照明を落としていた。八分通り埋まったボックス席のほとんどがカップルだ。

広めにとられた通路を、滑るような足取りでウェイターが行き来している。

「なにをきょろきょろしているんだ?」

克郎が笑った。

「だれか、私たちを見ていたようだったの」

「まさか。……いや、わからんな。お前だってタレントだから」

「ううん」キリコが首をふった。

「私というより、ポテトを見ていたようなの。『ざ・みすてり』大賞が発表された後なら、まだわかるけど……」

あ、わるいことといってしまったかな。それでは現在の牧薩次が無名の作家ということになる。だが当人は屈託がなかった。

「いくら見られたっていいよ。減るもんじゃないから」

「ごもっとも」と、克郎がまた笑った。今日の兄貴はいやに陽気だ。

そのときキリコが「あっ」と叫んだ。

通路の途中に停めてあったサービスワゴンが、ウェイターに押されて移動していった。それで、ワゴンの陰に隠れていたボックス席が、スーパーから直視できるようになった。そこに座っていたカップルに、見覚えがあったのだ。

「近江さん……あら、小港さんも?」

『蟻巣』のママと、ユノキプロの芸達者小港誠一郎である。

タバコをもみ消した小港は会釈しただけだが、由布子は照れくさそうな笑顔で、三人の席までやってきた。

「みつかっちゃった」

「なあに、ママ。小港さんと逢い引きですか」

「クラシックな言葉を知ってるのね」婉然《えんぜん》と笑う彼女は、まだまだ捨てたものではない。

「『蟻巣』はどうするんだよ」

克郎にまで聞かれたが、鷹揚なものだ。

「この時間じゃろくな客はこないわよ。一時間くらいなら、うちの亭主でも間がもつでしょ」

そこで小港をふり返った。

「コミさんが、一度うちへきたいというから——それで待ち合わせして、案内することにしたの」

「ずいぶんサービスがいいんだな」

「そりゃあ可能さんとは、客だねが違うもの。コミさんならファンを連れてきてくれるけど、可能さんを訪ねてくるのは、ローンの取り立て屋くらいじゃない？」

ごもっともです、とスーパーは身を引いた。小港はルックスもいいが、業界に珍しいほど品行方正で、四十近い年配だというのにさっぱり浮名が立たない。口のわるい文月などは「不能じゃないの」と片づけていたが、関にいわせると「とんでもない」そうだ。

「私のにらんだところ、秘めたる情熱家だね。そのうち、私に告白するんじゃないかと楽しみにしてる……というのは冗談だけど、どんなはずみで人妻やお嬢さまと駆け落ちするかわかったもんじゃない」

だが現実の小港はバイクやダイビングに明け暮れしているそうだ。由布子は、克郎たちのボックスが六人掛けと見てとって、小港を手招きした。

「コミさん、紹介するわね。『夕刊サン』のデスクをつとめている可能克郎さんよ」

小港は如才なかった。「お名前はよく存じています。可能キリコさんのお兄さんでしたね」

三人の席に二人が合流したので、ボックスは賑やかになった。オーダーしたコーヒーを啜りながら、克郎がきりだした。

「……ところで牧くん。最新の情報をもらってきたよ」

「ありがとう。ぜひ、聞かせてください」

薩次が膝をすすめた。なんの情報かと思ったら、文月みちや事件のその後である。おなじユノキプロにいた由布子や小港にとっても、聞き逃せない話題だった。

「私たちも聞かせてもらっていい？」

「ああ、いいとも。……といって、情報の中身はあまり冴えないがね。一口にいって、捜査は迷路に踏み込んでいる」

「なあんだ」由布子はがっかりしたみたいだ。

「容疑者をリストアップしていたんでしょ。その人たちのアリバイや動機は、全部チェックしたってこと？」

「と、警察はいっている」

由布子が数え上げた。

「文英社の人たち三人」

「まず動機が考えられない。堂本さんと新谷さんは、共犯でないかぎり互いをだしぬいて、隣のコテージへ殺しに行くことはできない。猪崎さんは、自分の棟から出てくるのをタクシーの運転手が目撃している。殺人を犯す余裕はなかったというのが結論だった」

「劇団シラカバの人たち」

「主宰者だった塙氏はロケ中なんだ。劇団員で彼がおろされたとき憤激した者——といえばほぼ全員だが、ふたりを除いて北見《きたみ》方面を移動公演中だった」

「そのふたりのアリバイはあるんですか」

と、小港が質問の仲間に加わった。例によって、耳に心地よいバリトンである。

「塙氏とおなじ銭函でロケをしていましたよ」

「文月ショーの関係者はどうなの」

「たまたま当日が舞台の初日だった。照明と装置の飾り込みに立ち会って、だれもが半徹夜だった」

小樽の山間にできたリゾートタウンの中核施設が、公演予定のホールだった。とうてい時間的に間に合わない。

「ファンクラブの会長や編集者は」

「すべて東京にいたことが証明された……」

そこで克郎はにやりとした。

「文英社の三人を除くと、犯人がどうやって文月みちやのコテージにたどり着いたか、それさえわかっていないんだ」

「車じゃないの？」と、由布子。

「そのホテル、敷地にはいってからでも広いって聞いたわ。車がなくては動きがとれないほど」

「残念ながら当日または前夜に、ホテル関連以外の車が敷地内にはいった形跡がない」

「そんなことわかるの？」キリコは疑わしげだ。

「わかるのさ。こないだ俺は、アバウトなホテルだといった……広すぎて監視の目が届かないから、だれでも敷地にはいれるといった。それは事実なんだ。ところが実際に犯行にもちこむには、敷地の広さが犯人にとってデメリットになる。たとえ敷地の隅にもぐりこんでも、おいそれと『石狩』に手は届かない。それに、ホテル側のガードも簡単だが要を得たものだった。ホテル本館のエントランスにカメラが設置してあってね。一晩中そいつが監視していた。ゲートから本館正面のロータリーまでは、曲がりくねっているが一本道で、そこから各コテージへ通ずる歩車道が分かれる。敷地にはいった車は、かならずここを通ることになる。ビデオをチェックしたところ、怪しい車は皆無だった」

「車でなくても、バイクとか自転車とか」

「その線もない。解像力がきわめて優秀なカメラなんだ。それに暗夜といっても、ロータリーは終夜ライトアップされている」

「自転車なら林の間を抜けられるんじゃないの」

「そいつはできない相談だ」あっさり克郎が否定した。

「なぜよ」

「たしかにゲートからエントランス前まではいれる。だがその先は、あらかじめ設計された歩車道しか使えないよう、林の間に厳重な鉄柵が作られてる……ガードといったのはそのことさ」

「自転車をかかえて、乗り越え……られないか」

「無理だな。スーパーガールのお前でも」

「じゃあいいわ。とにかく、歩く！　カメラに写らないようロータリーを避けて、林にはいって、鉄柵をよじのぼって……」

「それはいいがな、キリコ。ホテルのゲートまでどうやってきた？」

「タクシーとかレンタカーとか……あ、それはもう虱潰《しらみ》しされてるの」

「手抜かりはない。札幌市内から郊外、苫小牧《とまこまい》から室蘭《むろらん》、小樽にいたるまで調べあげてある。その近くまで行ったタクシーもない、レンタカーを借りた疑わしい人物もない……ゲートの至近距離に二十四時間営業のコンビニがあるが、店員の話では、そんな時間にはいった車はない。バイクも自転車もベビーカーもないそうだ」

「うーん」

ちょっと困ったように、スーパーはおでこに手をあてた。ちらとポテトを見たが、彼はなにを考えているのか視線をガラス壁の一点に固定したきりだ。

気をとりなおして、彼女は質問をしなおした。

「その時間というけど、前夜のうちに進入路へはいってさ、パーキングエリアに停めておいたら……そうか、当然ホテルがチェックしてるよね」

「当然」と、克郎がおうむ返しした。

「町中の駐車場と違うから無断駐車はゼロだ。それでも管理の責任上、毎晩時間をきめて巡回している。あやしい車は一台も見当たらなかったといっている」

「……ねえ」

しばらく沈黙していたキリコが、気を取り直したようにいった。

「ホテルの敷地は広いけど、塀だの垣だののないんでしょう？　隅っこにならはいれるといったでしょう」

「ははん」克郎がにやりとした。

「あいにくだがホテルに裏口はないぜ」

「そんなものなくたって、境界がなければかまわず敷地の外に出ればいい。すぐ外を道が通ってるんなら、どっかそのへんに車を停めておけばすむわ。そんな日比谷公園ほどもある広い敷地を、いちいち巡視しているわけじゃないんだもの」

「うむ。その代わり東側から北にかけて湖がある。西側には小川がある」

「えっ」

「これがもうひとつの、ホテルのガードラインさ。湖は南北に細長く、出来のわるいへちまみたいな恰好だ。その湖に、西北の地点で川が注いでいる。湖といってもそんなに大きくはないが、それでも幅二十メートルはあるし、深さは五メートルほどあるそうだ。もちろん橋は、一本もかかっていない。湖のむこうにひろがる雑木林は完全な観賞用で、コテージ群と道を隔離する役割もある。川は湖ほど幅はないが、かなりの急流だ。中禅寺湖《ちゆうぜんじこ》に注ぐ竜頭《りゆうず》の滝、あれに似てるな。川というよりゆるやかな滝だ。岩肌が濡れているから、よほど注意しないと滑ってしまう。渓流釣りに慣れた客が渡ろうとして、足首を捻挫したことがあるそうだ」

「あら……」

悔しそうにキリコが口をとがらせた。

「コテージはつまり密室の中に建っているのね」

「ミステリ好きにいわせると、そうなるかな」

推理はいたって不得手な克郎だから、にやにや笑いながら、

「広さ十七万平方メートルの密室だ。いっとくが、川も湖も要所要所をモニターカメラで見張られている。当夜宿直したガードマンは実績のあるベテランだが、怪しい者は見当たらなかったといっている。コテージの泊まり客も異口同音にいったそうだ。なにも見ていない、なにも聞いていない……もちろん『天塩』の猪崎さんも、『大雪』の新谷さんたちもおなじだよ」

「パラシュート降下したら？」

「おいおい、どこから下りたというんだよ。爆音なんかだれも聞いてないんだぜ」

「高空から下りればいい。それともグライダーかな」

少々自棄《やけ》気味のキリコに、薩次がいった。

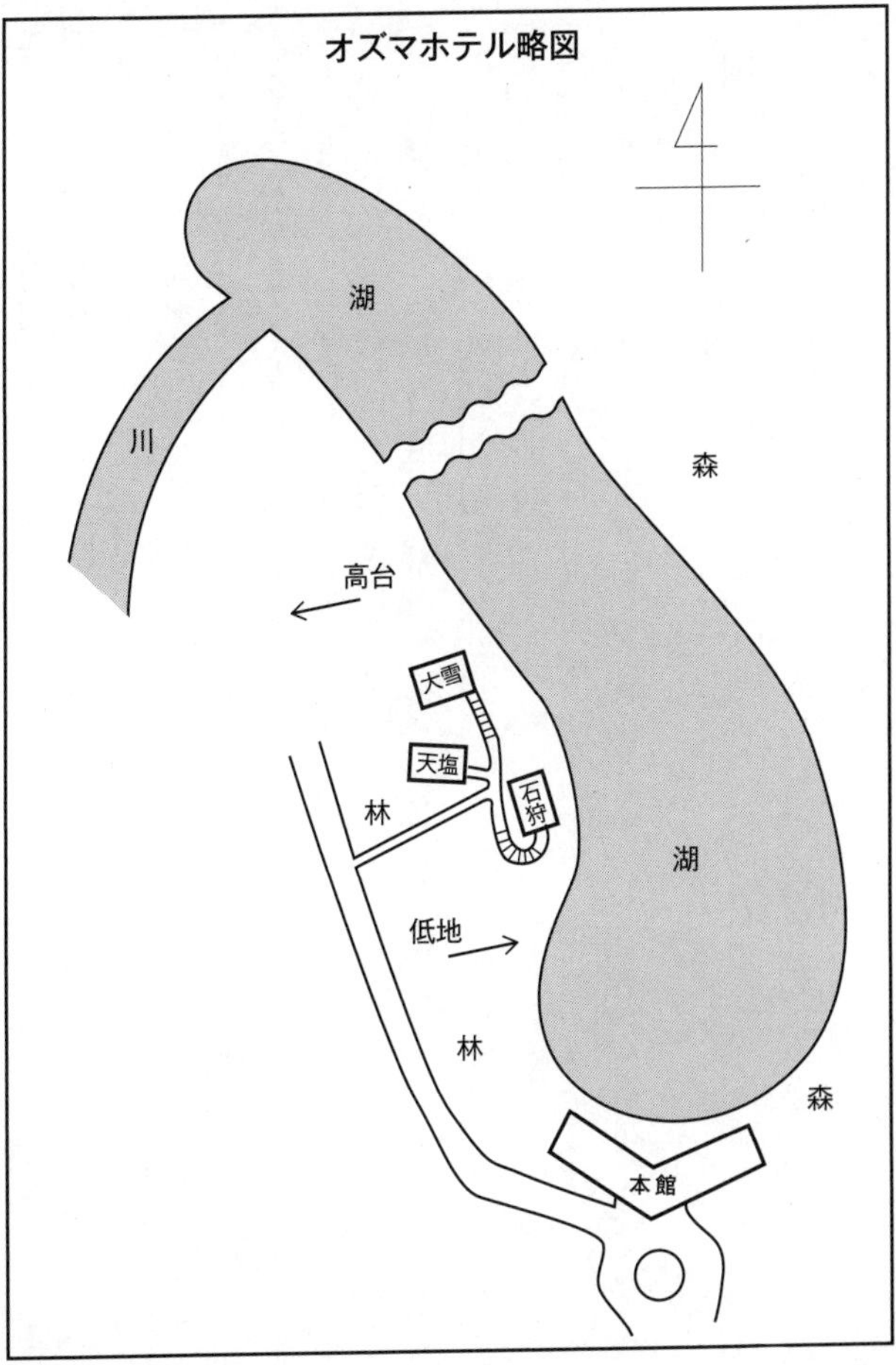
オズマホテル略図
湖
川
森
高台
大雪
天塩
石狩
林
湖
低地
林
森
本館

「行きはよくても、帰りをどうするのさ」

「あ」スーパーがうなった。

「さよか」

「そんな強引な訪問客を、文月さんがすんなり家に入れたというのもおかしいよ」

小港は慎重な口ぶりだ。みんなから袋叩きにあった気分で、キリコはふくれた。

「いいよ、いいよ。みんなでそうやって可憐な女の子をいじめてなさい」

「……とまあ、ここまでが第一の事件に関するレポートだ」

克郎がいいだしたので、由布子が目をぱちぱちさせた。

「第一の事件ということは、第二第三があるのね？　じゃあやはり」

いいかけると、後を小港が引き取った。

「評論家先生の事故ですね？」

「たしかに鮎鮫先生はお怪我をなすったけど、その後は事件なんてないんでしょう」

西堀の奇妙な失踪を知らない由布子に、薩次が話してやった。小港もびっくりしたような顔で耳を傾けた。

「西堀先生はそのまま姿をあらわさないんですか」

由布子の質問には、キリコが答えた。

「中軽井沢の国道で、先生らしい人を見たばかりだわ」

「中軽井沢ですって」

小港はいっそう驚いた様子だ。

「ええ。ちょっと調べることがあったの」

「なんだ、軽井沢になにを調べに行ったんだって？」と、克郎が乗り出してきた。

答えようにもキリコには、なぜ薩次があの三人——御子神、桂木、中末——を調べてくれといったのか、彼女自身知らないのだ。

「その件なら、ポテトに聞いてくれる？」

逃げを打ったものの、薩次の顔に視線を走らせて、後悔した。

キリコにさえ質問を封じた彼だ。たとえ克郎や由布子が尋ねたところで、満足のゆく回答をあたえるはずがない。といって、近々義理の兄になる克郎に、知らん顔ではすまされまい。へんに気の弱いところのある薩次を、そんなことで困らせたくなかった。

キリコは、話をそらせようと試みた。

「そういえば、青野さんもびっくりしていたなあ」

「青野って、『ざ・みすてり』の編集長の？」と、克郎。

「うん。借宿の近くで西堀先生に会ったといったら、借宿だって？　と驚いていた」

「俺もほんの少しだが驚いたぞ」

と、気のいい兄貴は、もうスーパーのペースにはまっている。

「なんだ、その貸間とか借間とかいうのは」

「貸間じゃないよ。借宿よ……中軽井沢の駅に近い、地名なの」

「ほう。それにびっくりしたということは、青野編集長は前々からその地名を知っていたんだな」

「それだけで驚くものかしら」

由布子はふしぎそうだ。

「青ちゃん、なにかその地名に関心があったんだわ」

「西堀先生にもかかわりのあるなにか、でしょうな」小港がいい添える。

「どうもはっきりせんな」克郎が舌打ちした。

「キリコ、お前もっとしゃべりたいことがあるんだろう」

図星だったが、薩次が黙っている以上いうわけにゆかないので、またいなした。

「それよか兄貴、鮎鮫先生の事故について警察はどういってるの」

「目下鋭意捜査中」

もっともらしいことをいったが、口と裏腹に苦い顔だ。

「要するに業界用語だな。はっきりいって、迷宮寸前と見た。実際、目撃者といえば、鮎鮫夫人だけなんだ。小型車というだけではどうにもならん——箱根といっても脇道だから、夜八時半は人っ子ひとりいなくなる。奥さんは助けを求めるため国道まで出て、店仕舞いしかけた食堂へ駆け込んだ。それまでにたっぷり三十分はかかってる。救急車を呼んだものの、警察に知らせるのが遅くなった。あれやこれやで、初動捜査がずいぶんおくれた。それらしい小型車が、そもそも上りへはいったか下りで逃げたかも不明なんだ。いまのところ、目撃者はまったく名乗り出ていない」

「奥さんの話だとその車は、鮎鮫先生にむかって飛び掛かるみたいだったんでしょ。ずっと先生の車をつけてきたことになるわね」

「うん、なる」

「脇道にはいっても、まだつけてきていた——だったら先生にせよ、奥さんにせよ、怪しい車に気がついていいるんじゃなくて」

といってから、キリコは眉をひそめた。

「鮎鮫先生、まだ意識不明のままかしら」

「いや、さいわい回復にむかっている。警察の質問にもなんとか答えているらしい」

「そう、よかったわ！」

キリコが目を輝かせた。依怙贔屓《えこひいき》するつもりはないが、おなじ犠牲者でも文月みちゃに比べると、はるかに人当たりのいい評論家であった。

「いまのお前さんの質問だが、先生も奥さんも、それまでまったく気がついていない」

「あら、そうなの」

「しかも、だ。ふたりの話を総合すると、車は鮎鮫夫妻がきた道の反対方向からあらわれている」

「待ち伏せしていた、ということ！」

「そうなる」

「いったいおふたりは、箱根のどこへ行くつもりでいたのかしら」

「宮ノ下《みやのした》の、古くから馴染みの温泉宿だ。武蔵屋《むさしや》という」

「そんな遅い時間に、温泉宿なの」

由布子の質問に、克郎がすぐ答えた。

「レイトチェックイン、というのがあってね。箱根は東京に近いから、勤め帰りにちょいと一泊、なんて優雅なカップルがいる。そんな連中のために、夜遅くてもどうぞという旅館がふえてきてるんだ。たまたま当夜は、鮎鮫夫妻の結婚記念日だった……」

「あら、それで箱根へ？　鮎鮫先生かわいそう」

スーパーの本音だ。

「先生、以前は出版社に勤務していたから、いまの奥さんとデートするのに、よくその手を使ったらしい。久々に婚約時代を思い出そうとしたんだな」

「……ということは、鮎鮫先生は武蔵屋に予約していたんですね」

ひさしぶりで薩次が口を切った。

「そう。……当日の夕刻、怪しい電話が武蔵屋にかかった」

「予約を確認したんですね」

薩次の言葉に克郎が大きくうなずく。

「その通りだ。男の声でかかってきた」

「鮎鮫先生が間違いなく泊まるかどうか、ついでに到着予定時刻も聞いたんでしょ」

と、これはキリコの質問である。

「ああ。したがって犯人は、鮎鮫夫妻を待ち伏せできたわけだ」

「すると警察では事故ではなく、鮎鮫先生と知って崖から落としたと結論を出したんですね?」

小港が念を押した。

「旅館に電話があったと知った時点から、警察ではそのつもりのようですよ」

初対面の小港には、克郎も丁重な言葉遣いだった。

「車が待ち伏せしていた場所を特定できたの、兄貴」

「深い谷をくだった位置に、武蔵屋がある。急勾配だからひと昔前の車では一気に上がることができない。で、スイッチバック用の空き地があるんだ。いまでは不必要になったポケット状の道路がな。犯人はそこに車を置いて待っていたらしい」

「タイヤ跡は採取できて?」

「残念ながら、無理だ。簡易舗装されていた上に、しばらく雨が降っていない。おまけに鮎鮫先生を収容するとき、駆けつけた救急車が踏み荒らしていった」

「……徹底して、犯人は証拠をのこさなかったということですな」

小港がうなると、由布子が質問の矢を変えた。

「鮎鮫先生が意識を回復したのなら、なにか新しい事実はわかったのかしらね」

「さて、そいつは……」

克郎が頰のあたりをぼりぼりとかいた。以前は必ず剃《そ》りのこしのあった髭も、智佐子夫人の管理のおかげできれいに剃り上がっている。

「いまのところ、これといった報告はうけてないんだ」

「ヘッドライトを正面から見たんでしょう？　だったら車の鼻面も見たはずよ」

じれったそうにキリコがいったが、克郎は首をふった。

「本人にしてみれば、それどころじゃなかったらしいぜ。足元の土が乾いていたんで、あっという間に仰向けになって転げ落ちた……見えたものは夜の空だったらしい。あんなときにも星がきれいだということがわかって、人間の意識のふしぎさを感じました。……先生、そんなことをいったそうだ」

「のんきなもんだわ」とキリコがぼやけば、

「鮎鮫さんらしいよ」と薩次が苦笑した。

「それで捜査はどのあたりまで進んでいるの？」

尋ねる由布子に、克郎が渋い顔を見せた。

「迷宮寸前といったただろ。動機がはっきりしないから、容疑者をしぼりようがない。唯一取り柄——というのも妙だが、犯行時刻ははっきりしているんで、先生に少しでもかかわりがありそうな者には、それとなく当夜のアリバイを確かめているそうだ」

「まだ私のところへはこないわ、警察」

という妹に克郎が聞いた。

「あるのかよ、お前さん。その晩のアリバイが」

聞かれたスーパーがぷっと吹き出した。

「兄貴といっしょにいたじゃないか」

「どこに」

「うちに」

由布子にいわれて、克郎が肩をすくめた。

「ありゃ。そうでした」

「……ということは、ママにもアリバイがある、と」

「私にあっても仕方がないでしょう。先生に恨みつらみ一切ないんだから」

「と、犯人だっていうでしょうからね。協力してくださいな、ママ。……えっと、そこへ飛び込んできたのが、堂本常務と新谷局長だったわね」

「なん時だったかな?」

「十時近かったよ。……鮎鮫先生が崖から落ちたのが八時半ごろだから……ぎりぎり圏外かな」

「ロマンスカーに乗れば間に合うぞ」

ロマンスカーは歴史ある呼び方だけに、首都圏の住人なら例外なく知っているだろう。小田急の新宿・箱根特急の名称である。

だがスーパーはあっさり否定した。

「間に合わないの、それが。箱根湯本《ゆもと》発最終列車が20時50分だからそれはいいけど、新宿到着が22時22分なのよ。もうなん年もこのダイヤだわ」

と、スーパーがスーパーらしく返答した。あいかわらず彼女は、歩く百科辞典なのだ。

「一本前の特急だと、新宿着が21時50分なんで『蟻巣』着をクリアできる代わり、湯本発が20時20分では乗れっこない。……それに小田急で新宿へ出たとすると、鮎鮫先生の前に出現した車はどこへやったのよ。折り畳んでポケットにいれたっていうの?」

「わかったよ。すると堂本さんたちはアリバイ成立」

「青ちゃんはどう」

ママがいい、左右を見回した。

「お客さまを容疑者扱いしてわるいかしら」

「構わんさ」ひとのことだから克郎も気楽なものだ。

「それに彼なら、まぎれもなくアリバイがある……『蟻巣』にいる俺たちに、青ちゃんが電話で教えてくれたろう。鮎鮫さんの遭難を」

「あの電話がどこからかけてきたのか、私たちにはわからないわよ」

「心配するな。その時間、彼が文英社の編集部にいたことは、同僚大勢が確認している」

「なんだそうか。つまんない」

平地に起こる波瀾が好きなキリコは、不満げだ。

「猪崎社長はどうでしょう」

小港まで、すっかりミステリづいている。

「うーん……そうだ、堂本さんが猪崎社長に電話をかけたっけな」

「かけてたよ。十時三十分をすぎていた。電話の最中に社長さんが帰ってきたんだから、十時四十分か四十五分てとこね。猪崎家はどこにある?」

「知らん」克郎があっさりいった。

「俺は社長なんて種族と交渉がない」

「猪崎さんなら……」

やおらポテトがいいだした。

「二日前に伺ったばかりです」

「あ、そうか」

たしかにポテトなら、猪崎家へ出かけてもふしぎはない。「ざ・みすてり」大賞受賞について、打ち合わせの必要があるはずだ。

「大磯《おおいそ》の高台にある。戦前は華族の別荘が集まっていたというから、雰囲気のある住宅街だよ」

「大磯かあ」

小田原《おだわら》は目と鼻の先であり、その小田原は箱根の入口といっていい。スーパーが鼻を鳴らした。

「臭いね」

「まあ、待て」

克郎はもっぱら妹のブレーキ役である。

「そう簡単にいわれては、猪崎さんもたまらんぞ。……まだ大物がのこってるじゃないか。西堀先生だ」

その名前を失念していたとみえ、由布子が嘆息した。

「そう、そうだったわね」

「兄貴、西堀先生がその晩どこにいたか知ってるの？」

「知ってる」

「どこに」

「ここだ」

「え……」

「新宿プラザホテルで原稿を書いていた」

「本当に！」

「わからん」

「へ？」

「……というのが、本人の言い分だけだからだ」

克郎は煮え切らない表情だった。

「あの晩俺は、家に帰ってから思いついた。鮎鮫氏遭難のニュースを、だれか西堀先生に知らせたかなってことだ。とうに日付は変わっていたが、ことがことだけに失礼を承知で、西堀家に電話してみた。意外にすぐ奥さんが出てきて、主人はつい五分ほど前に帰宅して、東京の地図をひっくり返しているといった。先生に電話口へ出てもらって、一部始終を話してさしあげた。その日の深夜番組で取り上げていたんで、もうご存じかと思ったんだが、初耳らしかった。よほどびっくりしたんだろう、電話の声が震えていたよ」

「それまでホテルにいたって、先生がそこでしゃべったの？」

「ああ、問わず語りにな。前の晩からホテル住まいだったそうだ。むろん、一歩も出ていないとおっしゃる」

「でもそれを証明する方法はないわけね」

「ないだろうと、先生自身がいった。電話も取り次ぐなと厳命してあったそうだ。むろんルームサービスも頼まない……あらかじめパンを買い置きして、あとは冷蔵庫にはいっているソフトドリンクですませたらしい」

「それにしても、なぜ西堀さんは、そんな時刻に家に帰ったのか……」

薩次がもっともな疑問を発した。

「ふつうホテルのチェックアウトは、翌日の午前十時から十二時へかけてのことです。前の晩にチェックアウトしたのでは、みすみす半泊代を無駄にします。そうまでして、いそいで調べなければならない理由ができたのでしょうか」

「うん、なるほどな」

なるほどといったものの、それについて克郎は、まったく説明できなかった。

「いま思うと理由を聞いておくべきだったなあ」

残念そうにいったとき、「あら……」と、由布子が腰を浮かせた。ラウンジの通路を、見覚えのある男女ふたりが歩いてきたのだ。

「青ちゃん」

「なんだ、斑鳩くんもか」

由布子につづいて小港が声をかけた。

先方ではここにみんなが顔を揃えていることを、承知の上であったらしい。毬がいつもの愛嬌たっぷりな笑顔で、みんなをまんべんなく見た。

「お邪魔しまーす」

「やあ、どうも」

堂本と新谷、ふたりの元気な先輩にはさまれて、ふだんはしぼんで見える青野が今夜は陽気だった。

余裕たっぷりだったボックス席が、すっかりせまくなってしまった。割り込むふたりにキリコが尋ねた。

「約束があったの、毬ちゃん」

「ええ、まあ」と曖昧《あいまい》な毬を、青野が目くばせで抑えた。本人はそれとなく行動したつもりだろうが、目ざといキリコは騙されない。

(この人たち、なにを隠しているんだろう?)

そういえばさっき由布子や小港と顔を合わせたときも、ふたりの表情が不自然な気がした。

あのとき由布子は「みつかっちゃった」といったが、本音だったのかも知れない。まさか彼女が、本気で小港と〝逢びき〟していたのでは——いやいや、そうではあるまい。キリコのカンによれば、由布子たちだけでなく、みんながぐるになっている節が見えかくれした。

キリコは薩次をそれとなく観察したが、茫洋とした顔からは、彼がなにを考えているのか知る手掛かりがまったくなかった。克郎を見ると、賑やかになっていいやとばかり人のいい笑顔になっている。

これで関マネージャーがあらわれたら、ユノキプロの新宿出張所だわ。そんなことを考えていると、大当たりだった。

「おはよ」

という声。ふりむく必要もない、関女史である。さすがにスーパーも呆れた。そんな彼女を尻目に、

「おはようございまーす」

と、毬が乗りのいい挨拶をした。

「みなさんお揃いね。あらら、牧先生にスーパーも？」

「いてわるいんですか」

思わず喧嘩を売るような台詞になったが、関にあっさり無視された。

「はい、台本ね。まだラストシーンがのこってるけど、とりあえず」

手に下げていた書類ケースから、真新しい台本を取り出して小港と毬に配った。見ていると

おなじ台本を由布子にも渡したので、びっくりした。

「あれっ、ママ」

「なに？」

「ママ、カムバックするんですか？」

「どうして。ああ、台本をもらったから？　印刷だけユノキプロに頼んだの」

「そうじゃないのよ、スーパー」

と、なぜかあわて気味の関が、由布子に代わって説明する。

「往年のスター近江由布子を贔屓するスポンサー筋が、どうしても彼女にひと役買って欲しいんだって。それで頼み込んで特別出演してもらったの」

「ふうん。どんなドラマ？」

「連続じゃなくて、単発なの。これよ」

ケースにのこっていた一冊を、キリコに見せた。テレビドラマ特有のやたらと長いタイトルだった。

「『結婚の生態。不倫妻と不貞の夫が互いの秘密を漏らした相手こそ、結婚詐欺のベテランだった！　四人をめぐるどんでん返しの結末は？』……これ、全部が題名なの？　寿限無《じゅげむ》みたい」

記憶術の大家キリコでさえ悲鳴をあげるのだから、ほとんどのキャストは、自分が出演した番組の名を正確にいえないに違いない。

毬がくすくす笑うのを、またしても青野が目で制した。そうだ、キリコの神経にひっかかる原因のひとつは、彼にある。まだしも由布子はもとタレントだから、この場にいても違和感がないが、青野は違う。なんの用があって、こんな畑違いの面々に顔を見せているんだろう。

「ざ・みすてり」の編集業務は、それほど暇なのか。

「今夜中に読んでおけって、作者の先生がいってましたよ。リハーサルまでに、台詞を暗記しなさいとも」

キリコの思惑と無関係に、女史がいった。

作者はだれだろう？　膝に載せたままの台本をめくったが、キリコの記憶にない——どころか、奇妙奇天烈な名前だった。オメガ寛《かん》。前衛劇の作家でもあるのだろう。関女史がわざわざみんなに台本を配って歩くほどの大ドラマとは、とうてい考えられないのだが。

「リハーサルのスケジュール、わかってるわね」

「はーい」

毬はあいかわらず調子いいが、関は小港をにらんだ。

「コミさんも、大丈夫？」

「ぼくかね？」

名指しをされて心外そうだった。

「きまってるじゃないか」

「それならいいけど。いつか本読みをすっぽかしたじゃないの」

「そんなことがあったかな」

いいかけた小港が、苦み走った顔に笑いを浮かべた。

「本読みが変更になったときだろう」

「そうですよ。みちやが殺されて、駆けつけた取材記者と喧嘩腰になってる最中でしょ。家に電話しても、だれも出ないじゃないか。あのときばかりは、カーッとなったわよ」

「すまん」小港は率直に頭を下げた。

「時間が変わるとは思わず、夜釣りに出ちまってた」

「今度はしっかり頼みますよ。由布子や青野さんにまで、迷惑がかかるんだもの」

え、いまなんといった？　青野さんに迷惑がかかる？　なぜなのよ。小港さんがとちると、どうして迷惑をかけることになるんだろう。

好奇心が頭をもたげたとき、薩次が立ち上がった。

「じゃあぼくは、これで」

「缶詰のつづきかい」

同情するような冷やかすような口調の克郎に、ポテトは仕方なさそうに笑ってみせた。

「青野さんまでいらしたんでは、油を売っていられません。——事件の情報を、どうもありがとう」

それから、ごく自然にキリコにいった。

「スーパー、くるかい」

「ん、行く」

あわてて立ち上がったものの、青野の手前があるので誤魔化した。

「頼まれていた資料の説明、するからね」

12

それでふたりは、ようやくユノキプロ新宿出張所から、抜け出すことができた。

高層階行きのエレベーターに乗ったキリコは、ほっとした。うまい具合にエレベーターの籠は、ふたりの貸し切りだ。

愛情キャベツはさめたけど、いっそもっとゆっくり上がればいい。

キリコはそう思った。

停電したってかまわないんだ。

エレベーターはかすかに揺れながら、音もなく上昇をつづけている。薩次は、仕事で疲れているのだろう、かるく目を閉じたまま首を左右にふっていた。

スーパーは、反射的に彼の肩に手をかけた。びくっとしたように、ポテトが目を開ける。彼女はやわらかな手首のバネを使って、彼の凝りを揉んでやった。

「……さっきは、ごめん」

「いいんだ」

ポテトにしては珍しく、即座に返事があった。おそらく彼も、彼女に対して強情を張ったことを後悔していたのだ。

1201号室はエレベーターホールからすぐだった。シングルルームがとれなかったとかで、ダブルだったのには、話がうますぎてびっくりした。

デスクの上はさすがにポケットワープロや本で乱れていたが、ほかは空室みたいに整頓されていた。ポットも使われた気配がないので、キリコはすぐ水を汲み、電源を入れた。

「ポテト、原稿の締切りはいつ」

「……まだそんなに煮詰まっていないよ」

だからゆっくりしていってよ。そういわれたような気がして、キリコはついベッドに視線を走らせてしまった。

「それなのに、缶詰なの?」

ふしぎな気がした。いってはなんだが文英社は決して気前のいい会社ではない。そこが缶詰にするくらいだから、よほど切羽詰まったものと思っていたのだ。彼女の疑問がわかったとみえ、薩次がにこりとした。

「あまりぼくに、外部と接触をとってほしくないんだよ」

「どうして……『ざ・みすてり』大賞のことで?」

「ああ。ぼくが受賞したことを聞きつければ、マスコミがくるだろう。そんなとき、ぶきっちょなぼくはすぐボロを出すからね」

これは聞き捨てならなかった。

「ボロってなんなの」

「……うん」

ベッドの縁にならんで腰を下ろしていた薩次が、困ったような、情けないような顔つきで、隣のキリコを見た。

「ことがことだから、きみにも内緒のつもりだったが……さっき怒られて、考え直したんだ」

「怒ったなんて、そんな」

弁解しようとしたが、腹を立てた事実に変わりはない。ポテトが淡々といった。

「白状するよ。『ざ・みすてり』大賞にぼくが入賞したというのは、嘘なんだ」

とっさに彼がなにをいっているのか、わからなかった。

「はあ？」

思わずスーパーは間抜けな顔になってしまった。

「嘘なんだ」と、彼はくりかえした。

「ど、どこが嘘なの！」

泡食ってどもったので、ベッドが大きく揺れた。震動に身をまかせたまま、黙っていた薩次がぼそりといった。

「なにもかもさ。……ぼくは『ざ・みすてり』大賞に応募しなかった。したがって入賞するわけがない。いま書いている原稿は、ずっと以前に書き溜めておいた中のひとつだ。それを今風に書き改めているだけさ」

「……なんだってそんなことになったのよ？」

まだキリコには事情がわからない。

「青野さんばかりか、堂本さん、それに新谷さんにまで頼まれれば、イヤとはいえなかった」

「だけど実際に西堀先生たちが、審査してるじゃない。その応募作はどうなったわけ」

「たしかに三本、予選を通過した。あいにくどれも、選考委員の気に入らなかった。青野さんの目から見ても低レベルだったので、なにがなんでも一本を選べといいにくかったそうだ」

「だったら入賞作ナシにすればいい」

「文英社創立記念の大プロジェクトだぜ。そんなことを発表すれば笑いものになる。猪崎さんや堂本さんは、そう考えた」

「それだってインチキするよりずっとマシじゃない」

「ああ。スーパーならそういうよな。ぼくだってその意見に賛成だ。だが当事者である猪崎社長たちは、そう考えなかった。文英社は総合出版社として、はるかに後発だ。やり手の堂本さんのおかげで、次々に新雑誌を創刊してまあまあの売れ行きをのこした。その真打ちが『ざ・みすてり』なんだ。それまで文英社は、コミックと実用書が柱で文芸の専門誌がなかった。文学青年の猪崎さんとしては、それが残念でならなかった。やっとこれで文英社も一人前になれる、そう思って大賞の企画を大々的に宣伝した。それなのにろくな原稿が集まらなかった、入賞作はありませんでした……口が裂けてもいいたくなかったんだよ」

「だからポテトが担ぎだされたの」

全身から力がぬけおちてゆくような気分だった。

「はじめから入賞させてやる、その約束をもらって原稿を直してるんだ。八百長《やおちょう》といってもいいし、詐欺といってもいい……」

「待ってよ、ポテト！」

いそいでスーパーが口をはさんだ。

「きみのはじめの原稿は、青野さんが目を通しているんでしょう？」

「青野さんだけじゃない。堂本さんや新谷さんも読んでくれてる。文月さんがこれなら受賞作だともちあげてくれて、最終的に猪崎社長が決断した」

「みんながみんな、『ざ・みすてり』大賞第一回受賞作にふさわしい、そう判断したのね？　だったらポテトがいじけることないわ。ほかの予選通過作品より、ずっと出来がいいんだもの、あなたが入賞してなにがわるいの」

「『ざ・みすてり』大賞応募作の締切りは、今年の四月一日だった。それなのに、ぼくはいまここで缶詰になって書いているんだ。詐欺に決まってるじゃないか。応募した人たち、読者のみんなを、立派に裏切っている」

「……それは、そうだね」

不承不承にキリコも認めた。

「選考はひとまず正式にすませたんでしょう。候補の人たちに、なんていうつもりなんだろ」

「それがいえなくなった。おかしな話だが」

「ええ？」

スーパーがまたふしぎそうに聞き返す。

「なぜなの」

「最終候補にあがった三人が、三人とも所在不明だ。というより、もともと存在しなかった人間らしい」

「ああっ！」やっとキリコにも呑み込めた。

「そ、それがあの」

「そうなんだ。きみにたのんで調査してもらった三人だよ。御子神、桂木、中末……」

「無茶苦茶だわ」と、キリコがうなった。

「どうなってんのよ。揃いも揃って！」

「うん、信じられない結果になった」

つぶやく薩次を、キリコはつくづくと見た。

それからごくりと唾を呑み込む。

「青野さんが借宿というアドレスを聞いて、妙なリアクションしたのは、大賞候補の住所がおかしいと気がついたんだわ！」

「ぼくもそう思う……たぶん西堀さんは、それ以前に気づいたんじゃないかな……それで名古屋へ電話をかけたり、軽井沢へ調べに行った……なぜあの人が自分の家から消えたか、説明はまだつかないけど」

キリコは、ベッドの上に正座した。

「ねえ、ポテト」

「……なんだよ、そんな、かしこまって」

「いいから聞いて。今回の件では、あなたを誤解していた。それについては、謝る。ポテトを信用しているつもりで、いまいち信頼が足りなかったと思う」

「おい、よせよ……」

苦笑して手をあげる薩次を、キリコが一喝した。

「いいから聞きなさい！」

「うわ」

びっくりしたあげく、固まってしまった。その薩次にむかって、キリコがじゅんじゅんという。

「せっかく『ざ・みすてり』大賞をもらえるというのに、なぜ浮かない顔してるのか。御子神たち三人を調べてほしいといったくせに、事情をまったく話してくれない。なんて冷たい男だろうと、正直なところ見直したんだ、ポテトを——いい意味にじゃないよ、わるい意味だぞ」

「わかってる」と、薩次は神妙きわまりない。

「いま考えると、きみには秘密にする理由があった。入賞して浮かれる気分にならないのも当然だった。……そんなポテトなら、入賞を断るのが当然なのに、あえて断らなかった。甘んじて詐欺の片棒を担ぐ気になった」

　ここでスーパーは一息ついた。

「なぜって、きみは私が結婚したがってることを知っていたから」

「……」

　ポテトの視線が床に落ちた。まるで視線の先で絨毯を掃除するみたいに、おなじところを往復させている。

「忘れたような顔してて、その実ちゃんと覚えていたんだ。なにかひとつ賞をとって、この道で食ってゆく自信ができたら、そのときこそ私と結婚する。そういったことをね」

「……」

「このチャンスを逃がしたら、自分が受賞することはないかもしれない。スーパーに待ち呆けを食わせるより、事情を知った上で『ざ・みすてり』大賞をもらおう——私と結婚しよう。そんな風に思ったに決まってる」

「きみのせいじゃないさ。ぼくはぼく自身が……」

　いいかけた薩次の言葉を、キリコはまるで聞いていなかった。

「るっさい」

　髪をふった彼女は、一言の下にしりぞけた。

「文句いってるんじゃないよ。私は嬉しいといってるんだよ。そんなポテトの気持ちがさ。そりゃあきみは才能豊かな人間ですよ。でもどう考えたって要領のいい人間じゃない。賞てのは、人が人にあげるもんだから、人づきあいのよくないきみに受賞の機会が、またくるかどうか――神様だってわかんない。偉い人ならいうかしらん。いつかきっと、きみの才能を発見する編集者があらわれるって。でも、とうとう死ぬまであらわれなかったらどうなるっての！　私ゃ売れ残りになんかなりたくないよ。この世にポテトがいなければいいですよ。人類の半分は男ではないかとうそぶいて、悠々時節到来を待ちますさ。憚《はばか》りながらそれくらいの自信はあるんだ。だけど、ほら、こうやって目と鼻の先にきみがいるじゃないの。大好物のポテトがさ、ほかほか湯気をたててるじゃないの。それを見て見ぬふりして、未婚がわが道だなんてほざくほど、私は演技力にうぬぼれてない。いいんだよ、ポテトがその気だとわかったからには、私ゃ喜んで詐欺の片棒担ぐからね。晴れて『ざ・みすてり』大賞受賞と結婚と、両手に花をつかみなさいよ！」

「スーパー」

「なんなの」

「……すまない」

「夫婦になるんだろ、私たち。いちいち謝らなくても、察しをつけたげるよ。一を聞いて百ビットを悟るスーパーですよ、私は」

正座していた膝を崩そうとして、いそいでやめた。

「まだあったんだ、文句をつけることが」

「文句？」

「そ。……ポテトいったわね。私があの三人は実在していないって報告したときよ。やはりそうか。たしかにそういった」

「あ」

「アじゃないわよ。青ちゃんと違うところがそこよ。ポテトはちゃんと見越していたんだ、『ざ・みすてり』大賞の予選を通過した三人が、現実に存在していないってことを」

「うーん」

「唸ってもダメ」と、キリコが釘を刺した。

「想像した理由を話してもらいましょうか。私が全面的にきみに謝るのは、それからだって遅くないと思う」

膝詰め談判の形である。それでなくても大きな目玉をいっそう大きくしたから、迫力十分だ。

薩次はたじたじとなった。

「……たしかに想像していたんだ。もしかしたら、予選を通った三人は、すべて影武者じゃなかったかってね」

「だからそう考えたわけを話して」

「重大だからな。もし間違っていたら……」

「よそに話したりしない。約束する」

「むろんきみを信じるさ。すべてを話すが、その代わり」

「その代わり――？」

「ぼくといっしょに行ってくれないか、北海道へ」

「ひょっとしてポテト、オズマホテルに行くつもり？　『ざ・みすてり』大賞候補の不在と、みちやを殺した犯人と関係があるってこと？」

「ぼくはそんな気がしている。だが現場をこの目で見ないことには、自信がもてないんだ。その結論が出ないうちは、どうしても原稿に身が入らない。ぼくひとりでは、とんだ思い違いをする可能性だってある。だから……」

「その先はいわないで」

どんとキリコが自分の胸をたたいた。バストが重量感たっぷりに揺れて、薩次を刺激したとみえ、あわてて目をそらすのがわかった。いくつになっても中学生時代そのままの純情ぶりである。

「いますぐフロントから時刻表を借りてきて、スケジュールを作ったげる！　だからポテトがその灰色の脳細胞で考えついたこと、洗いざらいしゃべってくれなくちゃ。わかったわね？　よろしい、すぐ行ってくる！」

勢いよくベッドから降り立った。

原稿と格闘している薩次は近寄り難いが、事件を探偵するポテトなら、中学以来のコンビのスーパーだ、額をあつめていっしょに推理できる。共同作業の楽しさを味わえる上に、道央きってのリゾートホテルで、婚前旅行の気分を満喫できるではないか。キリコが現金に張り切りだしたのも無理はなかった。

第三部　脱稿から執筆へ

A

その夜、なにも知らずに『蟻巣』へやってきた客は、ドアにかかっている札を見てがっかりしたに違いない。〈本日臨時にお休みします〉――それでも、耳のいい客なら、店内のざわめきを聞きつけて、営業してるじゃないかとばかり、ドアのノブをがちゃつかせたかも知れない。だが〈臨時休業〉の札は伊達ではなかった。たしかに中には、七人の常連客がひしめいていたのだが、営業しているのではないからだ。

「さあ、どうぞどうぞ。いくら飲んでもいいのよ」

気前のいい台詞を口走っているのは、近江由布子ママだ。

いわれなくても全力をあげてアルコール消費運動に協力していた克郎は、もうすっかりとろんとした目つきだ。

「げっぷ。こら牧くん！　あんたも飲め。じゃんじゃん飲め」

「飲んでいるつもりなんですが、一応」

「一応という言いぐさがあるかい。仮にも今日は、きみとキリコの結婚を祝う内輪の集まりだぞ。主賓《しゅひん》がシラフで恰好がつくか」

「すみません」

頭を下げた隣の席から、黄色い声があがった。

「こら兄貴。私のダンナを肝臓癌にしようってのか」

「お前はいいんだよ」

と克郎が手をふった。愚兄賢妹の構図は、二十年前のあのころとちっとも違っていない。

「なにがいいのよオ」

「いくら飲み放題の夜でも、ウワバミのお前は少しは遠慮しなさい。ママがべそかいてるじゃないか」

「だれがべそかいてるんですか。……文英社からごっそり寄付してもらったんだもの。ちょっとやそっとで蔵は空になりませんよ。社長さん、どうぞ」

カウンターの中はママひとりきりだから、孤軍奮闘といっていい。ボトルからだぼだぼと注がれて、猪崎が半ば悲鳴をあげた。

「や、もうそのへんで」

「どうせ社長さんの会社の金じゃありませんか。ぐっとやって頂戴、ぐっと」

ママ自身、かなりメートルがあがっている気配だ。苦笑いした猪崎が隣の席に声をかけた。

「牧先生のピッチがあがらないのに、われわればかり飲むのではどうも」

「あ、社長さん。ポテトはいいんです。日本人には四人にひとり、アルコールを分解する酵素を持ってない人間がいるそうですね。その実例が、牧薩次なんですよ」

「どうも、その……ゴルフもマージャンも釣りもできませんから、せめて酒くらいと思ってるんですが」

「いいんだよ、牧先生」

と、猪崎のむこうから堂本がみじかい首をのばした。

「今日はこうして、先生も脱稿してくだすったし」

「そう、そう！」

新谷が上機嫌で口をはさんだところを見ると、彼に珍しく酔いが回っているらしい。

「あとは先生が、探偵役をつとめてくれればそれでよし」

「探偵といっても……」戸惑ったように、薩次があたりを見回す。

「いまのところ、ここでは事件が起きる様子はありませんね」

「事件ならあるじゃないの、ポテト」

スーパーが黄色い声を放った。

「文月さん殺害の犯人はまだ……」

「まあまあ」と、堂本が肉厚な掌《て》をひらひらさせた。

「血なまぐさい事件の話はさておいて」

「事件というのは、だいたい血なまぐさいものじゃありませんか？」

「お前さんの話は物騒でいかん」と、克郎が文句を垂れた。

「一口に事件といっても、笑いがこぼれるようなものもあれば、涙なくしては聞けん事件だってあるぞ」

「あ、そんなの詰まらない」

「詰まらないか？」

「私なら、どばどば血が流れるのが好き」

乱暴な言いぐさに、克郎が苦笑した。

「いやはや。お前は吸血鬼か、血液銀行の回し者か」

「兄貴の妹じゃない」

「義絶したくなったな……おおっ」

ぼやいたとたん、克郎が飛び上がったから、同席していたみんなも驚いた。

「なんです、可能さん」

い、い、い、ふしぎそうに猪崎が腰を浮かせると、克郎がなにやら苦渋に満ちた顔になって、もう一度くりかえした。

「おおっ！」

「もうそれはわかったわ」

吹き出しそうな顔でキリコがいう。

「いいからその後は？」

「……う」

一声うなってから、あらためて怒鳴った。

「スーパー、お前だ！」

ぐいと指さされて、今度はキリコも真剣な顔になった。

「なにがお前なの」

「牧くんが出馬できるような事件を期待していたんだろう。そうだよ、これは立派な盗難事件だ」

「盗難……というと、なにか盗まれたんですか？」

薩次が朦朧《もうろう》とした口調ながら目を光らせると、克郎が大きくうなずいた。

「そうだよ、まさしく盗まれている！」

「ちょ、ちょっと待ってよ……」

ママがきょろきょろした。

「いったい、なにが盗まれたというの？」

文英社の連中も不安げに互いを見交わしている。

「可能さん、はっきりいってくださいよ。いまのところ、なにも盗まれた様子はありませんが……」

おぼつかなげに青野が抗議したが、克郎は歯牙《しが》にもかけない。

「わからんかなあ。大事なアイテムを盗まれたというのに……」

きょとんとしたキリコが、薩次をふりかえった。

「わかる？　ポテト」

「どうも、驚いたな」薩次が頭をかいた。

「ぼくが探偵するんですか？　その盗難事件を」

「もちろん」克郎が断定した。

「みんな、きみにそれを期待しているんだ」

「……そのう……被害にあった品もわからない事件を、ですか」

「おい、おい、可能さんよ」

堂本常務が苦笑している。

「あんた、飲みすぎているんじゃないの。ここにはなにひとつ足りんものはないよ。なあ、ママ」

「ええ、いまのところ、なくなったものなんか……あらっ」

由布子がパンと手をたたいたので、また一同がぎょっとなった。

「どうした、ママ！」

カウンターに手を突いて、新谷がのぞきこむ。どうしたのか由布子が、その場にしゃがみこんだのである。一瞬倒れたのか――と思ったが、そうではなかった。にこにこしながら、ママが体を起こした。その手にワインクーラーがある。

「ああよかった。本当に盗まれたのかと思ったけど、ちゃんとこの通りあったわよ」

クーラーの中で冷えているボトルを見て、青野が歓声をあげた。

「ドンペリじゃないか！」

「猪崎社長の差し入れなの」

優雅に笑ったママに対して、飲み助の男どもは色めきたった。

「豪勢なもんだ」と、克郎。盗まれたアイテムとやらがなにか、言いだした本人も追及するのを忘れたみたいだ。

大げさにいえば、スーパーだって血相を変えている。

「すごーい。社長さん、愛してます」

「まあまあ。そう興奮しなさんな」飲みつけている、という顔で猪崎が笑った。

「青ちゃんも、スーパーくんも、抑えて抑えて」

「いやあ、さすが社長です。噂には聞いていましたが、はじめて口にできます、恥ずかしながら」

「意地が汚いんだから……青野さんて」

スーパーが笑った。

「パーティでお皿抱えていたところ、見せてもらったわ」

「情けない部下を持って、俺も悲しい」

笑う堂本の前に、キリコがグラスを置いた。

「どうぞ、常務」

「やあ、ありがとう」

目の前のトレーからグラスを取ったキリコが、ひと通りみんなに配り終えると、手際よくママが注いでいった。

「はい、牧先生もいかが」

「ポテト、飲んでくれなくちゃ。でないと私ばかりいただくみたいで、恰好がわるいわ」

キリコにいわれて、薩次も仕方なさそうにグラスを差し出した。

「行き渡りましたね？　ではあらためて」

由布子がいいかけると、キッチンの奥からぎゃおんと渋い声をあげて、チェシャがのっそり現れた。

「お、彼も飲みたいといってるぞ」

堂本が茶々をいれたので、みんな一瞬そちらを見た。

「チェシャにも飲ませるかね」

猪崎の言葉に、ママがあわてて首をふる。「とんでもない！」

「猫にやる分があったら、私にっていいたいらしい」

堂本がいい、そこでまた一同は目の高さにグラスをかかげた。音頭を取るのはやはり猪崎の役目だ。

「……牧薩次先生、可能キリコさん。ご結婚おめでとう！　そのついでといってはなんだが、牧先生の『ざ・みすてり』大賞受賞を祝して」

薩次・キリコ、それにチェシャを除く全員が唱和した。

「おめでとうございます！」

ひと呼吸遅れて、ポテトとスーパーが答えた。

「ありがとうございます！」

くいっと一斉に飲む。……厳密にいえば、薩次とキリコと猪崎の三人はグラスにちょっぴり口をつけただけだが、ほかの五人は一気に干した。

「ぶはーっ」

遠慮なく嘆声を発したのは、克郎だ。

「いやあ、けっこうなご酒《しゅ》で」

「まったく、美味が五体に染み渡りますね」

新谷がいい、堂本も感に耐えたように、

「味と香りがいつまでも余韻をのこすなあ」

ママはにこにこするばかりだったが、

「生きていてよかった！　そんな気分です」

最後に青野が、オーバーに褒めちぎった。

だが、それから後が妙な具合だった。

まず克郎が上体を大きく揺すりはじめた。

「どうしたの、可能さん」

「ヤだ兄貴。まるで嵐の中の船みたい」

キリコの言葉を克郎は全然受け付けなかった。それどころか、不意にカウンターへ突っ伏したのだ。ガチャンと箸置きが床に落ちたので、堂本と新谷が立ち上がろうとした。

「可能さん」

「ど、どうしました」

呼びかけるふたりも呂律《ろれつ》が回らない。本人たちは立ったつもりらしいのに、よろけてもとの椅子に座りこんでいる。それどころか堂本は、腰を下ろし損ねてずるずると床に尻餅をついてしまった。

上司を介抱するどころか、青野はひと足先にカウンターと仲よくなっている。アルコールに強い新谷さえ、上半身を投げ出すような形で、空いていた椅子に長くなってしまった。由布子ママの姿が見えなくなったのは、カウンターの陰に崩折れたためらしい。

一座の醜態をまのあたりにして、猪崎はただ呆然としていた。

「……なにが起きたんだ。え、いったいなにが」

唇を震わせて、隣席の薩次に呼びかけようとした。

「ええと、その……あなた、そうだ牧先生。こりゃあなにがはじまったというんです？」

「睡眠薬がはいっていたみたいね」

薩次に代わって、キリコがいった。甘い声の奥に刺がある。

「睡眠薬だって！　だれが！」

「もちろん猪崎さん。あなたの仕業《しわざ》でしょ」

ぎゃおおん！

チェシャが猪崎のすぐ前で、大きな口を開けた。彼こそヴァンパイヤでもあるかのように、口腔の内部は真紅に濡れている。

猪崎は愕然とした。

「なんだって、私が薬を？」

「即効性ですね。ドンペリにいれた分量はどれくらいですか。今後の参考のために、聞いておきたいな」

薩次が歯を見せた。タバコのせいかほんの少し淡黄色に染まっている。

猪崎は憤然《ふんぜん》とした。視野の隅に、薩次が小さな録音機を置いたのが見えたが、立腹している猪崎はそのメカがどんな意味を持つのか、考えようともしなかった。

「な、なにを証拠に、そんなことを仰《おつしや》る」

「ほら……」

キリコの指が猪崎のグラスを示した。

「ちょっぴりしか減ってないわ」

「それは、あんたたちもじゃないか！」

「ええ、そう。ドンペリが土産と聞いて、もしかしたら——と思ったの。用心第一ね、ポテト」

「うん。きみも、ちゃんと気がついていたんだな」

「うふん。夫婦は一心同体ですもんね」

スーパーは静かになった店内を見回した。

カウンターの上をのそのそ移動したチェシャが、克郎の顔の回りにこぼれている酒をぺろりと嘗めた。

「駄目だぞ、チェシャ。お前まで眠ってしまう」

薩次がその首をつまんで、床へひょいと置いてやる。ぎゃおん。不服げに鳴いたペットは、つやつやした毛並みを揺すりながら、歩み去った。

その間も猪崎は、逃げ場を探すかのように落ちつきなく左右を見回した。

「な、なんだって私が、この人たちに一服盛る必要があったんだね！」

「それは社長さんが、いちばんよくご存じではありません？」

薩次の向こう隣にいたキリコが、椅子を下りて猪崎に歩み寄った。彼女と薩次に挟まれた形となって、猪崎は顔の皮膚をそそけ立たせていた。

「私がなにを知っているというんだ？　失敬な」

「なにもかも」

「どういう意味だ！」

「『ざ・みすてり』大賞のからくりはもちろん、文月みちやさんを殺害した事件、鮎鮫先生の交通事故の一件、西堀先生の失踪事件……全部ひっくるめて、ことの起こりは猪崎社長……でしょ？」

「馬鹿げてる！」

猪崎が怒号した。

「私が殺人事件の犯人だって？　するとここでみんなを眠らせたのも、私がやったことだというのか？　あんたたち、頭がおかしくなってるぞ」

「おかしくなったのは、残念ですが猪崎さん、あなたです」

薩次は物静かなバリトンで、猪崎の興奮に水を浴びせた。

「最初からゆっくり、お話ししようじゃないですか。さいわい今夜の『蟻巣』は、貸し切りになっている。外来客に邪魔される心配はありません」

「い……いいとも」

震える声で猪崎が虚勢を張ると、キリコは彼をはさんで、薩次の反対側のスツール椅子に腰かけた。

「さあ、聞こうじゃないか。私が文月先生を殺害した動機はなんだね。いつ、犯行できたというんだね」

「その前に」

薩次はゆったりと足を組んだ。

「『ざ・みすてり』大賞のからくりを説明しなくてはなりません……文英社が社運を賭けた大プロジェクトに敬意を表して」

「あんたらに関係のないことだ！」

吐き捨てるような口ぶりの社長に、薩次が皮肉な笑みを返した。

「そうはゆかない。牧薩次、つまりこのぼくは、映《は》えある『ざ・みすてり』大賞の第一回入選者なんだから」

「そう、そうだったな。だがそれがどうした」

「その入賞が決定するまでの経緯を、確認しておく必要があります」

「いきさつだって？　それならあんたも知っているように……」

いいかけて、猪崎は絶句した。それを予期したように、薩次はにこやかに口を切った。

「けっこうですよ。社長さんが話さなくても、ぼくがだいたいのところをおしゃべりしておきましょう。『ざ・みすてり』大賞は、周知の通り一般から公募した推理小説が対象だった。賞金は残念ながら高額とはいいにくい。賞金一千万円の懸賞もある世の中なのに、わずか百万円なんですから」

「長編と短編は違う！」

「そうですとも。だが違うというなら、老舗《しにせ》の大手出版社と文英社も違うといっていい。『ざ・みすてり』はたしかにミステリの専門誌ですが、実売部数は決して多くない。そんな雑誌に掲載されたところで、必ずしも作者のメリットは高くないのです。以前のように公募されるミステリの賞が、長編では乱歩賞、短編では『オール讀物』『小説推理』の二誌だけという時代ではなくなっている。テレビ化や映画化のおみやげつきで、募集している出版社が軒並みでしょう？　その上、光文社まで戦列に加わった。一方ではメフィスト賞のようなユニークな賞も登場しています。いくら後発の雑誌社が声を嗄《か》らしても、いい作品が集まるとは限らない。……いや、猪崎さんはひょっとしたらそこまでわかった上で、『ざ・みすてり』大賞を作ったのかも」

「なんだって。それはどういう意味だね」

「あなたはもともと経営者になるより作家になりたがっていた。むりに二代目を継がされて、否応《いやおう》なしに社長になった。それでもあなたは、作家志望を捨てられなかった。だからあなたは、三人の名前をでっちあげて自ら『ざ・みすてり』大賞に応募した。あなたとしては、十分な勝算があった……あるつもりでいた」

B

「……馬鹿な」

馬鹿な、とはいったものの猪崎の声は小さい。

「青野さんの話では、予選はあなたが取り仕切ったそうですね。『ざ・みすてり』誌でおおよその選別はしたにせよ、予選通過作品の選定は社長室が責任を負った。あなたの一存で決まった賞の設定であり、青野さんもあなたのミステリに関する識見を買っていたから、異例な予選が行われた。——新谷さんにいわせると、『ざ・みすてり』大賞というより猪崎賞ですものね」

「………」

「社長室といっても室長や秘書はミステリの素人《しろうと》ばかりだ。もちろん言い分はあるでしょう。一部の専門家だけがもてはやすオタッキーな作品ではなく、もっと大衆にアッピールする作家に着目したいとね。そこで選ばれたのが、御子神、桂木、中末の三人だった。つまりあなたの意見が全面的に通ったんじゃないですか？　ところがその三人は、架空の人間たちだった。彼女が青野さんに頼んで最終候補のリストを教えてもらったんです。ひとりずつ調べたら、アドレスまで架空だった。……それでぼくは、ふしぎに思いました。中にはミステリに応募したことが公表されると、都合の悪い人もいるでしょう。たとえば警察官とか、裁判官とかね。だが仮にそうであっても、住所まででたらめにすることはない。なぜかといえば、せっかく入選したところで肝心の通知が迷子になってしまうからです。たとえ架空の人間でも、ハガキくらいは手元に届くよう工夫するものでしょう。だからぼくは、通知のハガキが届かなくても、入選か落選か知ることのできる立場にいる者が、投稿したのではないかと考えた。すると探す範囲は、とたんにせまくなりますね。青野さんと選考委員の三人、それに堂本さん新谷さん、そして社長さん、あなただ」

「………」

「あなたとしては一日千秋《いちじつせんしゅう》の気持ちで、選考会議を待っていたでしょう。三本すべてがあなたの作品だもの、入選の確率は一〇〇パーセントといっていい。万一のためを思って、あなたは青野さんにそれとなくいい含めていた。記念すべき第一回の『ざ・みすてり』大賞なんだから、多少レベルは下がっても入選作を出すように……とね」

「おかしいわ、社長さん」

甘い声のキリコが、苦い内容の言葉を吐いた。

「社長さんご自身が、いい出来ばえと思ってなかったのかしら。だからそんな弱気なことをいったんでしょう？　作家にしては自信がなさすぎてよ。それとも、作家らしい繊細な神経をお持ちというべきかな」

「青野さんは、上司に従順なタイプです。社長の意思が入選作を出すことにあると知って、懸命に三人の選考委員を口説きました。どれをとっても帯に短したすきに長しでしたが、なんとか一本にしぼろうと悪戦苦闘しました。……だが困ったことに、文月さん、西堀先生、鮎鮫先生、全員の意見が割れてしまった。このままでは受賞作ゼロとなる。鮎鮫さんの話では、ちょうどそこへ猪崎社長がおいでになった——というんですが、タイミングが良すぎる気がします。文英社の中の会議室なんでしょう、選考していたのは。それなら盗聴装置を簡単に取り付けられたんじゃありませんか？」

「社長さんとしては、自分が書いたミステリがそうそうたるメンバーに褒めちぎられる図を想像したかも知れないけど、お生憎さま。三人そろって三本の猪崎作をこてんぱんにした。そんな、聞きたくもない言葉を聞くだけに終わったんですよね。たまらなくなった社長さんがやってきた——というのが真相だと思ったの」

キリコは小首をかしげて、猪崎を見た。

「かわいそ、社長さん。でも子供みたいですね。いつ褒めてくれるか、そればかりで胸をワクワクさせていたのに、耳にはいるのは錐《きり》を突っ込まれるみたいな悪態だけ。社長さんが、こいつらの首を片端から引っこ抜いて塩漬けにしてやりたい、そう思ったとしても仕方がないわね」

「違う……そんなんじゃない……」

小声で抗議する猪崎を、ふたりの探偵は痛快に無視した。

「中でもいちばん徹底して悪口をいったのが文月みちやだった。社長としては、まず彼から殺してやりたかった。それで機会を待っていた」

「オズマホテルにみんなで泊まることになった。チャンス到来と思った——というより、最初から計画的な殺人なんですよね、猪崎さん」

「………」

ぎゃおん、という鳴き声が沈黙しきった猪崎の足元から沸き上がった。だれも相手をしてくれないので、手持ち無沙汰なのだろう。しなやかな体がカウンター椅子の間を音もなく縫った。

「私が……」

呻《うめ》くような猪崎の声。

「私が、どうやって……文月さんを殺すことができたというのだね?」

「わけないじゃありませんか」と、ポテトがいう。

「あの日の朝、猪崎さんは文月みちやのコテージ『石狩』を訪ねた。これから東京に帰るので挨拶にきたとかいって。文月さんは例の超犬ドッグのぬいぐるみを被って、せっせと仕事の最中だった。あなたがいらしても、彼としてはそれどころじゃない。またすぐにデスクにむかった。そのうしろ姿にむかって、あなたは部屋にあったガラスの置物をたたきつけた」

「……違う」つぶやいた猪崎は力なくかぶりをふったが、薩次は意に介さない。

「はじめから殺意を抱いてあらわれたあなたです。なぜ準備していたナイフを使わなかったか。できれば凶器の出所を調べられたくなかったのでしょうね、きっと。文月さんがぬいぐるみを被っていたことも、あなたにきっかけを与えたでしょう。こいつは人間じゃない、たかが犬だとでも、ご自分に言い聞かせたのではありませんか。あるいはあなたは、文月さんに最後の弁明をさせるつもりで、『ざ・みすてり』大賞の話題を持ち出したでしょう。だがなにも知らない文月さんは、そのチャンスを無にした。作者のあなたにむかって、候補作がいかに愚劣であるか、平然として語った……とすれば、逡巡《しゅんじゅん》していたあなたを殺人者に駆り立てたのも無理からぬところです。小説の中では、よく素人が一撃の下で被害者を殴り殺したり、刺し殺したりしますが、実際にやってみるとむつかしいはずです。興奮の極致で凶行におよぶのですから、よくよく狙いすました上でなくては、手元が狂ってしまう。幸か不幸かそのときの被害者は、犬の頭を被っていました。視野が極端にせばまるし、首の動きも不自由になるから、ちょっとやそっとで振り向きはしない。よしんば振り向いたところで、すぐあなたを見ることができない。だから安心して、あなたは彼に接近した。素人のあなたでも一撃で被害者を昏倒させることが可能でした」

「……しかし文月先生は、刺されている。なぜか下半身剝き出しだった……その上、タクシーが迎えにきたとき、私は自分のコテージから現れたんだぞ。きみのいうようなことをしでかしたのなら、自分の部屋にもどる暇があるものか」

猪崎は口の端から、ぶつぶつと泡を吹き出していた。この、見るからに気弱な経営者は、いまにも白目を剝いて失神しそうな気配だった。

だが薩次は落ちつき払っていた。

「まだつづきがあるんです。……社長がいった通り、被害者は背中を刺されていた。後頭部を打ち据えられて殺されたはずの被害者が、あなたの目に動いたように見えたからだ。まるで見ていたようなことをいう。あなたは呆れておいででしょう。だが、見当はつくんですよ。なぜって文月さんは、即死したのではなかった。ちゃんとダイイングメッセージをのこしていますからね」

「なに？」

予想外な言葉を聞いた猪崎が眉を寄せると、薩次がくりかえした。

「ダイイングメッセージ。……ミステリがお好きな社長に、説明は無用ですね。殴られても死に切れなかった文月さんは、辛うじて動く指でワープロのキーを打った。その動きがあなたの目に止まり、反射的にあなたにナイフをふるわせたんだ。だがけっきょくは、その寸前に力尽き、息絶えた文月さんの死体を傷つけたに止まった。殴られて、刺された。——警察を悩ませた二種類の傷は、こうしてできたんです」

「ダイイングメッセージが、どこにあったというのだ?」

猪崎の目が不気味に据わっていた。まるで呪文を唱えるような口ぶりで、社長はのろのろと質問した。

「あったじゃありませんか。文月さんがワープロでのこした文章を、あなたはその目で覗き込んだんでしょう？」

「そんなものは……どこにも……なかった」

「あはは」

薩次の朗らかな声。

「ああ、あなたはとうとう白状してしまいましたね。ダイイングメッセージなんて、どこにもなかった？　死んだ文月さんの肩ごしに、ワープロ原稿をたしかめたあなたでなくては、いえない言葉ですよ」

「どこにもなかったぞ……でたらめをいうな」

チョンチョンと、キリコが薩次の肩をつついた。あらぬ方を見据えている猪崎を指さして、頭の上で渦を描いてみせる。

（わかってる）という風に、ポテトがうなずいた。猪崎の脆弱な神経回路は、崩壊直前の様相を呈しているのだ。

だが彼は、攻撃の手をまったく緩めようとしなかった。

「それがあったのです。象徴」

「しょうちょう？」

「そうです。……文月さんはワープロを叩いている最中に、あなたに襲われた。キーボードに載せていた指が飛んで、数字の羅列、無意味な仮名文字が走りました。だが『象徴』という言葉には意味がある。いったん平仮名で打った文字を、かな漢字変換しているじゃありませんか。そこには明らかに文月さんの意志が働いていた」

「どんな意志だ?」

「いいですか。あなたは被害者の肩ごしに原稿の文面を確認しています。もし『猪崎』とか『文英社社長』とかあったら、間違いなくその原稿を廃棄するでしょう。ダイイングメッセージの危うさはそこにあります。死の間際にありながら、文月さんはそれを考えた」

「………」

「その一方でダイイングメッセージは、彼を知る人に伝わるものでなくては意味をなしません。残念ながら、とっさの思いつきだったために、彼がのこしたメッセージは遠回しにすぎて誰も気がついてくれなかった」

「でもポテトは気がついたわ」

というスーパーに会釈《えしゃく》を送って、薩次はつづける。

「文月さんといえば、最初にぼくの印象にのこったのがジョークの好きな人、というものでした。それも洗練された冗談より、どちらかといえば駄洒落《だじゃれ》です。その観点から、ぼくはワープロにのこされた文字を読みなおしました。すると突然、象徴という単語から、あなたの名前が浮かび上がったんです」

「どうしてそんなことがいえるんだ」

抗議というより、ひとり言じみた猪崎の反応だった。

「ワープロのかな漢字変換機能を使っていると、ときに突拍子もない漢字が出てくることがありますよね。瀕死の文月さんが、最終的に変換した漢字をチェックできるはずはない。必要なのは象徴という文字の意味ではなく、その音だと思ったわけです。では『しょうちょう』は、『象徴』以外にどんな漢語があてはまるでしょう? 文月さんが使っていたのとおなじワープロで試してみました。『消長』『小腸』『省庁』の三種類です。駄洒落の好きな文月さんになったつもりで、私はその中から『小腸』をえらびました。文月さんは『象徴』ではなく、この『小腸』を変換機能で出したかったのだ。そう確信したんです」

「小腸が、私だって? ははは」

掠《かす》れ声で猪崎が笑った。「なぜ私がハラワタなんだね」

「いうまでもありません。小腸は胃の先──猪崎にあるからです」

「あっははは!」

猪崎がケタケタと笑いだした。

「なるほどなるほど、ごもっとも。それが文月の、命がけの駄洒落だったわけか」

ヒステリックな社長の笑いに、薩次もキリコも同調しようとしなかった。

だしぬけに相手が笑いやんだ。

「ところで、まだ聞いていなかったね。なんだってあの男は、下半身丸裸にされていたのか」

「もちろん、あなたのしたことです」

「だから、なぜ！」

「バスルームに湯が出しっ放しになっていました。それが犯人のしたことなら、彼はなぜ湯栓を開放したのでしょう」

「犯人のしたことと、どうしてわかる。文月がしたかもしれないだろう」

「コックに新しい指紋がついていなかった。文月さんが栓を全開したのなら、相応に力をかけたはずです。指紋はくっきり検出されるでしょう。だがそんなものはなかったのだから、犯人が手袋をした手でひねった――と考えられます。理由はひとつ、文月さんの体を湯船に漬けようとしたのです。遺体が解剖されたとき死亡時刻を推定しにくくするために。したがってあなたは、文月さんを裸にしようとした。下半身から着衣を脱がせようとするのは、ごく自然な行為です。上半身にまとった服を外せば、あなたが与えたナイフの傷が露出する。ぬいぐるみを取れば、彼の苦悶の形相が目の前にあらわれる。殺人犯として初心者のあなたはそれをきらい、順序として彼のズボンに手をかけたはずですから」

「じゃあなぜ、それを中止したんだ？　そんな半端なことをするから、文月は女を犯そうとしていた、なんていわれたんだろう」

「……そう。あいにくあなたは、予定通り彼をバスルームに運ぶことができなかった。理由はタクシーが迎えにきたためです」

「そ……そうだ。死亡推定時刻ぎりぎりなんだ、私がフライトに乗る直前に事件を起こしたとすればな。しかも運転手は時間より早く私を迎えにきた……そして私はちゃあんと、私のコテージから出てきたんだ。証人はタクシーの運転手だ。その矛盾をどう解釈するというのかね。え？　探偵を気取っているきみ」

猪崎の瞼《まぶた》がヒクヒクと気味悪く痙攣《けいれん》している。薩次の答え如何では、いまにもまた笑いが爆発しそうな按配だった。

「矛盾——はありません」

薩次の静かな口調に変化はない。

「あなたは『石狩』から出てきたのですから」

「嘘をつけ」

猪崎がどこか調子の外れた声を投げつけた。

「運転手はいってるんだ。私が『天塩』から出てきた、と」

「本当にそうでしょうか」

「なんだと」

「彼が迎えにきた時間——猪崎さんなら覚えておいででしょう」

「六時三十分だ……」平板な声で、彼は答えた。

「私は七時でかまわんといったんだが」

「しかし実際には六時三十分にきた。早朝だけにエンジンの音はよく耳についたでしょう。あわてたあなたは、自分のコテージから持ってきていたバッグを下げ、最短距離を行くために

『石狩』の二階の窓から道へひと思いに出た。窓にはバルコニーがありますから、大きく跨げば道に出られる。窓は外からは開けられないが、中から開けることはできましたっけね」

「バルコニーだって?」

「ええ、そうです。ところでその日はよく晴れていた。しかも日の出の時刻が、五時半だったことをご承知ですか?」

「日の出だって。そんなことが関係するのか」

「もちろんです。――これはぼくが実地にホテルへ行って調べたことですが、タクシーが待つ道から、『天塩』の一階と、『石狩』の二階は一直線上にあります。そして、その線を延長すると、人工湖のむこう岸にある雑木林の樹冠にぶつかります。当日の朝、地平線にのぼった太陽が雑木林を越えて、オズマホテルの敷地に日差しをそそぐのが、ちょうどその六時三十分前後――ということになるのです」

「……?」

反発しようにも、どういっていいかわからないという、混迷に満ちた猪崎の表情だ。薩次は淡々といった。

「わかりませんか。あなたを迎えにきたタクシーの運転手は、そのときまさに、目を射るような朝の光を真っ向からぶつけられながら、あなたが現れるのを目撃したんです。しかも『天塩』の玄関フロアと『石狩』の二階のレベルは、まったくおなじ高さにある。運転手はむろん、あなたが『天塩』から出てくるものと思っていた。その先入観も災いして、『石狩』から出てきたあなたを、『天塩』から出たものと錯覚してしまった」

「……ぐう」

というような声が、猪崎の口から漏れた。同情するように、薩次は相手を見た。

「やっと納得がいったようですね。いままでのあなたは、運転手がなぜ偽証したのか理由がわからないまま内心ハラハラしていたのでしょう？」

「思いも寄らない僥幸《ぎょうこう》に恵まれて、あなたは新千歳空港にむかった……入れ違いに可能克郎記者がオズマホテルにやってきた、という順序なんだわ」

「くだらない！」

猪崎がいい捨てた。それでいて頰の筋肉は先ほどから痙攣しっぱなしなのだ。だが薩次は、落ちつきはらっていた。

「つぎに鮎鮫さんの事件ですが、これについては簡単だ。あの晩、あなたは堂本さんが電話をかけている最中に帰宅した。愛車のジャガーを駆って、箱根からもどったとするとちょうどそんな時間になりますね」

「なにをいってるんだ！」猪崎が怒鳴った。

「私はそんなところへ行っていない」

「ではどちらにお出かけでしたか」

「………」

口を閉ざした社長に、薩次が畳みかけた。

「渋滞に巻き込まれたなんて、陳腐な説明はやめてください。彼女が」

と、彼は猪崎越しにスーパーを見た。

「あなたの奥さんに話をうかがっています」

「クムだと！」猪崎の声がうら返った。

「あの女に関係はない」

社長の怒りにかまわず、キリコがいう。

「いい奥さまだわ。殺人犯に勿体ないほどの——それにとても正直な方ね。あの晩猪崎さんがそわそわとジャガーに乗って、飛びだしていったことを教えてもらったんです」

薩次もつづけた。

「社長の愛車は、真っ黒でしたね。夜の箱根で待ち伏せするのに絶好だと思います。ぼくが思うんじゃなく、警察が思うという意味ですが」

「………」

「ね、社長さん」

追及に熱心だったスーパーの口調が、やや変化した。

「どうしてあの人と結婚しないんですか。クムさんといったわね。本当に社長さんが好きなんだわ。私だって女だからわかります……国籍なんか関係ない。結婚してあげればいいのに」

「ほっといてくれ」

胸のどこかが軋《きし》むような、猪崎の返答だった。

「降参した方がいいと思いますよ、社長さん」

まるでいたわるように薩次が声をかける。

「私が文月みちやを手にかけた。そういっても、あの女性ならきっと裏切ることはないでしょう。むろんあなたは、当分の間表に出られない。だがその代償として、クムさんと結婚できる身になるんじゃないでしょうか」

「なんだって」

驚いたように、猪崎は薩次を見た。探偵役はにこやかな表情だった。

「しがらみの多い名門の看板をかなぐり捨てて、あなたはあなたの好きな道を歩くことができるんだ。そう思いませんか。社長の椅子を下りて、楽になったらいかがです？　文月ひとりを殺した程度で、まさか死刑になることはありません。彼女が腕ききの弁護士を雇ってくれるでしょうしね。刑期を終えたあなたを、小説家として迎えてくれる出版社が、きっと出てくるだろうことを祈りますよ。殺人の体験をもつミステリ作家なんて、もってこいのコピーじゃありませんか」

「殺人者だと」瀕死の野獣のように、猪崎がうなった。

「私に人を殺したと、どうでもいわせたいのか、きさまたち」

「……だってそうでしょ？」

愛くるしい声で、スーパーはいった。小首をかしげて猪崎の顔をのぞきこむ。

「それとも社長さん、俺は絶対にだれも殺していないと、閻魔《えんま》さまの前でもいいきれるかしら」

「……！」

自分をのぞき見る少女の視線に、だしぬけに恐怖の色を浮かべた猪崎であった。

「あんた、まさか」

「まさか、なんでしょう」

ニッと白い歯をみせるキリコに、猪崎は戦慄した。

「私は知らん……だれも殺しておらん！」

「往生際がわるいんですね」

落ちついていた薩次の顔に、ひと刷毛であったが焦燥の影が見えた。

「かまいませんよ、社長がそのお考えなら。……西堀さんをどうしました？」

「西堀先生のことなぞ、知らん」

「知らないはずはないんだ」

薩次の声にきびしさが増した。

「西堀さんもうすうす気がついていたのだと思います。文月さんを殺し、鮎鮫さんに重傷を負わせたのがあなただということに」

「そんなはずはない！」

手負いの獣のようにうなる社長を、薩次はもう相手にしていなかった。彼は淡々と論告をつづけている。

「あの人も一流のミステリ評論家だ。文月さんを殺害した事実に気づいてもおかしくない。警察の調べでは、動機はみつからなかったでしょう。だが、……これは私の想像でしかありませんが、西堀さんは『ざ・みすてり』大賞の候補作の作者たちが、すべて架空であることを知った。いったいなぜ……そう考えたとき、猪崎社長が実は作家志望のもと文学青年であることを思い出した。彼女が青野さんから聞いた話ですが、あなたは赤坂の料亭に西堀さんを招いて、自分の原稿を読ませようとしたんですってね」

「………」

「そこで西堀さんは思い当たったんだ。三本の候補作のどれもが、猪崎さん、あなたの習作だったと。ミステリ好きという触れ込みで、スーパーは青野さんから三本の作品を読ませてもらいました。……接着剤で『石狩』の玄関をロックして、少しでも時間を稼ごうと、あなたは姑息な工作をした。たまたま候補作の一本に、おなじ手が使われていますねえ。そういえば、死体現象をごまかそうとする発想もおなじだ」

「………」

猪崎は牡蠣《かき》のように押し黙ったきりだ。

「西堀さんは、犯行をあなたの仕業と直感した。選考でぼろくそにあなたの作品をけなした彼としては、居ても立ってもいられなくなった。ホテルの缶詰から逃げ出したのが、なによりの証拠です。とうとう牧薩次——私のところへ電話をかけて、『殺される』と漏らした。その矢先ですよ、ゴルフを誘う約束のあなたが、西堀家を訪問したのは。狼狽した西堀さんは、電話どころではなくなった。そうでしょう、猪崎さん」

薩次ににらみつけられて、社長は抗議する言葉をうしなったかのようだ。

「玄関のドアは夫人が出かけるとき、鍵をかけるのを忘れていた。いつの間にかあがりこんでいたあなたに気づいて、西堀さんは驚愕した。当然電話の話の内容も耳にはいっている。だからあなたが西堀さんの疑惑を推察しても、この状況で殺すわけにはゆかなかった。ゴルフを誘う約束をした自分に疑いがかかることは、当然だからです。そこであなたは熱弁をふるって、西堀さんの疑惑を解こうとした。西堀さんにしても、証拠があるわけじゃない。その場はいったん社長に説得されたが、『ざ・みすてり』大賞の選考委員が狙い撃ちされた事実に変わりはない。猪崎さんに対する疑いを解いたとしても、小心な西堀さんはつぎには、俺を殺すのは青野さんか、それとも堂本さんか、と思い迷ったことでしょう。そんな西堀さんに、あなたはアドバイスした。当分の間行方不明になればいい……その間にきっと犯人が逮捕されるだろう。忠告にしたがって、西堀さんは夫人にも告げることなく家を出た」

「家を出た？　簡単にいうがね、牧先生」

猪崎がかすれ声で笑った。

「あの家は密室状態だった。玄関も勝手口も施錠されていたし、その鍵は西堀家にのこされていた。鍵を持たずにどうやって西堀先生は、ドアにロックできたというんだ」

「密室ですって？　とんでもない。西堀さんは家を出るとき、ちゃんと鍵を持って出たのです」

「しかし、鍵は家の中に……」

「あはは」

薩次は哀れむように笑い捨てた。

「西堀さんの行方不明について、いわば猪崎さんは共犯者だった。あなたは彼から鍵を預かっていたんだ。それをあなたは、ほかの人たちに気づかれないよう、そっと家の中に置いた。それだけです」

「な、なんだってそんなくだらんことを、私がしたというんだ？　西堀先生が怖がっていたのなら、ただ黙って失踪すればいいじゃないか」

「その通りです。ぼくだってそう考えた。殺人事件を自殺に見せかけようとしたのならともかく、犠牲者の姿はない。かりに消えた西堀先生が殺されていたにせよ、あの家を密室にしたところで、犯人になんのメリットもない。あるいは西堀先生の自発的な意志で行方をくらましたと考えても、わざわざ密室を構成する必要なんて、まったくない……」

「それ見なさい！」やや気を取り直した猪崎が、居丈高《いたけだか》になった。

「私が共犯だなんて、いいがかりも甚だしい」

「待ってください。……だからこそ、ぼくは、猪崎さんが事件に介在していると思ったんですが」

「なに」

「密室といえば、犯人が仕掛けるものと決まっている。ところがこのケースの密室は、あべこべに、犯人にむかって仕掛けているんです。わかりますか？　西堀さんは標的である自分が消えるという、予想外な事実をつきつけることで、犯人にボロを出させようとした。選考委員が狙われるという事実から、『ざ・みすてり』大賞関係者の中に犯人がいると考えたんですね。ただいなくなっただけでは、相手にあたえるインパクトが少ない。だからどうしても、不可思議な消滅を演出しなくてはならなかった。それが西堀邸を密室にした理由だと思っています。そして、そんな推理小説じみた演出を西堀さんにすすめたのは、猪崎さんをおいてほかにない。……」

そこで言葉を切った薩次は、猪崎の顔をじっとながめた。

はじめ呆れ顔だった社長の顔が、しだいに赤らみ——つづいて青ざめてきた。呼吸器系統に持病でもあるかのように、彼はぜえぜえと息を喘がせた。

「屁理屈だ……」

「そう、推理小説の骨格を支えるのは、しょせん屁理屈なんですよ。それでかまわないじゃありませんか。え？　お尻からおならが出ようが出まいが、理屈が一貫すればいいんだ。社長の職にありながら、猪崎さんの中身は青い文学青年だった。推理作家になりそこねのミステリファンだった。そんなあなただから、西堀さんの失踪を密室に仕立てて喜んでいたんだ、ご苦労さまなことに」

「………」

猪崎はもう薩次の顔をまともに見ていられないらしかった。肩を落として、カウンターの隅をみつめるばかりだ。視線の先には、よく太ったチェシャがいた。人間の悩みなど我関せずとばかり、まるくなった彼は安らかな寝息をたてていた。髭の先がぴりぴりと震えているのがわかった。

ちらと腕時計を見た薩次は、語気をやや早めた。

「もちろん西堀さんは、あなたの別荘かどこかに隠れている。一刻も早く犯人が逮捕されることを願いながら。まさか猪崎社長が、より面白く自分を殺すトリックを思案中とは知らずにね」

「違う……」

いいかけた猪崎は、ぐずぐずと語尾を消してしまった。その肩に、スーパーが白くてやわらかな手をかけた。猪崎の全身が、感電したような反応を示した。

「諦めてくださいな、社長さん。さっきもいいましたでしょ。殺人の罪を認めれば、あなたは会社とご縁がなくなるのよ。心のどこかで、それを願っていらしたんじゃなくて？　献身的な愛情を自分にそそいでくれているクムさんと、公《おおやけ》に結ばれるただ一度のチャンスなのじゃありません？」

古めかしい演歌の旋律《せんりつ》が、場面のBGMのように流れている。ママが眠りこけているいま、『蟻巣』の店内に有線放送は流れていない。ましてすり切れたSPの曲が、聞こえるわけがない。うすっぺらな壁を隔てた隣の店から、滲むように響いてくるのだ。

ぱたんと音がしたのは、チェシャ公の尻尾がカウンターを叩いたせいだ。

猪崎が救いを求める目で、ふたりを見比べた。

「……そう思うかね？　クムは私を待っていてくれるだろうか？」

「心配いりませんよ、社長」と、薩次が重々しくいった。

「日本を唯一の例外として、アジアの人は、夫婦間の約束を大切にします。たとえあなたの刑期が十年だろうと二十年だろうと、彼女は必ず待ってくれるでしょう」

「十年ですむと思うか？」

キリコは一語一語噛みしめるように、告げた。

「いまのところあなたが殺したのは、たったひとりですもの。模範囚で通せば、あるいはもっと早く出所できるかもしれないわ」

「ああ……そうだね」

青かった顔にわずかばかり血を昇らせて、猪崎はつぶやいた。

「殺人の……罪は……つぐなわねばならん」

彼の左右に立っていた、薩次とキリコが顔を見合わせた。

心の通い合った微笑が、ふたりの顔に同時に浮かんだ。

そのとき、電話のベルが鳴った。

ちょっとためらってから、薩次が受話器を取り上げた。

「もしもし」

受話器から流れ出るのは、ひどくいがらっぽい鼻にかかったような声だった。

「牧薩次先生ですね？」

「もしもし」

眉をひそめた薩次が聞き返した。

「どなたですか」

悪声であったが、答える言葉に揺るぎはなかった。

「あなたたちを告発する者です」

C

「なんですって。もう一度いってくれませんか」

電話の声はためらわず、宣告した。

「牧薩次。可能キリコ。あなたたちを文月さんの殺人犯として、告発します」

ー

「なにをいっているんだ。ぼくにはまったくわからない」

「……そう返事するより仕方がないでしょうね」

宣告につづく電話の声は、がらりと調子が変わった。高飛車《たかびしゃ》な語気は消え失せ、同情の念に包まれた柔らかな口調だ。さらになにかいおうとして、相手はごほごほと咳をした。

「失礼しました。北海道が寒すぎて、風邪をひいてしまったんですよ」

「あんた、だれだ！」

それまで沈着でありつづけた彼に、はじめてといっていい乱れが生じた。

「あなたが想像しておいでの者です。……どうぞ、そのままで。いますぐぼくの分身が参りますから」

まったく計ったようなタイミングであった。

きいきいと『蟻巣』のドアが軋み、一陣の突風が舞い込んだ。

ぎゃおん！

カウンターの上のチェシャが、はねおきた。

——が、新来の客の顔を見て、安心したようにまたのたのたとその場に丸くなってしまった。

「う……」

熟睡中の客のだれかが、意味不明の寝言を漏らしたと思うと、すぐ静かになった。

「ああ、ああ。兄貴ったらだらしない寝顔だねえ！　涎垂《よだれ》らしてるよ」

ドアを背に、スーパーが立っていた。目の覚めるようなスカーレットのセーターから、スリムで魅力的な二本の足がブーツに包まれてのびている。

「可能さん！」

猪崎社長のむこう側にいた斑鳩毬が叫んだ。

「きみは……」

放心したような猪崎がうなった。

「可能キリコ、ただいま参上いたしました！」

敵意に乏しい笑顔を、もうひとりの男——小港誠一郎にむけた。誠一郎はもう動揺の影を消していた。

「そうか。きみたちも、北海道へ行っていたのか」

「はい、先輩。オズマホテルに泊まってきました」

「……つまり婚前旅行でしょう？　羨《うらや》ましいわ」

といった毬の顔が、ちょっと強張った。またドアが開いて、牧薩次が顔を出したからだ。茫《ぼう》洋《よう》とした目つきはいつもの通りだが、声はひどい。なにかいおうとする度に、ごほんごほんと合いの手よろしく咳が出る。

「そんな、羨んでもらうほどのこと……ないですよ。ぼくたちは、事件を調べるために……行ったんだから」

「いいからもオ！」スーパーが叱りつけた。

「きみは黙ってなくちゃダメ。さもないともっと風邪がひどくなるよ。……鼻水垂らした名探偵なんて、恰好つかないじゃないか」

「あなたたち、いったいいままでどこにいらしたんですか」

咎《とが》める毬の頬は、まだ強張っていた。誠一郎がいった。

「隣のお店だよ。……そうでしょう、牧先生」

呟き込みかけた薩次に代わって、キリコが答えた。

「当たりです。このあたりの店はどこも壁がうすいから……『蟻巣』なんてドアまで薄いもん。前に立ったらあなたたちの声が聞こえたわ。それで中へはいらず、お隣の店にはいって壁に耳をつけてたんだ」

「『蟻巣』でリハーサルをすると知ってたの？」

「そう。……私たち、北海道から帰ってくると、まだ会社にいた中込さんに連絡をとったの。だって私たちの留守の間に、結婚パーティのイベントをリハーサルするって聞いてたから。せっかく私たち抜きで稽古しているのに、その最中にひょいと顔を出したのでは、みなさんの苦心ぶち壊しでしょ。それでわれわれとしても、気を遣ったんですよ」

「なるほど」

誠一郎がつぶやいた。

「アトラクションの台本作者が、中込さんということを知っていたんだね」

「ええ、もちろん。だから中込さんに聞けば、リハーサルの予定がつかめると思って。そうしたら、台本はおととい脱稿した、中込さんは仕事で遅れるけど、ほかのみんなは六時に『蟻巣』に集まるって教えてもらったわ。そこに、文英社関係の人たちもくる……猪崎社長もおいでになる……当然、小港先輩や毬ちゃんまでくるだろうと思ったのよ」

「なぜわれわれが参加すると——ああ、そうか」誠一郎がいった。

「ホテルのロビーラウンジで、期せずしてみんなが顔を揃えた。あの一件でばれたかな」

「ま、そうですね。いかにも偶然出会ったようなふりをしてたけど、本当はあれ取材だったんでしょう？　小港先輩はポテト役、毬ちゃんは私の役をふられたから」

「……そうなんだよ」誠一郎は素直だった。

「きみのお兄さんに、頼んだんだ。どうせ牧先生の役をやるなら、体型や顔は似ていなくても、ちょっとした仕種や台詞回しでおやっと思われるほど相似形の演技をしてみたい。そのためにはご本人の観察が絶対に必要だといってね——彼女が青野さんに連れられて、あの席にあらわれたのもおなじ理由さ」

「……あそこで受け渡しがあった……」

なんとか発言しようとして、またぞろ薩次が咳き込んだ。

「いけないよ、ポテト。蒲柳《ほりゅう》の質の人は体をいたわってね。……つまり彼がいいたかったのは、あの場で女史が配ったのは、今回のイベント用台本だったんじゃないか」

「そうなんです。ごめんなさい」

「毬ちゃんが謝ることはないのよ。いい子、いい子。……あのときは、私たちに見せてくれないと思って僻《ひが》んだけど、そういう事情では仕方ないよね。タイトルはインチキだったけど、オメガ寛という作者の名は、ひと目見ただけで、ＮＡＫＡＧＯＭＥの文字の置き換えとわかったもの。だからってまさか、今夜のリハーサルが本番になるとは思わなかった」

「本番……か」誠一郎が苦笑した。

「この有り様を見られては、ごまかしようがないね」

「本番になるとわかっていたのは、私たちだけでしたわ」毬がかすかに笑みを見せた。

「キリコさんのお兄さんなんて、慣れないお芝居で苦労してらした。おぼえたつもりの台詞がつかえたときは、わるいけど私、もう少しで吹き出しそうになりましたの」

「兄貴らしいよ」

苦笑したスーパーが、誠一郎にむかって念を押した。

「みんな、じきに目が覚めるんでしょう？」

「もちろんだ。人によってズレがあるだろうが、後遺症、副作用のたぐいがないことは、薬剤師に確かめてある」

「よかった！」

ホッとしたようにキリコは、どかんと椅子のひとつに腰を下ろした。それからやっと、猪崎の、なんとも要領を得ない表情に気づいて、肩をすくめた。

「社長さんも大変でしたね」

「……なにがどうなったというんだ」

掠れ声を猪崎が押し出した。

「私にはさっぱりわからん！　芝居のつもりで調子を合わせていたら、みんな片端から眠りこけた。台本にない場面でうろうろしていると、突然このふたりに犯人あつかいされた！　なにがどうなったというんだ？」

「わかっておいでのことも、あるはずだわ」

スーパーがくるんと椅子を回した。

「わかるわけがない。……たったいま、受話器から漏れる声を聞いたぞ。牧先生、あなたは仰ったはずです。このふたりが、殺人事件の犯人だ！」

ごほっ、ごほっ。一二度空咳をしたポテトが、うなずいてからいった。

「たしかにいいました。牧薩次と可能キリコが真犯人と」

「ひえ、そんなことをいったの！」

当のキリコが呆れ顔でいった。

「そらま、ここでつづいていた犯人追及のひと幕では、小港先輩は飽くまでポテト役だし、毬ちゃんは私の役をふられていたんだから、本物の私たちが登場するまでは、本名じゃなくて『牧薩次』『可能キリコ』と呼ぶのが正しいわね。その小宇宙に目をそそぐかぎり、舞台はもうひとつの現実だもの。これが小説の世界なら、ポテト役を演ずる小港さんをポテトと書いて当然だし、スーパー役の毬ちゃんをスーパーと書いて許されると思うな。寅さん映画に出ていれば、渥美清《あつみきよし》は俳優渥美じゃなくて、車寅次郎《くるまとらじろう》だったでしょう。たとえ練習中であっても、役名で呼んであげるのが、役者に対する礼儀っつーもんですよ」

すると誠一郎が皮肉っぽくいった。

「もっとも社長は、役者の私の名を覚えていなかったようです」

「ああ、だから猪崎さんとしては、反論しようにも『牧さん』としかいえなかったんだ。あはは」

「笑いごとじゃない！」次第に怒りがこみあげてきたに違いない。猪崎が憤然とした。

「牧先生がいうように、このふたりが殺人犯なら、なぜさっさと警察を呼ばんのですか！　こんなわけのわからん猿芝居につきあっておれん！」

「しーっ」

不意にスーパーが唇に指をあてたので、怒り狂っていた猪崎がきょとんとした。おもむろに手をのばしたスーパーは、目の前に置かれていたテープデッキを取り上げた。

「これ、先輩がセットしておいたんでしょう？　テープが終わったみたい。……待っててください」

カセットをセットしなおして、にこりとした。

「はい、スタート。……といっても、スタジオじゃないから、そう都合よく話は出てこないかな？」

「いいよ。ぼくがつづきをいおう。……」口に手を当てながら、薩次がいった。

「いますぐここに警察がきたのでは、ご迷惑なのは猪崎さん自身ですよ、といいたかったんだ」

ぎょっとしたように、猪崎が目を見開いた。

「先生たち、もしかすると」

「もしかしなくても、猪崎さんは殺人者ですわ」

人が変わったような冷やかさで、キリコが告げた。

「なにをいうんだ！　なんの証拠が」

という猪崎の顔の前で、キリコがテープデッキをぶらぶらさせた。

「社長さん、仰ったわ。

『ダイイングメッセージが、どこにあったというのだ？』

次は小港先輩の台詞。

『あったじゃありませんか。文月さんがワープロにのこした文章を、あなたはその目で覗き込んだでしょう』

『そんなものは……どこにも……なかった』

『あはは』

先輩の笑い声、たしかにポテトに似てましたよ。

『ああ、あなたはとうとう白状してしまいましたね……』」

猪崎は呆気にとられていた。たった一度しか聞いていない会話を、スーパーがもののみごとに再現したからだ。それもふたりの声色まで使って。

「さすが、スーパーさん」

毬が拍手した。いくらか空元気に見えないこともなかったが。

「語るに落ちる、ですよね。猪崎さんは、あのときちゃんと『石狩』に行ってるんだわ」

「なにをいう！　あれはこのふたりの仕業だろう。私が殺したんじゃない、私はただ」

そこで猪崎が絶句すると、キリコはデッキを突きつけて笑った。

「どうぞ、続けてください」

「……」

「私はただ、だれを殺しただけだと仰るの？」

咳が聞こえた。「よせよ、スーパー」

「あら、なぜ」

「証拠どころか、はっきり聞いたんでしょう？　斑鳩さんは、あのとき。というのは文英社の記念パーティで、猪崎さんと文月さんの会話を」

「はい。この耳ではっきりと聞きました」

愕然と、社長は後ろに立つ少女をふり仰いだ。

2

「文月みちやは薄笑いしながら、猪崎にいっていました。『三日前の晩、俺は眠ったふりをしていただけです。京浜《けいひん》国道を走る社長のハンドル捌きはお見事でしたね』──そのおなじ晩、おなじ国道で、私の母は暴走した黒い車にはねられて、死んだんです」

「あとで聞いたわ」スーパーも重苦しい声になった。

「あのパーティで、あなたがあまり辛そうだったから、次の日に女史にそっと聞いたの。どこか具合がわるいんじゃないかって。そしたらあなたが、内緒で母親の葬儀をすませたとわかったの。……でも白状すると、それだけじゃなかった。あのとき毬ちゃんが気分をわるくしたのは、悪阻《つわり》かなって想像を逞《たくま》しくしていたんだ」

「あら……」

毬もちょっと顔を赤くしたみたいだ。

「もひとつはっきりいえば、その赤ちゃんの父親は、朝川電機の社長かなって……ごめんなさい」

「いいんです」

スーパーの邪推に対して、毬は寂しそうな微笑で答えた。

「そう思っている人が多いの。本当は、朝川は私の父親なんだけど」

「……ええ。それ、関女史からないしょで教えてもらったわ。俗っぽい想像して、ごめんなさい」

「いいの。母の葬儀にもきてくれなかった人だから」

猪崎が目をまるくして聞いている。朝川電機といえば日本でも超一流といっていい家電メーカーなのだ。

「いまの家内と別れて、必ずきみと結婚する。だから赤ちゃんを生んでもいい。そういったんですって、二十年前の朝川は。母が笑っていましたわ。あのとき子供をおろせといわれたら、仕方なく会社へ乗り込んでいってやるつもりだったって……そんな母の気持ちがわかったから、仕方なしに生んでいいといったんでしょ。それで私が誕生したわけ。仕方がないから生まれてやったんですよ、私は」

愛くるしい毬に似合わない毒のある言葉を吐いたが、すぐいつもの邪気のない笑顔にもどっていた。

そんな後輩をちらと見て、キリコがつづけた。

「……みちやが殺された後で、その話をポテトに聞かせたの。そのときの私はまだ、あなたが気分をわるくしたのは、悪阻のせいと思っていた。でも彼は違うことをいったんだな。たとえ通りすがりの人に対しても、ある瞬間から殺意を抱くことはあり得るって。殺人の動機なんて、どこに転がっているか知れないって。みちやが殺される直前に、みちやのテーブルのそばで倒れかかったあなた。ふたりを結ぶ糸があるかないか、調べてみるのもいい……」

「野次馬、それもぼくは、ずいぶんと性悪な馬なんです」

ごほっ、ごほっ。申し訳なさそうに咳き込んだ薩次が、頭を下げた。

「斑鳩さんのお母さんの事故死という、未解決の事件が伏在していることがわかりました。その一方で、おなじ夜に『ざ・みすてり』大賞選考委員のみなさんが、銀座で飲んでいることもわかりました……」

薩次の言葉にどんなリアクションを見せるかと、キリコはそっと猪崎を見たが、社長は折れたように首を前へ落としたまま、論告する探偵に視線をあてようともしなかった。

「パーティで酒豪の西堀先生が当分酒を絶つってこぼしてたの。前後不覚もいいとこで、社長の車に乗って突っ走ったことだけ、みなさん覚えていらしたわ。鮎鮫先生もアウト、青野編集長もよれよれ。でも猪崎さんの車が事故の張本人だとすると、十分あり得る時間と方角だとわかった。もしも、よ。文月さんと猪崎社長の会話が、事故に関することだったら、その場で倒れるほどのショックを毬ちゃんがうけるのももっともだと思ったわ」

そこでエヘッと、首をすくめた。

「思ったのは、私じゃないの。ポテトなの。私なんて、みちやを殺した犯人の見当もつかなかったわ」

薩次が口をはさんだ。

「そういうけどスーパー、オズマホテルに潜入する方法をみつけたのは……きみだ」

「あっは、怪我の功名ってところね。……推理したといえば聞こえはいいけど、実際は連想しただけのこと。毬ちゃんが休暇をとって沖縄へ行ったでしょう。そこでダイビングをやったって話を聞いて思いついたんだ。犯人は、ホテルの広大な敷地へ、どうやって潜りこむことができたのか。まともな道はすべて柵で遮断されているし、さもなければ湖と川に遮《さえぎ》られて、車を乗り付けることができない。でも、その水の中を通路にすれば、ホテルやコテージの泊まり客の目にも耳にも触れることなしに、楽に往来できるだろうって」

「そうなんですか……」

力が抜けたような、毬の声だった。

「私がしゃべりすぎたんだわ」

「アリバイが話題になったとき、沖縄へ行っているから大丈夫といったけど、なん年も前から、那覇《なは》と新千歳をむすぶ直行便が出ているんだもの。アリバイというには心細いよ」

気の毒そうな薩次の口ぶりだ。

「私の出番はどうなりますか」

誠一郎がいいだした。

「小港先輩は、もともと無関係ですわ」

毬がいうと、誠一郎が強く否定した。

「いざとなったら、お互い水臭いことをいうのはよそう。そう約束したんじゃなかったかい？」

「それ、とてもいい約束だと思います」

ためらいながら、薩次がいった。

「だっておふたりは、もう他人じゃないのだから」

（え？）

というように、猪崎が前後に立っている男と女を見比べた。

風貌にふさわしくない照れ方なのは誠一郎で、むしろ毬は堂々としていた。

「そこまできちんと調べてらしたんですね。私たちが、みちやを殺す前の日に、沖縄で結婚式をあげたことを」

「でもはじめにふたりの仲に気がついたのは、関マネージャーよ」とスーパーがつけくわえた。

「毬ちゃんのお母さんの葬儀の日、小港先輩が臨時にお休みした。そのとき女史が、はてなと思ったんですって。その後は、パーティの日。毬ちゃんの体調を気づかう小港さんに、ピンとくるものがあったのね。三度目は、毬ちゃんの沖縄行きに合わせて、小港先輩も休みをとったこと。夜釣りといってごまかしても、ダメ。ははんデキてる。第六感がぴんぴんと閃いたそうよ。まさか、ねえ……」

そこでキリコは、長くてふといため息をついた。

「みちやを殺すために、休みをとったなんて、夢にも思わなかっただろうけど」

「結婚してはじめての共同作業が、殺人でした」

夢見るような瞳の毬は語るのだ。

「文月は、私をしきりに誘いました。社長が母を殺しても、知らん顔だったあいつが。私はすすめに従って、オズマホテルに行くといいました。そのとき、彼に注文をつけたんです。超犬ドッグの役のみちやさんが、いちばん好き。だからあのぬいぐるみをつけていてって……」

「やはりそうなのか」

ポテトがぼそっといった。

「あれをかぶると、視野が極度にせばまる。だから小港さんは、斑鳩さんにつづいて忍び込むことができたんだ」

「ご明察です」と、誠一郎は肯定した。

「われわれは湖を隔てた遠くにバイクを止めて、そこから潜ったんです。バイクは北海道に着いてすぐ中古を買い、使ったあとは水に沈めたんです。湖から上がり、『石狩』の湖畔に面したテラスにウェットスーツを脱ぎ捨てました。湖の向こう岸以外、だれの目からも死角になっているし、その向こう岸にはせいぜいキツネがいるくらいです。スーツを脱いだ彼女は、たちまち見事なドレススタイルに変身しましたよ。あの男は、彼女ひとりのためにドアを開けたつもりでしょうね。彼女の足元に私がいるなんて全然気がつきませんでした。それから後も、あいつは毬を抱くことばかり考えていましたが、うまく逃げ回ってくれました」

「……その間に、斑鳩さんは文月さんにねだって、ラーメンをルームサービスでとったんですね？」

「え」誠一郎は毒気を抜かれたようだった。

「どうしてそれを」

「死亡推定時刻を誤魔化すためです。たぶん斑鳩さんは、こういったんでしょう」

スーパーははらはらして見ているが、いくらか状況が改善されたらしく、ポテトの咳はめっきり少なくなっていた。

「あなたが夕食で食べたものと、おなじものを食べたいわ……違いますか？」

「いいえ」と、毬が目を見張っている。

「おなじものを食べたいといわれて、文月さんは気をよくしたかもしれませんね。とにかく彼はすぐルームサービスを注文してくれました。むろん、ホテルに内密で呼び寄せた斑鳩さんですから、ルームサービスは飽くまで自分が食べるような顔で、オーダーしたことでしょう。実際には……」

「はい、私がいただきました」毬は悪びれなかった。

「でも最後の一口は、私が使っていた箸を使って、あの男に食べてもらいました。鑑識が唾液をチェックしたときの用心ですわ。あいつは、わざわざ私が口をつけた丼の縁から、おつゆを一滴のこらず啜りこみました。間接キスだね、と嬉しそうに笑いながら。馬ッ鹿みたい！」

痛烈に毬は笑った。得々と彼女をコテージに引き入れたみちやは、プレイボーイ十年分のしっぺ返しを、女性からまとめて食らったことになる。

「……そのおかげで、警察はすっかり騙されてしまった。死亡時刻の推定に大きなデータとなるのは、胃内の食物の消化状況です。深夜にルームサービスでとったラーメンがここまで消化されたのだから、殺害されたのは朝の六時半すぎと考えられた。実際にはおなじレストランのラーメンを午後十時に食べ終えたのですから、四時間の誤差が生まれます。真夏でしたら、死後硬直などほかの死体現象に矛盾が生じたでしょうが、進行のおそい季節であったため、消化の程度による臨床医の所見がもっとも優先されました。それに、あなたたちは犯行を終えてすぐ暖房を切ったんでしょう？」

「ええ」と毬が答えた。

「なんでもお見通しなんだわ。さすがスーパー先輩の旦那さま……水中をもぐればだれにも見つからないと自信があったから、明るくなる直前まで、コテージの中で我慢していました」

ちらと誠一郎——少女の夫に視線を走らせてから、つけ加えた。

「抱き合っていれば、平気でしたもの。立ち去る前に、暖房をつけましたけど」

「なるほど」

薩次がうなずいた。

「だから実際に暖房のきいていた時間は、予想よりずっとみじかかったのだと考えられます。……どうぞ、つづけてください」

一揖《いちゆう》して薩次が椅子に座ると、小港がまた話しはじめた。

「……ラーメンを啜るためにドッグのかぶりものを外していた彼は、やおらロッキングチェアを回して、毬を抱きすくめようとしました。機転をきかせた毬は、ドッグをもう一度被ってくれと頼みました。恥ずかしいから、というんですね。にやついたあの男は、なんの疑いもはさまずに、それをかぶった。いったん別室に隠れていた私は、そのおかげで奴の後ろに近づくことができました。毬が危なくなったので、私は思い切って、手近な女神像で奴の後頭部を殴りつけました。もともと凶器を持参するつもりはありませんでしたからね。奴はそれまでワープロを打っていたので、思いついてダイイングメッセージを偽造しました。残念ながら、だれひとり気づいてくれませんでしたが」

「そうでもありませんよ、先輩」

キリコがなぐさめた。

「ポテトは気がついたんだもの」

「それは、どうも」

「いやあ」

犯人と探偵の会話とは思えない妙に礼儀正しい応酬の後で、薩次がいいだした。

「ロッキングチェアに座って、キーを打っていたということは、キーボードとディスプレーが離れている型ですよね？」

「そうです」

「後頭部を打撃された被害者が、死力をふるって膝のキーボードを使ったにせよ、ディスプレーを確認するのは無理でしょう。かな漢字変換を正確にするためには、画面を見なくてはならず、それには顔を上げる必要がある。現に『小腸』とすべきところを『象徴』と変換してしまった。いっそカタカナで『ショウチョウ』と書いた方がよかったのに。そう考えると、本当に瀕死の文月さんが打ったものかと、疑わしくなってきました。……先ほどあなた方は強引に猪崎社長を、首の座に据えることに成功した。いや、もう一息で成功するところだった」

ここでまた薩次が、ごほんごほんと盛大に咳き込みはじめたので、キリコが交代した。

「社長さんは、文月さんに脅迫されていた。酒に強い彼だけが社長さんの轢《ひ》き逃げを知っていたんだもの。どんな脅迫をされたのかな、社長さん……クールな文月さんのことだから、自分の虚名がいつまでもつづくものじゃないとわかっていたはずだわ。だから、半永久的に、スターの身分を保障しろと求めたんじゃないかしら」

キリコは猪崎を見たが、消沈しきった社長に、応答する余力がないと知って、話をつづけた。

「やりきれなくなった社長さんは、みちやを殺すつもりでコテージへ侵入した。そこで発見したのがデスクにむかって眠っている彼だった。眠っているんじゃない、殺されていたとは知らないから、背中からグサリとやってしまった。……ふしぎなめぐり合わせですね。毬ちゃんたちの目論見《もくろみ》は、文月みちやを殺して、その罪を社長に着せようというものだったけど、なんのことはない、その社長さんが本当に殺しに行くなんて。一人殺すと良心が麻痺するのかしら」

薩次が絵解きの役を交替した。

「鮎鮫さんの事件については、小港さんたちの考えでいいと思います。斑鳩さんがいったように、毒食わば皿まで、という気持ちで、自作をけなした評論家に天誅をくわえるつもりだった——それにしても、殺すまでの考えはなく、せいぜい痛い目に遭わすという程度だったと思うんです」

依然として猪崎は、無反応のままだ。

「ただし西堀さんの失踪については、社長に責任はない。西堀さんが、猪崎さんを疑ったことは本当です。ぼくの想像ですが、最初にそれに気づいたのは、鮎鮫さんが遭難した夜だったと思います。可能さん……」

ここでポテトは、急いでいい直した。

「お義兄《にい》さんには初耳といったけど、ぼくは、西堀さんはテレビの最終のニュースで事故を知ったと思いますね。文月さんにつづく選考委員の受難。それで西堀さんは、『ざ・みすてり』大賞候補者に不審を抱いた。世田谷の住人である彼が、中多賀という住所の不自然さに気づくのは、当然ですね。地図と首っ引きして、そんなアドレスは存在しないと知りました。疑惑がふくれ上がるのも、無理ありません。さらに名古屋の役所に問い合わせすると、これまたでたらめだった。たまりかねた西堀さんがぼくに電話をかけている最中に、当の猪崎さんがやってきた。大あわてで、電話そっちのけで息をひそめていると、具合のわるいことに、奥さんが帰ってきた。うっかり奥さんをいれようものなら、表にいる猪崎さんに気がつかれる。それでは行き掛かり上ゴルフへ同行しなくてはならず、さりとて奥さんに事情を説明する時間がない。仕方なく西堀さんは、奥さんが勝手口を開けようとしたとき、必死になってノブを押さえていたんです……」

猪崎がはじめて反応した。

「しかし……すると西堀先生はいつ家を出たんだ？」

「もちろん、社長やぼく、奥さんが玄関からはいってゆくのと入れ違いに、です。だからこそ、たったいままで部屋に人のいた跡がのこっていました」

「勝手口からかね？　だが鍵は部屋にのこっていた。施錠できるわけないじゃないか」

「ははあ」

薩次がにこりとした。

「社長さんは、まだそのからくりがおわかりにならない……しかしぼくは、社長の家をお訪ねしたとたん、わかりましたよ。……内部から見たシリンダー錠のレバーが、猪崎さんの家の場合は、縦にしたときが閉。横にしたときが開。そうですね？」

「？」

それがどうした、といいたげに猪崎はポテトをみつめた。

「ところが西堀さんの家は、逆だった。横にしたときが閉で縦にしたときが開。たったそれだけのことですが、西堀夫人ぬきで勝手口をチェックした猪崎さんは、レバーが縦になっていたものだから、施錠されているものと思い込んだ」

「あ」

猪崎が口を開け放した。単純な彼の錯覚で、西堀家はマリーセレスト号なみの怪事を呈してしまったのだ。

「われわれが帰ったあと、勝手口を見た奥さんは、西堀さんがどこから消えたのかすぐ察しました。玄関の靴が減っていないのは当たり前、西堀さんは勝手口からサンダル履きで逃げたんです。それとほぼ同時だったそうです、コンビニに逃げていた本人から、今度は電話がかかってきた。社長に対する疑惑といっても、証拠もないのに疑っては、のちのちの仕事に差し支える。やむなく奥さんも同調して、一時的に西堀さんはご自分の別荘へ逃げ込んでいたそうです。奥さんにお話しして、西堀さんとじかに連絡をとったばかりです。……猪崎さんは、やはり西堀先生をマークしていたのですか?」

薩次は静かな表情だったが、それでも猪崎はぶるっと胴震いした。

「いや、それは……いまになって、鮎鮫さんに申し訳ないことをしたと思っています。まさかあれほどの大怪我をされるとは……」

「それならけっこうです。さいわい鮎鮫さんは、死を免れた。……だが猪崎さん。あなたがいくら悔いても間に合わない人がひとりいる」

ポテトの声にきびしさが増した。

「もういい……やめてくれ……」

猪崎社長が両手を顔にあてた。

「たしかに私は、人をひとり轢き殺した……その罪は私が被る……あの女性が、あなたのお母さんだったとは知らなかった。許してくれとはいわない、ただ……」

椅子から下りた猪崎は、両手をしめったコンクリートの床に突いてひれ伏した。

「こうすることが精一杯です。後は、私の行動でお詫びするほかない！」

額を床にこすりつけた。

しばらくその姿をみつめていた毬が、やがてふっと吐息をついた。

「私たちも、もう十分手を汚しました。社長さん、はっきりいっていまでもあなたが憎い。憎くてたまらない！　でも文月みちやを殺して、わかったの。復讐者面して殺しても、少しも胸の内は晴れないってことに。……あなた」

毬は、あらためて夫に向き直った。「勝手な私の憎しみに、あなたまでひきずりこんでごめんなさい」

誠一郎がかすかに笑った。

「いや、いいんだ。私はきみに比べてはるかに年上だ。タレントとしての将来も知れたものだ。それを思うと、とうていきみに結婚してくれなんていう資格がなかった。いっしょに手を汚したおかげで、やっと対等になれた気がする」

ぎゃおん！

むくりとチェシャが体を起こすのと、驚いて猪崎が立ち上がったのとが、同時だった。

みたび風が店内を舞い——ふたりの男がはいってきた。

ひとりは由布子の亭主の中込であったし、もうひとりは長身で彫りの深い顔立ちの青年だ。

「これは、……」

と、男ふたりが息を呑んだ。眠りこけているみんなにおどろいたようだ。

「事件ですか！　中込さんのカンが的中したようだ」

「いや、さっきの牧先生の言葉つきが、いつもと少々違う様子なので気になった程度なんだが……いまそこで、ばったり顔を合わせてね」

と、中込が薩次たちに説明をはじめた。

「『蟻巣』へ行くとおっしゃるので、案内してきたんですよ。都合により本日は臨時休業、という札がかかっているからと……そうそう」

カウンターの隅に立ちつくす猪崎、小港、毬の三人に気づいた中込が、愛想よく新入りの客を紹介した。

「警視庁捜査一課にお勤めの刑事さんで、朝日正義《あさひまさよし》さんとおっしゃる」

「警視庁」

猪崎の頬の肉が震えた。

覚悟していたはずの誠一郎と毬も、産毛がそそけ立ったような顔つきでいた。

「捜査一課でいらっしゃる」

誠一郎のバリトンが、心持ち湿って聞こえた。

「ちょうどいい――というべきかな?」

「そうね、あなた」

毬が受けた。

薩次とキリコにむかって、ふたりはていねいに頭を下げた。

「ミステリに出てくる犯人の最後は、たいてい悪あがきするものだけど」

「型通りに活劇をやっても虚しいだけだよ。逮捕されるか自殺するか、筋書きはそのふたつしかないんだ」

「朝日さんにお願いして、このまま行こうと思います」

無理に笑おうとした毬の顔がゆがんだ。それでも、彼女の愛らしさに変わりはない。事情のわからない中込が目をぱちぱちさせた。

「行くといって……どこへ、毬ちゃん」

「新婚旅行」

ようやく彼女らしい、やわらかな笑みを作ることができた。

薩次とキリコもなにもいわず、刑事はただふしぎそうに立っている。開けっ放しの戸口のむこうで、わんわんと彼を笑っているような犬の声が聞こえ、それに呼応して店の中では、チェシャ公がにゃおんと鳴いた。

「う……むむむ……」

克郎が目をこすりながら、大欠伸《あくび》した。

彼が眠っている間に、クライマックスの幕が上がり——また下りたことも知らないで。

D

新宿プラザホテルのその騒ぎは、近江由布子が一曲歌い終えたときに起こった。牧薩次と可能キリコの結婚を祝って、彼女が得意の喉を披露していたのだ。俳優になる前は、本気で歌手志望だったそうで、声優時代にはテレビアニメの数多い主題歌を歌っていたから、豊かな声量といいのびと艶《つや》のある声といい、集まった客を魅了するに足るものであった。ピアノで伴奏してくれたのは、意外——といっては失礼かもしれないが、ユノキプロの関女史だ。趣味の域を脱した鮮やかな腕前に、一同の惜しみない拍手が送られた。

「ブラボー!」

タイミングのずれた歓声をあげた可能克郎が、椅子から立ち上がってグラスをかかげた。もとタレントの由布子だから、豪華でドレッシーな衣装が身についている。克郎の喝采に、彼女は優雅なポーズで一礼した。愛妻の智佐子がはらはらしているのもかまわず、克郎はグラスをぐっと一息にあおった。

とたんに彼は「ぐう」というような呻き声を発して、その場にどたりと倒れた。うまいタイミングで、空になったグラスを智佐子の手にのこしながら。

「きゃあ」

グラスを受け取ったまま、智佐子が棒立ちになる。どどっとなん人もの人たちが、倒れた克郎に飛びついた。

それまで司会役をつとめていた中込が、蛙をつぶしたような声で叫んだ。

「死んでる！」

「まさか」女史がいい、

「そんな」由布子が唇を震わせた。

「克郎さん、克郎さん！」

智佐子が飛びつこうとすると、白いヴェールをひらめかせたスーパーが、素《す》っ頓狂《とんきょう》な声でいった。

「いけない、智佐子さん！　兄貴に触っては！」

「え、どうして！」

「殺人事件かもしれないもの！」

「そんな……あなた、お兄さんに冷たすぎるわ……もしこれが心臓の発作だったらどうなさるの！」

「いいえ、兄貴の心臓は特別丈夫にできてるんです！」

ふたりの会話に、どういうものか笑い声が聞こえてきた。

「カノやんが死ぬようなタマかいな」

アクセントの狂った関西弁で、この場に似合わぬ不謹慎な感想を漏らしたのは、「夕刊サン」の田丸編集局長である。

「だが見なさい、息をしていない！」

文英社の堂本常務が胴間声《どうまごえ》を張り上げる。つづいて新谷が叫んだ。

「牧先生！　出番ですよ！」

一同が息を呑んで、正装の薩次をみつめる。

ガタン、と椅子が二脚同時に鳴った。スーパーにつづいて、ポテトが立ち上がったのだ。彼は落ちつきはらって、倒れている克郎のそばに近づいた。

「――この事件について、ひとつわかったことがあります」

みんなが（え？）というように、薩次を見た。

「それは事件の動機です」

「そんなことってある？」

と、薩次の背中にかぶさるようにして、キリコがいった。

「もうなにかわかったの！　ポテトって凄い」

「ぼくの考えが当たっているかどうか。それはまだこれからの調べによるのさ」

彼が彼女をふりかえった。

「ティシュペーパーを持っているかい」

「うん。駅前でカードローンの人からもらったばかり。ポテトと結婚したら、すぐ必要かもしれないでしょ」

また笑い声が聞こえたが、薩次は無視した。

「ではそのティシュを出して」

「出したわ。これをどうするの」

「細長く破ってほしいんだ」

「へえ……これでいいの」

「それをよじってくれ。紙縒《こよ》りを作ってほしい」

「ふーん。……はい、できたわ」

一座の注目のうちに、克郎の前にしゃがんだ薩次がいった。

「わかったというのは動機だといったが、きみのお兄さんは、もしかしたらぼくたちの結婚に反対していたんじゃないだろうか」

「ええっ。そんなはずないでしょ！」

スーパーの声がはねあがったが、ポテトは飽くまで冷静だ。

「ぼくだってそう信じたいが——でも現にこの通り」

手にしていた紙縒りを、ひょいと克郎の鼻の穴へ突っ込んだ。とたんに克郎が全身を痙攣させた。

「ぶわーっくしょい！　ブワークッショイ！」

「ほら、ね」薩次が笑うと、また潮騒のように大勢の笑い声が流れてきた。

「ごらんの通り、死んだと見せかけたのはお芝居だもの」

上半身を起こした克郎が、憤然として嚙みついた。

「お、俺がきみたちの結婚に反対したのが、事件の動機だって？　そりゃどういうこったい！」

「めでたいはずの披露宴で、死んだふりをしたからですよ。お兄さんは内心では結婚に反対していたのかな……だからぶちこわしにかかったのかな、と」

「冗談じゃない！　きみの名探偵ぶりを紹介しようと、わざわざぶっ倒れてやったんだぜ。結婚に反対するどころか、ふたりがいっしょになるのを今か今かと待っていたんだ、俺は……その気持ちはみなさんだっておなじだったんじゃありませんか、ねえ？」

「そうだ」

「そうですよ」

「もう痺れが切れていたの」

という声は中込や由布子、可能智佐子、田丸や堂本、新谷、青野たちだけが発したものではなかった。

「待ってたんだ、本当に」

という声は、徳間書店様御席という札が出た客席の、トラベルライター瓜生慎《うりゅうしん》から出たものだし、

「おめでとさん！」

ぱちぱちと手をたたいたのは、中央公論社様御席に座っていた亀谷《かめや》ユーカリというお婆さんであり、

「わんわん、わん」

吠えながら尻尾をふったのは、それまで光文社様御席のテーブルに隠れていた、ルパンと呼ばれるまるまるした赤茶色の犬だ。

舞台の中央に立った克郎が、いくらか照れながらであったが、客席の隅々にまで届く声を張った。

「……そんなわけで、兄の私が待ちくたびれていたふたりの結婚が、ようやく現実のものとなりました。これでもし牧くんが結婚に背をむけるようでしたら、それこそ牧薩次自身を犯人として告発しなくてはなりません。……いうまでもなく、婚約不履行の罪によってであります!」

3

また軽く笑声があがった。舞台の薩次——三津木《みつき》新哉《しんや》という俳優が扮していた——も、キリコ——ユノキプロ所属の川澄ランというタレント——も、笑いながら正面の新郎新婦席にむかって拍手を送っている。

媒酌人である西堀小波夫妻にはさまれて、本物のポテトとスーパーは赤い顔でうつむいたき

りだ。薩次はともかく、キリコは札付きののんべえだから、三三九度の杯ごときで酔うわけがない。ただもう幸せな気分に泥酔しているにきまっていた。

形をあらためて、克郎がいった。

「――ここにおいでのみなさまには、長い間お世話になったふたりですし、またこれからもいろいろとお手数をかけるものと存じますが、どうかこの不肖の兄に免じて、末永く牧薩次、牧キリコの将来を見守ってやっていただきたく存じます」

（ああ、やっといってもらった……）

牧キリコ。そうだ、今日からそれが私の名前になるんだ。あれ？　私って夫婦別姓論者じゃなかったっけ。思わず首をかしげそうになって、キリコはやめた。そんなことをすれば、限界まで溜まっている涙が、頬をつたうに決まっていたからだ。

涙でぼやけた視界に、大勢の招待客の笑顔が飛び込んできた。

まえがき

読者の皆さんに、ご挨拶申し上げます。

いまさらめいてこの作品の成り立ちをおしゃべりするのは、少々気が重いのですけれど、出版の運びにこぎ着けてくだすった担当編集者可能克郎さんによれば、「どうせ読者は承知の上なんだから、素知らぬ顔で通すより、きちんと書いておくべきだ」……いや、実際にはもっとはっきりおっしゃいました。「うちの会社がミステリを上梓するなんて、めったにないこったぜ。お前さんが事件を解決して新聞種になったおかげで、いまならネームバリューがある、と田丸局長が判断したんだ。読者の大半だってそれが目当てで買うんだもんな。シカトしようものなら金返せといわれる」のだそうです。

おまけに十日以内に書いてしまわないと、「シュンがすぎるぞ。出版界はいま苦しいんだ。三日遅れるたびに部数が千部減ると思え」ときました。これ、ほとんど恐喝だと思いませんか。なにしろぼくは、筆が遅いので有名な男なんですから。

でも、ある私的な事情があって（どんな内容かといえば……本文をお読みになればわかります）、ぼくはなにがなんでも作家として、半永久的にやってゆかなければならない羽目となりました。

開き直るのが遅すぎたきらいはありますが、いまのぼくの心境を率直にいいますと、「えいくそ、やってやろうじゃないか」であります。

いいかえれば、本物のプロになろうと、ようやく決心したところなのです。

楽屋裏がどんなに厳しかろうと、泣き言は許されません。読者の皆さんが偽札で支払わないかぎり、作者には本代以上の楽しみを提供する義務があります。かといって、いかに覚悟を定めたにせよ、昨日まで遅筆だったぼくが、発作的にキータッチを早くすることはできません。

困惑した末に、ぼくはけしからんことを思い立ちました。

そうだ、読者が事件がらみでぼくを知り、ぼくの本を買ってくれるなら、いっそ事件の経過そのものを小説にしてしまえばいい。某出版社——名前を伏せたところでご承知でしょうが——の現役社長の事件と、それによって起きた作家殺害事件、さらにそのとばっちりを受けて、設立されるはずであったミステリの賞が、自然消滅してしまったこと。

白状しますと、そのミステリ賞の賞金の使い道まで予定していたものですから——こんなことをぬけぬけと書く奴は、作家として最低かなと不安になって、ぼくの私的事情の片棒をかつぐ女性に話したら、彼女曰く。『殺人犯でも死刑囚でも作家になれるよ。その作品が面白ければなんでもあり』と、いってのけたものです。

よくいってくれた。それなら恥も外聞もなく本を出して、読者に買っていただこう。ろくに本も出せずに、プロの作家なんていえるはずがありませんよね。

——というわけで、事件にかかわったミステリ評論家、西堀さんと鮎鮫さんに、まず相談を持ちかけたのです。残念ながら鮎鮫さんは、まだ病院生活を送っていらっしゃるのですが、奥さんの献身的な看護が実って、この本が書店にならぶころには退院確実となりました。おふたりに加えて、ミステリ大賞担当者青野さんたちのご協力を得て、部外秘であった選考の模様を摑むことができました。某社長の奥さん——ごく最近入籍したばかりです——が、ご主人の原稿三本の掲載を許してくだすったことにも、深く感謝しています。

この件については、亡き文月さんや入監中の犯人たちを含めて、「夕刊サン」から相応の謝礼をすると、可能さんが確約してくれたことを書き添えておきます。爆発的に売れるならともかく、ささやかな金額でしかありませんが、長期の別居生活を余儀なくさせられた新婚夫婦へ、せめて出所後のプレゼントになればと念じています。

ここで、私情を記すことをお許しください。

エピソードが冒頭に出るので、すぐおわかりになることですが、ぼくはぼくのパートナーになる女性を、長い間待たせつづけてきました。ぼくの小心さが最大の理由ですが、御馳走は最後に頂戴するというケチな性分もあります。御馳走を疑似餌にして、一人前の作家になるまでお預けだぞと、自分で自分に笞打った気配だってあるようです。

思い上がった行動でした。なんだかんだと理屈をつけても、ぼくはぼくの都合で、彼女を焦らせ不安がらせただけなのですから。ハードボイルドのヒーローも、ホームドラマの亭主役も勤まらず、オトコという言葉の概念から大きく外れているぼくなのに、その意味では男の論理から一歩も出られなかったみたいです。

なにかひとつ、ミステリの賞をとったら結婚しよう……という約束はけっきょく反故になりましたが、プロの作家としてやってゆく決心をつけたのが、その代償といえばいえないこともありません。そのことを彼女にいいますと、豪快に笑われてしまいました。

「かまわないよ。もうひとつの約束はちゃんと守ることができたんだもの」

「もうひとつの？」

ちょっと考えてから、思い出しました。ぼくの分身というか、本家というか、辻という作家がわれわれの未来について書いていた展望を。「今世紀中に、ふたりが結婚することはむつかしいようです」と。

だが、その宣言とわれわれの結婚とが決して矛盾しないことは、一読すぐにおわかりになるはずです。編中にあらわれる北陸新幹線の描写を待つことなく、今年の西暦を明示することにして——あらためてみなさまのご愛読を熱望いたします。どうぞ、最後までごゆっくりとお楽しみください。

二〇〇一年一月

牧　薩次

真・あとがき

（前略）とにかく推理小説の作者は、つねに灰色の脳細胞を動員して、もっとも犯人らしくない人物が、犯人であった話を作ろうとしている。

その努力にもかかわらず、です。ここにひとり、どんな物語にも不可欠の人物がいながら、かつてこれを犯人に仕立てた推理小説がない。

その人物とは何者であるか。

読者である。

小説が存在するかぎり、読者も存在する。ぼくの愚作ですら、現にホラ、きみというものずきな読者がいるじゃないのさ。かくてぼく、推理作家たらんと志しているかけだしは、その処女長編推理小説において、犯人を読者に求めようとしているのだ。（後略）

……ぼくにとって記念すべき〝処女長編推理小説〟（それ以前のミステリは、原作つきであったり短編であったりしていたので）『仮題・中学殺人事件』の冒頭は、こんな風にはじまりました。牧薩次と可能キリコのデビュー作でもあるわけです。むろん本篇は独立した物語ですから、はじめてふたりにつきあってくださる方には、どうでもいいことでしょうが、節目となる彼らの結婚話だけに、作者の感傷につきあっていただけたら、幸いです。

（なくもがなの注を入れますと、「ざ・みすてり」大賞候補作のうち『鏡』は、ぼくの処女短編推理小説『生意気な鏡の物語』を、『仲のいい兄弟』はその翌年に書いた同名の拙作を、それぞれ改稿したものです。今は亡き「宝石」の、昭和三十八年・三十九年の〝新人二十五人集〟に収録された――と、素性をあきらかにしておきます）

『仮題・中学――』の版元も本作とおなじ朝日ソノラマですが、その当時ソノラマ文庫はまだ創刊されていません。井上ひさしさんのはじめての長編小説や、中原弓彦さん（いまは小林信彦さん）の『オヨヨ』シリーズ第一弾、梶原一騎さんの『小説柔道一直線』などとならんで、サンヤングシリーズの一冊に収められています。奥付を見ると、昭和四十七年一月となっていました。――つまり一九七二年。

今年は一九九七年ですから、勘定しなくてももう四分の一世紀が経過したことがわかります。若い人を対象にした国産ミステリが皆無だったあのころに比べて、いまは若者向きミステリの花盛り。ポテトもスーパーも年をとるわけです。活躍した時代は昭和初期から、二十一世紀に及びます。なんだって昭和初期にふたりが存在するかといえば、当時「旅」編集部にいらした折原一さんの発注をうけて、スーパーポテトを戦前の日本にタイムスリップさせたことがあるからです。そんな長い間には、故人となるレギュラーも出てきました。『白雪姫の殺人』で最後をとげた劇画家那珂《なか》一兵《いっぺい》さんなど、存命していたらふたりのゴールインをさぞ喜んでくれたでしょうに。

マンガの手塚一座を模倣して、常連役者をちりばめてきたぼくのミステリにも、ぼつぼつ幕の下りる時間が近づいたような気がいたします。年齢的なことがあるかもしれません。一昨年『テレビ疾風怒濤』(徳間書店刊)で創業期のテレビ制作演出者時代を、昨年『TVアニメ青春記』(実業之日本社刊)でアニメライター時代の体験を書き記しました。この小説をふくめて、いわばぼくの遺書三部作となります。

いいえ、決してこれきり書くのをやめるわけではありません。第一そんなことになったら、どうやって食って行くのかお前は。編集のみなさま、どうか誤解なさらないでください。テレビからアニメ、ミステリと、ワーカホリック辻を気取ってきたぼくですもの、相変わらずせっせと仕事する覚悟です、どうぞよろしゅうお願いいたします。

——とはいえ、ミステリの面白さは型に嵌まらない新鮮さですから、おなじみの人物で固めた物語は型通りになりがちです。タブーを破りたくて書き出したはずなのに、自縄自縛に陥ってはお笑いです。そろそろ違ったものを書いてみたい、というのが本音でしょう。『蟻巣』やユノキプロと一度に縁を切らないまでも、少しずつ遠ざかるかもしれません。いまさら新しい試みができるかどうかはなはだ心もとないのは事実ですが、還暦すぎてやがて五年。足腰立つうちに挑戦しなけりゃアルツハイマー間近だぞと、自分を脅迫している最中であります。

とりあえずこの本に少し遅れて、テレビゲーム『Proof Club』が、プレイステーション版対応で出る予定です。アニメのころの気心知れた若い人たちに協力してもらって、ミステリーゲーム/ボードゲームという形式にチャレンジしてみました。

といえば恰好いいのですが、事実は巻き込まれたというべきで、ゲーム音痴のぼくは、作業のデジタルぶりに質量とも圧倒されましたが、峠を越すとまたぞろやってみたくなる。一生この浮気心は治らないものと思われます。ご期待の上、ゲームに関心のある方はぜひお求めくださいませ。

思えばこの本の版元朝日ソノラマさんとも、三十年前のニューメディアであったソノシート（知らない人は、ご両親にお聞きになるように）の脚本を通じて、おつきあいが深まったと記憶しています。『ゲゲゲの鬼太郎』『ジャングル大帝』『怪獣大進撃』『ネコジャラ市の11人』……とてもこのページに書ききれないほど書きました。どんな大ドラマでも、五分から十分に納めてのける超絶技巧。「〆切はいつ？」「きまってるでしょうが。いまですよ」おそるべき注文をいただきましたっけ。三十年たっても似たような道をおろおろ歩む自分に気づいて、苦笑を禁じえません。

そんなぼくに、再度のチャンスを与えてくだすったソノラマ編集部の石井さんに、四半世紀にわたる感謝の気持ちをお伝えしたいと思います。そして、パソコン通信や解説ページを通して声をかけてくだすった方々――綾辻行人さん、太田忠司さん、野間美由紀さん、小森健太朗さんたち、さらに特別出演してくだすったふたりの評論家（特に名を秘す）にも、お礼を申し上げます。

ファンの中でもっとも強硬に、ふたりの結婚を願望した入本昌次さんには、「あなたの注文がなかったら、たぶんこの本はできなかったでしょう」とつけくわえさせてください。

もちろんこの本を買っていま読み終えた読者にも、「ありがとう！」と声をかぎりに呼びかけているところです。

——聞こえますか？　みなさん。

辻　真先

一九九七・一

新・あとがき

まさか令和の今になって文庫化されるとは思わなかった。

作中に「今世紀」「二十一世紀」という言葉が飛び交うけれど、その「二十一世紀」に入ってからもう二十四年が経過している。あとひと息で薩次・キリコ夫婦は、銀婚式を迎えるのだ。時の歩みは、SF作家を除いて誰にも止められない。

ラストシーンで騒いでいた面々（再読して、ミステリというよりバラエティのノリで遊びが過ぎたと反省中）も、それなりに年をとった。

若い読者は関心のほかだろうが、以前から読んでくださった方々のため、かいつまんでご報告する。

すでにユーカリおばさんは亡くなり、孫娘のくるみは三津木新哉と結婚してアメリカに渡った。トラベルライター瓜生慎は、成人した息子に後をまかせて、愛妻真由子《まゆこ》と二人三脚、ここではないどこかを今日も旅していることだろう。

そのほか大半のキャラクターは、共通する舞台であったスナック『蟻巣』の閉店にともない消息が途絶えている。常連の中でもっとも早く世を去った那珂一兵は、フィクションの有り難さで、昭和の初期から中期を舞台にいくつかの作で探偵を務めているが、のこる顔ぶれについては、作者ですら詳しくは承知していない。みんなが壮健《そうけん》であることを祈るばかりだ。

辛うじてルパンとその飼い主（飼っているのはルパンの方だという噂もある）朝日正義だけは、恋人川澄ランや弟の健《けん》たちと共に、去年の冬お台場《だいば》の巨大イベントに出没したと風の便りが聞こえてきた。あわよくばもう一声聞かせたいと、機会を窺《うかが》っている節はあるようだが、さて。

作品世界では神にひとしい作者だから、過去は「盗作」「改訂」自由自在でも、未来となると無力である。軟着陸を試みて目いっぱいもがいたこのシリーズ（あと一作で幕が下ります）にならい、作者本人も最後まで遊びたい（反省をもう忘れている。短期記憶保持困難な年代です）と考え中のところだ。

平成・令和の読者まで巻き込んでお願いする。今しばらく昭和の物書きにつきあっていただけたら幸いです。あとがきというより次作の宣伝になりました、失礼。

辻　真先

二〇二三・十二

媒酌人挨拶[注1]

西日暮里佐保（niSHINIPORI SAHO）

「ミステリのレギュラー探偵には二とおりあって、一つは、（略）時間を超越した永劫普遍の存在――とまではいかぬにしても、時の流れにさして影響されない永遠の英雄型《ヒーロー》。（略）これに対し、前者は、作品の年代と共に、世間並みに年齢を重ね、人生の荒波にもまれる。ということになると、当然、恋愛、結婚、二世誕生……といったコースを辿るのが定石で、従って、恋人探偵、夫婦探偵ものというのが、この代表的な例であろう」

――アガサ・クリスティ『二人で探偵を』創元推理文庫旧版「ノート」（Y・T記）一九七二年

このたび、牧薩次さんと旧姓可能キリコさんご結婚の媒酌を務めます西堀小波の家内でございます。こういう挨拶は、ふつう殿方に任せるものでしょうけれど、ふしだらながら（あああ、案の定まちがえた）、ふつつかながら、あたくしがしゃしゃり出ましたのには理由《わけ》があります。『少年ウィークリー』の編集長を経て今は文英社の相談役の新谷さんもおっしゃっているように、西堀は「優秀なミステリー評論家（……ですかしら〈妻談）だけど、躁と鬱がひどくてね」[注2]という者でして、人生初の大役のプレッシャーのあまり、今日というめでたい日にひとことも口が利けなくなってしまいました。高砂《たかさご》に坐っているだけはおりますが、新郎ならぬ心労のカタマリで、ご列席の皆さまは高砂にぬいぐるみがいるとでもお考えください。

さて、新郎の薩次さんは一九××年、浄知《じょうち》大学もと教授の牧秀策《しゅうさく》さんのご長男として東京に生まれ、東西《とうざい》大学文学部を優秀な成績で（……かどうか、成績表を見たわけでないので存じませんが、そう言うのがお作法であるようで。咳）卒業なさいましたが、それより遥か昔、中学時代から推理小説をお書きになっていたばかりか、ご自分でも実際の犯罪事件を解決してこら

〔西堀小波による注〕

注1　もちろんこんな長い挨拶があるわけがない。これは妻の定子が式の前夜、徹夜で書いた下書きで、本番では私が余計な部分を削除したものが使われた。反面、本番での言い間違いやアドリブを盛り込んだのは、こういうみっともない挨拶をしたのを記録に留めて、妻への戒めとするためにほかならない。なお西日暮里佐保は、定子が短歌を作ったりするときの筆名で、NISHIHORI SHOPA 内《イン》の綴り替え《アナグラム》だそうだ。

注2　『仮題・中学殺人事件』『盗作・高校殺人事件』『改訂・受験殺人事件』を『合本・青春殺人事件』（一九九〇年、東京創元社）として一冊本にする際、書き加えられたプロローグの一節。三作個別に刊行された文庫版では読むことができない。

れたそうです。

「……たそうです」と申したのは、現実にはそんな事件は起こっていなくて、薩次さんキリコさんの中学・高校時代の友人である皿塚麻樹《さらつかまき》さんというかたが、お二人をモデルに〝創作〟なさった説もあるからです。[注3] 皿塚さん、今日はお見えになってないのでしょうか。お元気だといいんですが。ことによると、サラツカマキというのを綴り替え《アナグラム》にして、薩次さんの旧作の文庫解説をなさっていたりとか。


　新婦のキリコさんも、薩次さんと同じ年に同じ西郊高校を卒業。武芸百般、博覧強記、天下無双のスーパーレディにして、実家が東京は南青山のスーパーマーケット（というより、当時の感覚でストアみたいなものと思われますが）というせいもあって、薩次さんのポテトに対して、スーパーの異名を奉られていました。ただ、そのスーパーぶりが画一的な受験勉強には馴染まなくて、大学進学は諦めてユノキプロに所属してタレントとしてご活躍です。

「たかが大学じゃないか」という感じですね。そう言えば、一九七五年の江戸川乱歩賞の予選通過作一覧のなかに「たかが殺人じゃないか」というのがあると、夫が教えてくれました。この題名の本は二〇二〇年に出版されて、その年のミステリのベストテンをアンケートで決める企画の三つでそれぞれ一位に選ばれて話題になったので、[注4] ご存じのかたもあるでしょう。しかし、それほどの傑作が四十五年間も寝かされていたはずはありません。もとの「たかが殺人じゃないか」は全く違った内容の作品でした。

一九七五年の江戸川乱歩賞を受賞したのは、日下圭介《くさかけいすけ》さんの『蝶たちは今…』という作品です。日下さんはそれから七年後、日本推理作家協会賞を短編部門でお獲りになりましたけれど、同じ年の長編部門の受賞作『アリスの国の殺人』の作者こそ、乱歩賞に旧「たかが殺人じゃないか」を応募した辻真先さんだったのですね（ここらへんも夫からの受け売り）。七年前に明暗を分けたお二人が数年間で肩を並べる存在になっていたこと、人の運命は測りがたいというのも大げさですが、人生のドラマを垣間見るようでございます。すでにアニメの脚本家では大家でいらした辻さんですが、それからは推理作家としても大活躍して、たゆむことがありません。

かつての応募作は一九七九年にソフトカバーの単行本で刊行されたのですが、「たかが殺人じゃないか」とは不謹慎であると出版社が難色を示しまして、『離島ツアー殺人事件』と改題されていました。一九八二年、推理作家協会賞を受賞なさった直後にノベルス版で再刊される際、シリーズもののタイトルの統一性にこだわる辻さんだけに、「『……殺人事件』の標題をいただくのは、キリコ・薩次のシリーズにのみ留めておきたくなった」ために、今後『紺碧《スカイ・ブルー》は殺しの色』と改めることにしたとあとがきに記されています。またしても「たかが……」は却下されてしまいました。四十年近く経って、その題名にふさわしい作品が新しく書き下ろさ

注3　『TVアニメ殺人事件』が朝日ソノラマで文庫化された折（一九八〇年）、書き加えられたプロローグとエピローグによる。

注4　『このミステリーがすごい！』、『週刊文春』の「ミステリーベスト10」、『ハヤカワ・ミステリマガジン』の「ミステリが読みたい！」で、国内部門の第一位を制覇した。

れたのは、この言葉に愛着がおありだったのでしょう。

とにかく、今日までの新郎新婦の名探偵ぶりは、当時すでに刊行されていた『仮題・中学殺人事件』『盗作・高校殺人事件』『改訂・受験殺人事件』『TVアニメ殺人事件』『SFドラマ殺人事件』『SLブーム殺人事件』『宇宙戦艦富嶽殺人事件』に続けて、――おめでたい席上で殺人殺人と連呼するのも何ですから、以下「殺人事件」を略して並べますが――急行エトロフ／寝台超特急ひかり／幻の流氷特急／電気紙芝居／東海道36《スリーシックス》（改題：東海道本線）／沖縄県営鉄道／『殺人事件』（『殺人事件』殺人事件』というのが本来の題名です）／ガラスの仮面／ユートピア計画、と一九九一年までに計十六冊、すべて『……殺人事件』と題されています。しかし、「キリコ・薩次のシリーズにのみ留めて」おくという制限は九二年から緩められて、『安曇野殺人事件』『根釧原野殺人事件』『ニャロメ、アニメーター殺人事件』と単発ものに使われたほか、新婦のお兄さまである可能克郎さんと智佐子さんのカップルが活躍する『湾岸鉄道殺人事件』がありました。

一方、新郎新婦のお二人は『……殺人事件』だけでなく、『迷犬ルパン・スペシャル／犬墓島』をはじめ、他のシリーズの主人公や脇役の皆さんと共演する形ででも登場しています。二十世紀も残り八年強という一九九二年十一月刊行の『白雪姫の殺人』もそうした一作で（正規シリーズでないので「白雪姫殺人事件」とは題されないのです）、そのあとがきの付記で、「ふたりの結婚を熱望してくださる向きには、まことに恐縮なのですが、この作品を読むかぎりでは、どうも二十世紀中に彼と彼女が結婚するのは、むつかしいようです」と宣言されてしまいました。

その四年と少しあとに朝日ソノラマからハードカバーで出版された『本格・結婚殺人事件』で今日の佳き日を迎えたのですが、二十世紀中に成婚不可能説が反故にされたわけでないことについては、薩次さんの書かれた「まえがき」を（本文読了後に）ご覧になってください。もっとも、薩次さんが「なにかひとつ、ミステリの賞をとったら結婚しよう」という前提条件も怪しくなっていたのですが[注5]……。『白雪姫の殺人』の付記では、「いまの時点と（結婚が成就するかもしれない）二十一世紀の間を埋めるふたりの探偵ゲームは、また日をあらためてご紹介」とも言われていたものの、正規シリーズ第十七作『究極の鉄道殺人事件』が直後に出版されただけに留まりました。

あれ、本日の引出物である『本格・結婚殺人事件』でどんな事件が起こるのか、ひとこともお話ししないままで、ずいぶん長々とおしゃべりしてしまいました。何を申してもネタ割りになって、これから読むかたのお楽しみを奪ってしまいかねないので、ご免あそばせ。こういう挨拶では、先輩夫婦として金言など引用しつつ〆るのがお作法らしいので、せめてそれなりにとも従うことに致しましょう。

注5　しかし二〇〇九年、前年に刊行された牧薩次初の著書『完全恋愛』で第九回本格ミステリ大賞を受賞して、後付けながら約束は果たされたようなものだ。結果が原因を生んだというか、G・K・チェスタトンの小説さながらの出来事であった。

新郎新婦や、うちの西堀が得意な推理小説というものに疎いあたくしですが、同性のよしみで女のかたの書かれたものはちょくちょく拝見しております。いえ、有名なクリスティさんではなくて、同じ時代の何とおっしゃったか、思いだセーズとかいうかたの言葉なんですが、「ミステリ作家にとって幸運なことに、今のところ人が生まれる方法が一つしかないのに対して、人が殺される方法は無数にある」[注6]という文章がありました。新郎新婦のお二人は、その「無数にある」ほうについては権威なのですが、今後は「一つしかない」ほうにも研鑽《けんさん》を積まれて、一日も早く成果を見せていただきたいと申し上げて、ご挨拶に代えさせていただきます。え、成果のほうはもう準備完了ですって。[注7] 失礼致しました。

――本日は誠にありがとうございました。

注6　これはドロシー・L・セイヤーズが編纂した *Great Short Stories of Detection, Mystery and Horror*（1928）の序文に出てくる言葉。定子がうろ覚えでしゃべっているのを、正しい引用に直しておいた。日本でもこの本はアメリカ版の『犯罪オムニバス』の題名で親しまれ、アンソロジーの種本になってきたが、そのままの全訳はない。しかし、この序文は何度も邦訳されて、宮脇孝雄訳「探偵小説論」として『ピーター卿の事件簿Ⅱ　顔のない男』（創元推理文庫）にも収められている。

注7　シリーズ完結編『戯作・誕生殺人事件』（二〇一三年、東京創元社）がすでに刊行されている。引き続き文庫化の予定。

本書は一九九七年、朝日ソノラマより刊行された作品の文庫化です。

著者紹介　1932年愛知県生まれ。名古屋大学卒業後、NHKを経て、テレビアニメの脚本家として活躍。72年『仮題・中学殺人事件』を刊行。82年『アリスの国の殺人』で第35回日本推理作家協会賞を、2009年に牧薩次名義で刊行した『完全恋愛』が第9回本格ミステリ大賞を受賞。19年に第23回日本ミステリー文学大賞を受賞。

検印
廃止

本格・結婚殺人事件

2024年2月9日　初版

著者　辻《つじ》　真《ま》先《さき》

発行所　（株）東京創元社
代表者　渋谷健太郎

162-0814／東京都新宿区新小川町1-5
電話　03・3268・8231-営業部
　　　03・3268・8204-編集部
URL　http://www.tsogen.co.jp
暁印刷・本間製本

ISBN978-4-488-40522-9　C0193